gossip girl
os carlyle

Obras da autora publicadas pela Editora Record:

Com louvor

Série *Gossip Girl*:

Volume 1 – *As delícias da fofoca*
Volume 2 – *Você sabe que me ama*
Volume 3 – *Eu quero tudo!*
Volume 4 – *Eu mereço!*
Volume 5 – *Do jeito que eu gosto*
Volume 6 – *É você que eu quero*
Volume 7 – *Ninguém faz melhor*
Volume 8 – *Nunca mais!*
Volume 9 – *Vai sonhando*
Volume 10 – *Eu não mentiria para você*
Volume 11 – *Não me esqueça*
Volume 12 – *Eu sempre vou te amar*
O início – *Só podia ser você*

Série *It girl*:

Volume 1 – *Garota problema*
Volume 2 – *Uma garota entre nós*
Volume 3 – *Garota sem limite*
Volume 4 – *Garota inesquecível*
Volume 5 – *Garota de sorte*
Volume 6 – *Garota em tentação*

Série *Gossip Girl* – Os Carlyle:

Os Carlyle
Você nunca se satisfaz

gossip girl
os carlyle

Criado por
Cecily von Ziegesar

Escrito por
Annabelle Vestry

Tradução de
Ryta Vinagre

2ª edição

galera
RECORD
Rio de Janeiro | 2012

CIP-BRASIL. CATALOGAÇÃO-NA-FONTE
SINDICATO NACIONAL DOS EDITORES DE LIVROS, RJ

Von Ziegesar, Cecily
V92g Gossip girl: Carlyles / Cecily von Ziegesar; tradução de Ryta Vinagre.
2ª ed. – 2ª ed. – Rio de Janeiro: Galera Record, 2012.
-(Gossip girl; 1)

Tradução de: Gossip girl: Carlyles
ISBN 978-85-01-08613-6

1. Romance juvenil americano. I. Vinagre, Ryta. II. Título. III. Série.

10-0598 CDD: 028.5
CDU: 087.5

Título original em inglês:
Gossip Girl: The Carlyles

Texto revisado pelo novo Acordo Ortográfico da Língua Portuguesa.

Direitos exclusivos de publicação em língua portuguesa somente para o Brasil adquiridos pela EDITORA RECORD LTDA.
Rua Argentina 171 – Rio de Janeiro, RJ – 20921-380 – Tel.: 2585-2000
que se reserva a propriedade literária desta tradução

Impresso no Brasil

ISBN 978-85-01-08613-6

Desejo que sejamos estranhos melhores.

— William Shakespeare, *Como gostais*

gossipgirl.net

Advertência: Todos os nomes verdadeiros de lugares, pessoas e eventos foram alterados ou abreviados para proteger os inocentes. Quer dizer, eu.

oi, gente!

Surpresos por eu dar notícias? Não fiquem. Algo aconteceu no Upper East Side e não posso ficar calada. Há um novo trio na cidade e eles são perfeitos demais para eu não falar nada...

Mas primeiro preciso voltar um pouquinho no tempo.

Como todo mundo sabe, neste verão nossa amada Avery Carlyle faleceu. Benemérita extraordinária, ela doou parte de sua fortuna a museus, bibliotecas e parques como outras pessoas doam os vestidos da coleção passada ao brechó da igreja de St. George. Aos 17 anos, ela chegou às manchetes dançando em cima das mesas no primeiro show de Elvis em Nova York. Aos 21, casou-se (pela primeira vez) e se mudou para a famosa casa cor de pêssego na esquina da 61 com a Park Avenue. E aos 70 ainda bebia scotch com soda e sempre estava cercada de peônias brancas recém-colhidas. Mais importante, ela sabia exatamente como conseguir o que queria — de maridos, socialites, chefes de Estado, de *qualquer um*. Uma mulher que eu admiro muito.

E por que você deveria se importar com tudo isso? Calminha, já estou chegando lá. A filha rebelde de Avery Carlyle, Edie — que anos atrás fugiu para Nantucket para se encontrar em sua arte — foi chamada de volta a Nova York para cuidar do espólio da mãe. A julgar pela estante cheia de diários com capa de couro (e os seis casamentos anulados) deixada pela velha sra. Carlyle, este processo pode demorar um pouco. E é por isso que Edie fechou recentemente a casa de Nantucket e se mudou com seu trio de "pai desconhecido" para uma famosa cobertura localizada na rua 72 com a Quinta.

Eu vos apresento os Carlyle: **O**, tremendamente lindo, corpo sarado, cabelos dourados, uma sunga sempre presente... Até agora, parece bom. E temos **A**, cabelo louro-trigo, olhos azul-cobalto, uma deusa de conto de fadas vestida de Marni. E por fim **B**, que simplesmente quer dizer Baby. *Ai*. Mas até que ponto ela é assim tão inocente?

É claro que nossos amigos do Upper East Side continuam aprontando. Temos **J**, vista pela última vez bebendo Tanqueray em um iate em **Sagaponack**. Mas por que ela está lá, quando devia estar fazendo *arabesques* na Ópera de Paris? Foi derrubada pela pressão, ou só ficou com saudades de seu namorado aprendiz de magnata **J.P.**...? Não se esqueça de **R**, de maneiras impecáveis, nadando pela piscina da cobertura da **Soho House** enquanto a mãe gravava um segmento sobre a diversão de verão para o programa de TV *Hora do chá com Lady Sterling*. Todo mundo sabe que Lady S está louca para planejar o casamento de conto de fadas com a namorada de longa data, **K**, mas o frescor do amor durará?

Em especial quando **K** foi vista no confessionário da **St. Patrick**? Dizem que a confissão faz bem para a alma.

O que a galera antiga pensará desses três novos adendos a nossa ilha dos sonhos? Eu, pelo menos, estou doida para ver se eles afundam ou nadam...

seu e-mail

P: Cara GG,

Então, minha mãe foi aluna da Constance Billard tipo mil anos atrás assim como a mãe dos trigêmeos e ela me disse que eles se mudaram para cá porque **A** dormiu com a ilha toda — os meninos e as meninas. E depois **B** é tipo um gênio doido e brilhante, mas é mentalmente instável e nunca lava suas roupas. E **O**, ao que parece, nada até Nantucket nos fins de semana de sunga. É verdade?

— Menage

R: Caro Menage

Que interessante. Pelo que vi, **A** parece bem inocente. Mas todo mundo sabe que as aparências podem enganar. Veremos se **B** será tão brilhante assim na cidade. Quanto a **O**, Nantucket fica muito longe, então duvido que ele possa nadar por tanto tempo. Mas se puder... Tenho uma palavrinha para você: *resistência*. Exatamente o que procuro num homem.

— GG

P: Cara GG

Acabei de me mudar para cá e adoro Nova York!!! Tem algum conselho para que este ano seja o melhor de todos os tempos?

— Garota do interior

R: Cara GDI,

Só o que posso dizer é tenha cuidado. Manhattan é um lugar muito pequeno, apesar de muito mais fabuloso do que qualquer canto de onde tenha vindo. Não importa o que você faça, e não importa onde esteja, alguém estará olhando. E não falo de fofocas no refeitório de sua escola — nesta cidade, as coisas tendem a parar na Page Six ou na Gawker. Quero dizer, se você for interessante ou importante o bastante para ser motivo de fofoca. A esperança nunca morre.

— GG

P: Prezada GG

Aposto que você só diz que adiou a faculdade porque não conseguiu passar para nenhuma. Além disso, ouvi dizer que um certo cara que tem um macaco nunca foi para West Point, e acho que é um mistério que ele ainda esteja aqui e você também. Você é mesmo mulher? E é veterana? Aposto que tem uns 13 anos e não tem peito nenhum, assim as pessoas não sabem se você é menina ou menino. Quer dizer, você não é verdadeira. Até o site parece diferente.

— VC EH CHUCKB

R: Caro VC EH CHUCKB

Antes de mais nada, isso se chama repaginada! Acorda para a vida. Segundo, estou lisonjeada que minha presença constante esteja suscitando teorias de conspiração. Desculpe por decepcioná-lo, mas sou tão feminina quanto se possa pensar, sem um macaco de estimação à vista. Minha idade? Como diria a venerável senhora Avery Carlyle: uma dama de verdade jamais revela.

— GG

flagras

Notícia fresca, dos novatos: **O** correndo no **Central Park**, sem camisa. Aliás, ele *tem* alguma camisa? Tomara que não...! **A** experimentando um minivestido YSL prata com lantejoulas nas espaçosas cabines da **Bergdorf's**. Alguém já disse a ela que a Constance tem código de vestimenta? E sua irmã morena, **B**, na **FAO Schwarz**, grudada num cara de moletom de capuz vermelho da Nantucket High, colocando bichos de pelúcia em poses inadequadas e tirando fotos. É *isso* que fazem para se divertir no lugar de onde vieram?

Muito bem, senhoras e senhores, todos vocês provavelmente têm de ir às compras para a volta às aulas — ou, para aqueles que foram para a faculdade, ler Ovídio e tomar uma cerveja em seu novo quarto de alojamento de oito por dez metros quadrados. Mas não se preocupem: estarei aqui, bebendo uma taça de Sancerre na mesa de canto do Balthazar, contando tudo o que estão perdendo. É o alvorecer de uma nova era no Upper East Side e, com esses três na cidade, sei que será outro ano louco e pervertido...

Pra você que me ama,

gossip girl

bem-vindos à selva

Baby Carlyle acordou ao som de caminhões de lixo buzinando alto enquanto davam a ré na Quinta Avenida. Esfregou os olhos inchados e pôs os pés descalços nas lajotas vermelhas da nova varanda da família, puxando para mais perto do corpo magrelo o moletom vermelho da Nantucket High do namorado.

Embora estivessem na cobertura, 16 andares acima da 72 com a Quinta Avenida, ela podia ouvir os barulhos altos, trazendo a cidade à vida. Era tão diferente de sua casa em Siaconset, Nantucket, mais conhecida como Sconset, onde ela costumava dormir na praia com o namorado, Tom Devlin. Os pais dele tinham uma pequena pousada e ele e o irmão moravam num chalé de hóspedes na praia desde que tinham 13 anos. Ele tinha surpreendido Baby com uma visita a Nova York no fim de semana, mas fora embora na noite passada. Como não conseguia dormir, ela arrastou um cobertor para a rede da varanda.

Dormindo ao ar livre? Mas é tão... *au naturel*.

Baby passou pelas portas francesas de correr e entrou no apartamento cavernoso que agora deveria chamar de lar. A série de cômodos grandes de cor creme, com o piso de tábua corrida cintilante e detalhes em mármore decorado, era o oposto de aconchegante. Ela arrastou o edredom Frette, varrendo o piso imaculado enquanto ia até o quarto da irmã, Avery.

O cabelo dourado de Avery estava espalhado pelo travesseiro cor-de-rosa e seus roncos lembravam uma chaleira quebrada. Baby atacou a cama.

— Ei! — Avery se sentou e puxou a alça da camiseta Cosabella no ombro bronzeado. O cabelo louro e comprido estava embaraçado e os olhos azuis pareciam turvos, mas ela ainda era majestosamente linda, como tinha sido a avó. Exatamente o que Baby não era.

— É de manhã — anunciou Baby, quicando de joelhos como uma menina de 4 anos depois de comer uma caixa inteira de doces. Ela tentava parecer animada, mas todo seu corpo estava pesado. Não era só porque toda a família tinha deixado Nantucket na semana passada, mas porque Nova York nunca pareceria sua casa — *jamais*.

Quando Baby nasceu, foi uma surpresa para a mãe e a obstetra, que pensaram que Edie só esperava dois gêmeos. Enquanto o irmão e a irmã foram batizados com os nomes dos avós maternos, a terceira e inesperada criança simplesmente foi chamada de Baby na certidão de nascimento. O nome pegou. Sempre que Baby vinha a Nova York visitar a avó, ficava claro pelos olhares da vovó Avery que dois gêmeos eram aceitáveis, mas três era um número inconcebível de filhos, principalmente para uma mãe solteira como Edie. Baby sempre fora bagunceira demais, ruidosa demais... era *demais* para a vovó Avery, demais para Nova York.

Agora, Baby se perguntava se ela tinha razão. Tudo, dos espaços limitados do apartamento à grade de ruas de Nova York, evocava confinamento e ordem. Ela quicou mais um pouco na cama da irmã. Avery gemeu, sonolenta.

— Anda, acorda! — insistiu Baby, embora mal fossem 10 horas e Avery gostasse de dormir bastante.

— Que horas são? — Avery se sentou na cama e esfregou os olhos. Não conseguia acreditar que ela e Baby eram parentes. Baby sempre fazia coisas ridículas, tipo ensinar o cão, Chance, a se comunicar piscando. Era como se estivesse eternamente chapada. Mas, embora o namorado dela fosse um tremendo maconheiro, Baby jamais gostou de drogas.

Não parecia nem um pouco precisar delas.

— Já passa das 10 horas — mentiu Baby. — Quer sair? Está bem bonito lá fora — ela tentou seduzir a irmã. Avery olhou o cabelo castanho, comprido e embaraçado de Baby, e seus olhos castanhos inchados, e de imediato entendeu que ela tinha chorado pelo namorado mané a noite toda. Em Nantucket, Avery tinha feito o possível para evitar Tom, mas neste fim de semana não deu para escapar de sua grosseria, das meias atléticas Gap brancas e sujas que ele enrolava e dava ao gato da família, Rothko, para brincar, e da vez em que ela o flagrou enrolando baseados na varanda vestindo só uma cueca samba-canção com estampa de Papai Noel. Ela sabia que Baby gostava que ele fosse *autêntico*, mas isso tinha que significar horrendo?

Resposta curta? Não.

— Tudo bem, eu vou lá fora. — Avery saiu de baixo dos lençóis de algodão italianos de seis mil fios e andou descalça para a varanda, e Baby a seguiu. Avery semicerrou os olhos para a luz do sol. Abaixo dela, a rua larga estava vazia, a não ser por um ou outro carro preto disparando pela avenida. Mais adiante ficava o trecho do Central Park onde Avery mal conseguia distinguir o labirinto de caminhos sinuosos pela folhagem.

As duas irmãs ficaram sentadas juntas, balançando-se na rede e observando as outras varandas e sacadas ajardinadas da Quinta Avenida, desertas, a não ser pelo ocasional jardineiro da cobertura. Avery suspirou de satisfação. Ali em cima, ela se sentia a rainha do Upper East Side, e ela nasceu para ser exatamente isto.

É mesmo?

— Oi. — O irmão das duas, Owen, 1,85m e sem camisa, chegou à varanda trazendo uma caixa de suco de laranja e uma garrafa de champanhe, usando somente uma sunga Speedo preta. Avery revirou os olhos para o irmão obcecado por natação, que podia muito bem beber mais do que qualquer um e depois derrotá-los numa competição de 10km.

— Alguém quer uma Mimosa? — Ele tomou um gole do suco de laranja e sorriu para a careta de repulsa de Avery. Baby sacudiu a cabeça com tristeza enquanto seu cabelo embaraçado roçava nos ombros. Sempre esmirrada, ela agora parecia completamente frágil. Seu cabelo castanho desgrenhado já perdera as luzes cor de mel que sempre apareciam nas primeiras semanas de um verão em Nantucket.

— O que é que tá pegando? — perguntou ele amigavelmente às irmãs.

— Nada — responderam Avery e Baby ao mesmo tempo.

Owen suspirou. Era muito mais fácil entender as irmãs quando elas tinham 10 anos, antes de começarem a ficar cheias de mistério.

Ele tomou um gole do suco, perguntando-se se um dia entenderia as mulheres. Se elas não fossem irresistíveis de modo geral, ele podia desistir delas e virar monge. Afinal, a única razão para ele estar acordado tão cedo foi o sonho semipornô que o obrigou a sair da cama e procurar em vão uma piscina.

Sonhou com *quem*? Detalhes, por favor.

Ele colocou a garrafa ainda fechada de champanhe em uma jardineira grande cheia de margaridas e tomou outro gole do suco antes de se espremer na rede ao lado das irmãs. Olhou para a imensidão de árvores, sem acreditar que o Central Park parecesse tão pequeno. Dali de cima, tudo parecia em miniatura. Não era como Nantucket, onde o mar escuro seguia para o infinito. Sconset era o ponto mais próximo entre o país e Portugal e Espanha, e Owen sempre se perguntou quanto tempo levaria a nado até lá.

— Olááááááááá! — Veio de dentro o som da voz de sua mãe e o tilintar de suas pulseiras artesanais de prata e turquesa. Edie Carlyle apareceu na soleira da porta. Usava um vestido leve Donna Karan de padronagem floral azul, e os cabelos normalmente louros com luzes acinzentadas tinham sido trançados em cem pequenos dreadlocks. Ela mais parecia um ouriço apavorado do que moradora do endereço mais exclusivo de Manhattan.

— Que bom que estão todos aqui — começou ela. — Preciso da opinião de vocês sobre uma coisa. Vamos, entrem. — Ela gesticulou para o vestíbulo, as grossas pulseiras tilintando.

Avery riu enquanto Owen saiu obedientemente da rede e entrou no apartamento, seguindo os longos passos de Edie. Na última semana, Owen estivera atuando como consultor de arte *de facto* da mãe. Fora quase todas as noites a uma vernissage, em geral numa galeria superlotada e fedendo a patchouli no Brooklyn ou no Queens, onde bebeu chardonnay quente e fingiu saber do que estavam falando.

Agora, os cômodos caros e revestidos de madeira, que antes provavelmente abrigaram releituras de cadeiras Louis XIV e mesas Chippendale, estavam vazios, a não ser por alguns móveis de segunda mão que Edie encontrara por intermédio de sua extensa rede de amigos artistas. Avery de pronto encomendou todo um visual ultramoderno de Jonathan Adler e Celerie Kempbell, mas a mobília ainda não havia chegado. Enquanto isso, Edie encontrou um sofá laranja roído por traças para colocar no meio da sala de estar. Rothko metia as unhas furiosamente nele, sua nova atividade preferida desde a mudança para Nova York. A maioria dos animais de estimação dos Carlyle — três cães, seis gatos, uma cabra e duas tartarugas — ficou em Nantucket. Rothko devia estar se sentindo só.

Mas não por muito tempo. Sentado ao lado de Rothko estava uma chinchila de gesso com 60 centímetros de altura, pintada de verde-azulado e coberta de plástico-bolha.

— O que vocês acham? — perguntou Edie, os olhos azuis cintilando. — Um homem estava vendendo por 50 centavos na rua, em Red Hook, quando eu voltava ontem à noite de uma performance. Isto é a autêntica *arte* de Nova York — acrescentou ela em êxtase.

— Vou sair — anunciou Avery, dando as costas para a escultura de gesso como se estivesse contaminada. — Baby e eu vamos à Barneys — decidiu ela, olhando nos olhos da irmã e desejando que ela concordasse. Baby ficou zanzando com o moletom idiota de Tom o fim de semana inteiro. Estava na hora de parar com aquilo.

Baby sacudiu a cabeça, puxando o moletom vermelho para mais perto do corpo. Ela na verdade meio que tinha gostado da chinchila. Parecia deslocada no apartamento decorado, como ela própria se sentia.

— Eu tenho planos — mentiu Baby. Ela decidiria que planos seriam assim que saísse da vista da família.

Owen olhou a escultura. Uma das pesadas pálpebras da chinchila parecia piscar para ele. Ele precisava mesmo sair de casa.

— Eu, é... preciso pegar umas coisas da natação. — Ele se lembrava vagamente de receber um e-mail dizendo que precisava pegar seu uniforme com o capitão da equipe da St. Jude's antes que as aulas começassem no dia seguinte. — Acho melhor fazer isso logo.

— Tudo bem — disse Edie, enquanto Avery, Owen e Baby iam em direções opostas do apartamento. As aulas começariam no dia seguinte. Era o alvorecer de uma nova era.

Edie levou ternamente a escultura de chinchila para seu estúdio.

— Divirtam-se neste último dia de liberdade! — disse ela, a voz ecoando pelas paredes do apartamento.

Até parece que eles não encontravam uma maneira de se divertir *sempre*.

as melhores coisas da vida são de graça

Avery não pôde deixar de sorrir consigo mesma ao sair do prédio e começar a andar para o sul pela Quinta Avenida. Eram apenas 10 horas da manhã, mas as ruas já estavam cheias de turistas e famílias. O calor de final de agosto era entremeado por uma brisa fria que a fez tremer de expectativa. Ela mal podia esperar para ver as árvores que flanqueavam a avenida adquirindo tons de laranja, vermelho e amarelo vivos. Estava louca para se aconchegar em um casaco de cashmere Burberry e tomar chocolate em um dos bancos que ladeavam os muros austeros de pedra do Central Park. Estava ansiosa para que o dia seguinte chegasse, quando começaria na exclusiva Constance Billard School for Girls de Manhattan e sua vida *enfim* teria início.

Avery entrou na Madison, parando nas grandes vitrines de vidro laminado da loja Calvin Klein na esquina com a 62 para ver seu reflexo. Com o cabelo louro-claro e comprido preso em um lenço estampado Pucci e um vestido trespassado sem mangas Diane von Furstenberg rosa envolvendo o corpo atlético, ela parecia qualquer moradora do Upper East Side saindo para uma caminhada. Em Nantucket, onde o fleece era traje de festa e uma festa era beber um pacote de seis latas de cerveja na praia de Sconset, Avery sempre se sentiu deslocada. Mas este ano tudo seria diferente. Enfim, ela estava em seu lugar de direito.

Avery se distanciou da vitrine e continuou caminhando pela Madison. Passando pela 61, chegou à porta da Barneys e sorriu exultante quando o porteiro elegante de terno preto manteve a porta aberta. Ela respirou fundo ao entrar, o cheiro dolorosamente familiar de Creed Fleurissimo atingindo-a junto com o ar-condicionado. Era o perfume preferido de sua avó e Avery praticamente podia sentir o espírito da velha Avery a afastando de uma imensa bolsa Marc Jacobs verde-maçã e orientando seus sentidos até as verdadeiras bolsas de grife.

Avery andou pelo departamento de bolsas de luxo, acariciando com reverência a pele de crocodilo e os couros macios. Seus olhos pararam em uma bolsa Givenchy cor de conhaque e ela sentiu o coração palpitar. Suas fivelas douradas a lembraram da arca antiga que ela havia deixado em Nantucket. Ela sempre imaginou que alguma tia-avó de sangue azul de antigamente tinha perdido o baú no Atlântico quando o navio afundou durante a lua de mel, tendo sido recuperado por um barbado pescador de lagostas anos depois de sua morte romântica. Avery tinha o hábito de deixar as coisas mais românticas do que realmente eram.

Bom, isso era bem melhor do que chupar o polegar e roer as unhas.

— Peça extraordinária. — Por sobre o ombro, Avery ouviu uma voz suave. Virou-se e deu com a vendedora atrás dela. Devia ter uns 40 anos, o cabelo grisalho preso num coque reluzente.

— É linda — concordou Avery, desejando que a vendedora sumisse. Ela queria que este momento fosse único: um momento entre ela e a bolsa.

E talvez o pescador de lagostas imaginário?

— Edição limitada — observou a vendedora. Seu crachá dizia NATALIE. — Foi reservada, mas não tivemos notícia da compradora... Estaria interessada? — Natalie ergueu as sobrancelhas perfeitas.

Avery assentiu, paralisada. Olhou a etiqueta de preço — quatro mil dólares. Mas não tinha comprado muito desde que chegou a Nova York, e não era para isso que servia o novo contador de Edie, Alan? Além disso, como bem lembrou a vovó Avery uma vez, quando ela admirou uma bolsa Hermès Kelly vintage em sua extensa coleção: *as bolsas jamais morrem.* Esta bolsa era para sempre.

— Vou levar — disse ela com confiança, as unhas das mãos recém-feitas com esmalte rosa-pétala estendendo-se para as alças de couro macio.

— Ah, aí está você!

Avery e Natalie se viraram ao mesmo tempo e avistaram uma menina empinada, com cabelos castanhos em cascata e uma pele sardenta, atravessar o piso de mármore. Avery parou, atônita. Mesmo com o vestido leve Milly branco e imensos óculos de sol D&G empoleirados na cabeça, a menina era idêntica à bailarina na tela de Degas pendurada na biblioteca da vovó Avery. — Vim pegar minha bolsa. Lamento muito não ter recebido seus recados... Eu estava em Sagaponack. O sinal do meu celular é horrível por lá. — Ela suspirou fundo, como se um sinal fraco de celular nos Hamptons fosse o problema mais grave do mundo.

— Obrigada por reservá-la. — A menina pegou a bolsa das mãos de Avery, como se fosse tarefa da jovem segurar a bolsa para ela. Avery estreitou os olhos enquanto agarrava com firmeza a alça da bolsa.

— Você deve ser Jack Laurent. — Natalie apertou os lábios numa linha rígida ao se virar para a menina. — Infelizmente, como temos uma política de liberação e temos uma cliente interessada, receio termos de colocá-la novamente na lista de espera.

Avery abriu um sorriso de *peninha* para a menina, sentindo-se eufórica. Ninguém na Constance Billard podia ter essa bolsa. Parecia ainda mais valiosa agora que ela via a demanda que existia. Avery segurou firme a alça, mas a menina não fez menção de soltar a bolsa.

— Posso entender por que precisa de uma bolsa nova. — Jack olhou incisivamente para a surrada bolsa Louis Vuitton Speedy de Avery. Foi presente de aniversário de 13 anos de sua avó, e era *bem-amada*, como diria a vovó Avery. — Tem algumas lá fora que podem interessar a você.

Avery semicerrou os olhos azuis para a menina e pegou a alça da bolsa cor de conhaque. Lá fora? Como assim, as cópias bregas vendidas por camelôs na rua? Ela ficou sem fala.

— Agora que resolvemos o problema — continuou Jack, apertando a mão na alça da Givenchy —, podemos cuidar disso, por favor? — ordenou ela asperamente a Natalie, os olhos verdes faiscando.

Natalie ergueu-se em toda sua altura de 1,60m. Meteu-se comicamente entre as duas meninas, que se encaravam 10 centímetros acima de sua cabeça.

— Esta é a única que temos — começou ela num tom de autoridade. — É uma edição limitada e muito frágil, assim tenho certeza de que as duas poderão chegar a um acordo. — Ela estendeu a mão para os dedos das duas, tentando soltá-los da alça de couro da bolsa.

— Não acho que isso seja necessário — disse Avery, dando um puxão na bolsa surpreendendo Jack. Ela cambaleou para a frente, soltando a alça. *Engole essa, sua vaca*, Avery pensou com um sorriso forçado.

Antes que Jack conseguisse recuperar o equilíbrio, Avery andou rapidamente pelo piso de mármore da Barneys, com a bolsa agarrada de forma protetora contra o peito, como um jogador de futebol americano indo para a *end zone*. Tinha chegado ali primeiro e ia sair dali primeiro, com a bolsa que era dela por direito. Só dez metros a separavam da saída. Incapaz de se reprimir, ela lançou um olhar de vitória a Jack. Era o equivalente Carlyle a uma dança de *touchdown*. A cara pálida da menina sardenta perdeu o bronzeado perfeito e seus olhos verdes pareciam mais confusos do que coléricos. Avery abriu um sorriso duro, eufórica. Mas de repente soou um apito imenso em volta dela. Ela olhou irritada, mas não conseguiu ver de onde vinha. Sem ousar hesitar, continuou andando, sentindo o impulso da vitória.

— Com licença, senhorita? — Um segurança corpulento apareceu diante dela. Seu crachá dizia KNOWLEDGE. Avery olhou, confusa. Tentou se desviar dele, mas ele passou o corpo enorme para a frente dela com facilidade.

Ela não era a primeira menina a fugir da Barneys!

— Me entregue a bolsa, garotinha, e tudo estará acabado — disse Knowledge com gentileza e em voz baixa, segurando o braço fino de Avery. Ela podia sentir os dedos com anéis de ouro deixando uma marca em sua pele bronzeada.

— Eu ia pagar por ela — insistiu Avery, tentando não parecer desesperada. Sem saber o que dizer, ela entregou a bolsa enquanto seus olhos azuis se arregalaram de choque. Será que eles realmente acharam que ela ia roubar?

Natalie se juntou a eles, pegando a bolsa das mãos de Knowledge. Avery sentiu manchas vermelhas se formando em seu peito e no rosto, o que sempre acontecia quando ela se aborrecia, um prenúncio das lágrimas.

— Acho que devia haver limite de idade para andar em algumas seções, não é? — Avery entreouviu uma senhora de cabelos brancos dizer em voz alta a sua amiga de cabelo ruivo e um vestido abotoado Norma Kamali de estampa de leopardo. Avery de repente sentiu-se com 5 anos de idade.

— Eu ia pagar por ela — repetiu ela em voz alta. — O balcão do caixa não está bem sinalizado. — Mesmo enquanto dizia isso, ela se encolheu. Balcão? Ela parecia ter confundido a loja com a Target.

Avery sacudiu a cabeça, tentando parecer genuinamente irritada e pegou a própria bolsa com monograma LV. Ia sacar seu AmEx preto novinho em folha da carteira Gucci listrada de vermelho e branco. Então todo mundo veria que foi um mal-entendido lamentável e lhe daria um monte de produtos de cortesia para se desculpar pela inconveniência.

— Por sorte, a saída está *bem* sinalizada — respondeu Natalie friamente. Ela estava gostando disso, percebeu Avery. Natalie baixou a voz. — Não se preocupe. Não vamos chamar os seus pais. — E com essa, Natalie girou em suas botas Prada e voltou a Jack, que esperava com um sorriso de aço na irritante cara sardenta.

— Eu simplesmente *tinha* de ter essa bolsa no primeiro dia de aula — arrulhou Jack teatralmente. Ela pegou a bolsa, examinando-a, como quem quer se certificar de que Avery não a sujou com os dedos pegajosos.

— Sua excursão de compras acabou, querida — a voz mansa de Knowledge interrompeu seu devaneio medonho, enquanto outros dois seguranças a acompanhavam para uma entrada lateral na 61.

A porta se fechou com um baque.

A cara de Avery ardia. Ela de certo modo esperava que uma turba furiosa da Barneys a seguisse enquanto ela era escorraçada, mas em vez disso passaram por ela duas mulheres de trinta e qualquer coisa empurrando seus carrinhos Bugaboo que mais pareciam tanques, tagarelando sobre creches. Porteiros de luvas brancas estavam parados em filas de prédios de luxo. Um ônibus vermelho de dois andares ia para o Central Park. Avery sentiu seu coração desacelerar. Ninguém tinha a menor ideia de quem ela era ou do que acabara de acontecer. Ela ajeitou o lenço e atravessou a rua com o queixo bem empinado. Esta não era Nantucket, onde todo mundo era alardeado até o infinito. Esta era Nova York, uma cidade de mais de 8 milhões de pessoas, onde Avery podia fazer o que quisesse — ser quem ela quisesse. E daí se ela não conseguiu a bolsa Givenchy? Ainda tinha a nova mochila de couro Louboutin que comprara na véspera e suas pérolas da sorte da vovó Avery. Podia voltar à Barneys amanhã e ninguém iria reconhecê-la.

Enquanto cruzava a Quinta Avenida, um cara bonito com uma camiseta cinza da Riverside Prep e um boné dos Yankees passou correndo, sorrindo para ela. Avery retribuiu com um sorriso largo, batendo os cílios cuidadosamente maquiados. Amanhã, Avery Carlyle começaria sua vida nova em sua nova escola e Jack Laurent seria uma lembrança distante — uma metida que roubou sua bolsa e nunca mais se ouviu falar dela.

Talvez. O caso é que Nova York é uma cidade grande, mas Manhattan é uma ilha bem pequena...

este parece o começo de uma bela amizade

Owen Carlyle estava diante de uma imponente casa de tijolinhos entre a Park e a Madison e hesitava em tocar a campainha com a placa STERLING. Tinha recebido um e-mail na semana anterior dizendo que devia pegar seu uniforme da equipe de natação com Rhys Sterling, o capitão da equipe do St. Jude's, mas ainda estava meio constrangido de passar na casa sem ter marcado nada. Sentia-se como se estivesse pedindo doce no Dia das Bruxas.

Até parece que alguém ia lhe negar uma gostosura em qualquer época do ano.

Ele tocou a campainha de novo. Lindas flores azuis brotavam de jardineiras brancas que flanqueavam a entrada. Lentamente, ele se inclinou para cheirar uma delas, pensando em certo alguém a quem queria dar flores. Enquanto Owen cheirava o doce perfume, a porta se abriu, revelando uma mulher de vestido de linho azul-marinho com o cabelo branco impressionante e perfeito, embora seu rosto não tivesse nenhuma ruga. Ela parecia uma Nicole Kidman de peruca branca.

— Bom-dia — anunciou ela num sotaque britânico afetado, abrindo parcialmente a porta e olhando de cima, inquisitiva, com seu nariz perfeitamente esculpido. — Posso ajudá-lo?

— Oi. Meu nome é... Owen Carlyle, sabe? Estou procurando o Rhys. Sou novo na equipe de natação e queria pegar minhas coisas — começou ele, sem jeito. Esperava ter batido na casa certa.

A mulher abriu um sorriso caloroso.

— Owen Carlyle! É claro, eu conhecia muito bem a sua avó. Que mulher maravilhosamente única. — Ela conduziu Owen para o imenso saguão. Owen brincava desajeitado com a flor azul que tinha arrancado do lado de fora. — Sabia que ela foi ao programa algumas vezes?

Owen franziu a testa, confuso. Diante dele havia uma escadaria sinuosa e acarpetada de vermelho como a de *Crepúsculo dos deuses*, um dos filmes preferidos de Avery. Ele não fazia ideia do que se tratava, mas Avery deve ter visto umas quatrocentas vezes.

— *Hora do chá com Lady Sterling* — disse a mulher com severidade, como se o corrigisse. — Chá *comigo* — esclareceu ela.

Owen ainda não sabia de que merda ela estava falando. Ele mal via TV e, quando via, fazia questão de não assistir a programas com a palavra *chá* no título.

— É um prazer conhecê-la. — Owen estendeu a mão, sem graça. As paredes do saguão eram pintadas de um cinza-claro suave e delimitadas por cenas inglesas e antigas de caça a raposas. De repente, um cara mauricinho, usando calças de algodão bem passadas e uma imaculada camisa azul de manga curta desceu a escadaria acarpetada. Parecia estar saindo para jogar golfe. Owen enfiou as mãos nos bolsos da bermuda Adidas puída e arriou os ombros sob a camiseta cinza do Nantucket Pirates.

— Rhys! Você tem visita. — Lady Sterling sorriu ternamente para os dois garotos. — Este é Owen Carlyle. Owen, querido, por favor, diga a sua mãe que eu adoraria vê-la. Nós nos encontramos uma vez, em um evento de caridade, e sabe como são essas coisas — disse Lady Sterling enquanto batia os saltos pelo corredor.

— Que bom conhecer você, cara! — Rhys apertou a mão de Owen com firmeza. Era só um pouco mais baixo do que Owen, tinha cabelo castanho-escuro e olhos castanhos pontilhados de dourado. Ele abriu uma porta de armário e pegou uma bolsa de natação marrom da Speedo. — Isto é para você.

— Valeu. — Owen a vasculhou e encontrou seis PowerBars, uma toalha marrom bordada com ST JUDE'S e três sungas Speedo pretas e minúsculas. Owen levou uma delas aos quadris, sem jeito. Era uns cinco números menor. — Bom, foi bom te conhecer. — Owen enfiou o traje de banho na bolsa e se virou para ir embora.

— Espera — chamou Rhys atrás dele. — Está ocupado hoje à tarde? Que tal um brunch? O do Fred's é muito bom. Fica no último andar da Barneys.

— Não! — disse Owen rapidamente, com um pé do lado de fora da casa. A última coisa que queria era esbarrar em Avery no meio de uma espécie de emergência de moda.

Rhys ficou decepcionado.

— Ah, tudo bem.

Owen sacudiu a cabeça.

— Quer dizer, será que a gente pode comer uns bagels? Ir ao parque? — perguntou ele, desajeitado. Apesar do bando de meninas que o seguiam o tempo todo, Owen nunca teve amigos próximos. Na realidade, era *por causa* do bando de meninas que o seguiam o tempo todo. Os caras da Nantucket High School sempre tiveram inveja da beleza de Owen e de sua confiança tranquila — sabiam que não ganhavam ninguém quando ele estava por perto. Owen tentava não se importar, e não era solitário nem nada. Mas convenhamos. Não era culpa *dele* ser um ímã para garotas.

Ah, não é fácil ser bonito.

— Por mim, tudo bem — assentiu Rhys pegando os óculos Ray-Ban enquanto eles saíam da casa e iam para o parque. No caminho, pararam numa deli para comprar bagels e cerveja.

O café da manhã dos campeões!

Eles atravessaram a Madison e depois a Quinta, e Rhys os guiou por vários caminhos sinuosos quando entraram no parque, indo cada vez mais para oeste. Por fim pararam em uma estrutura de pedra em formato de castelo assentada majestosamente atrás de um pequeno lago. Tinha uns três andares e parecia uma fortaleza medieval.

— Este é um dos meus lugares preferidos na cidade — disse Rhys. — O Belvedere Castle. Quando eu era mais novo, pensava que o castelo era de verdade e queria morar nele. Minha mãe tem seu próprio programa de TV, o *Hora do chá com Lady Sterling*, sabia? — ele olhou para Owen, inquisitivo.

— É, ela falou nisso. — Owen chutou uma pedrinha no caminho. Meninas de biquíni Malia Mills se bronzeavam em um gramado extenso, fingindo que estavam nos Hamptons, e garotos maconheiros jogavam Hacky Sack ou Frisbee. Era meio triste: os nova-iorquinos tinham tanta fome de natureza que precisavam fingir que um pedaço de gramado era a praia.

— Como minha mãe é inglesa, eu imaginava que a gente devia ser dono de um castelo. — Rhys deu de ombros timidamente.

Owen riu, acomodando-se na pedra enquanto Rhys abria uma lata de Olde English, com o cuidado de mantê-la escondida no saco de papel. Ele passou o saco de papel pardo a Owen. Owen tomou um gole e olhou os arredores. A superfície do lago era coberta de folhas velhas e lixo esverdeado, mas uma gama interminável de meninas com bronzeados perfeitos de final de verão fazia piquenique na grama ao lado do castelo de pedra imponente. Apesar do monte de gatas com a parte de cima do biquíni frouxa, Owen se viu procurando por um lampejo de cabelos cor de manteiga. E suspirou de frustração.

Nos últimos meses, onde quer que estivesse, só conseguia pensar em Kat, a menina que havia conhecido junto a uma fogueira na Surfside Beach no início do verão. Desde que viu a menina curvilínea com os olhos azuis dançantes e cabelo da cor de seu golden retriever, Chance, não conseguiu tirar os olhos dela. Quando ela se aproximou e pediu ajuda para abrir sua Corona Light, Owen já estava apaixonado. E alguns minutos depois, quando ela perguntou se ele lhe mostraria o farol, os dois sabiam o que queriam. Ali, na areia e no escuro, eles perderam a virgindade juntos. Foi a coisa mais doida, mais irresponsável e mais incrível que Owen fez na vida.

— Qual é o seu nome? — perguntou ele depois disso, acompanhando com os dedos a curva dos ombros dela. Na hora, ele se sentiu um idiota. É claro que ele era um galinha, mas perder a virgindade com uma menina sem saber o nome um do outro era demais, até para ele.

— Aqui tem uma dica. — Ela mostrou uma pulseira delicada de prata que trazia KAT em caracteres sinuosos e delicados

Eles passaram o resto da noite namorando na praia e correndo para a água sempre que ficavam suados demais. Ela era de Nova York, só estava de visita em Nantucket naquele dia, explicou, e saber que ela iria embora no dia seguinte tornou tudo mais especial, como se fosse a última noite na Terra. Na manhã seguinte, Owen acordou sozinho na praia. Podia ter sido um sonho, só que ele tinha a pulseira de prata como prova. Owen pegou a pulseira em sua bermuda cargo e passou o polegar nos riscos irregulares de sua superfície. Levou-a ao nariz para ver se podia sentir o cheiro dela.

— O que é isso? — perguntou Rhys com curiosidade, arrancando Owen de seus devaneios românticos.

— É só... uma pulseira da sorte — mentiu Owen, devolvendo rapidamente a pulseira ao bolso de sua bermuda Adidas. Queria perguntar a Rhys se ele conhecia Kat, mas havia milhões de pessoas na cidade e ele não queria parecer um bobão apaixonado.

Tarde demais.

— Ah — disse Rhys, perdendo o interesse. — E aí, Nantucket, né? Como é que era lá? — perguntou Rhys.

— Era legal — disse Owen. — Pequeno. — De jeito nenhum ia dizer à primeira pessoa que conhecia em

Manhattan que todos os caras da Nantucket High meio que o ignoravam por ele ser um galinha. Ele tomou outro gole da cerveja. O gás fez cócegas na garganta e o sol estava deixando-o sonolento.

— Aqui é bem pequeno também — disse-lhe Rhys. — Estou na mesma escola, com a mesma turma, desde o jardim de infância.

Owen olhou duas meninas sardentas passarem por eles, as sacolas de compras balançando em uníssono. Ele mal conseguia acreditar que estava prestes a passar o resto de seus dias de estudante cercado por homens. Ele ia olhar para o quê?

— E aí, como é não ter menina nenhuma por perto?

Rhys semicerrou os olhos castanhos com pontinhos dourados, como se nunca tivesse pensado no assunto.

— É tranquilo. Minha namorada é da Seaton Arms, que fica na mesma rua, então não vejo só homem o tempo todo.

Owen suspirou de alívio. Esticou-se na manta, sentindo o sol quente através da camiseta cinza. Um corredor passou usando uma malha apertada Day-Glo Lycra.

— Então, uma das coisas que tenho que fazer como capitão é dar uns toques informais de final de verão ao treinador — disse Rhys, rompendo o silêncio. — Como não sei nada sobre você, vamos apostar uma corrida pelo lago e vou estimar seu tempo com base no meu.

— Aqui? — perguntou Owen, cético, sentando-se.

— E por que não? — Rhys se levantou da pedra, gesticulando para Owen ficar de pé ao lado dele. Rhys tirou a camisa e revelou um peito esculpido e ombros largos de nadador. Owen deu de ombros e tirou a camiseta também. Duas meninas folheavam uma *Vogue* francesa em um banco próximo e olharam por cima da revista.

Oba!

— Pronto? Vai!

Owen mergulhou no lago barrento sem hesitar nem por um momento. Avançava pelas algas nadando em estilo livre e assustando os patos no caminho. Rasgava a água com um golpe forte e suave, dominado por seus instintos de competição.

Chegou ao outro lado do lago poluído, respirando com dificuldade ao se colocar de pé no fundo mole de lodo. Parecia aveia passada entre seus dedos. A gosma verde estava grudada em seus braços. Do outro lado do lago, Rhys estava de pé na pedra, tomando a cerveja do saco de papel e rindo. Owen semicerrou os olhos. Mas que porra era essa? As duas meninas no banco riam.

— Aí, cara, você é rápido pra cacete — gritou Rhys de bom humor enquanto contornava o lago na direção de Owen. Um guarda de macacão verde apareceu de trás do castelo gritando.

— Não pode nadar aqui! — berrou ele, partindo para Owen com um ancinho.

Esquecendo-se da camiseta e dos sapatos, Owen correu. Rhys o alcançou em um dos caminhos sinuosos que saíam do parque. Quando chegaram à saída, eles finalmente pararam e rolaram de rir. Owen pegou a cerveja ainda aberta de Rhys. Talvez morar em Nova York não fosse assim tão ruim. Um amigo legal, muitas gatas e natação sem parar — o que mais ele podia querer?

Ei, é Manhattan. Sempre se pode querer mais.

voulez-vous coucher avec j?

Jack Laurent colocou os sapatos na bolsa rosa da School of American Balet, ignorando as outras bailarinas que bebiam Vitamin Water e paqueravam os calouros da Fordham reunidos em torno da fonte, na frente do Lincoln Center. Este ano, Jack estava no prestigioso programa de estágio, em que teria várias aulas por dia na esperança de ser selecionada para apresentações com a companhia. Ela dançara a vida toda e a dança era tão natural para ela quanto respirar. Mas hoje esteve meio segundo atrás da música. Pela primeira vez, o balé lhe parecia difícil e Mikhail Turneyev, diretor do programa de estágio, percebeu cada um de seus erros.

Enquanto atravessava a enorme praça de mármore, Jack percebeu a mancha de sangue de uma bolha sujando as sapatilhas de camurça azul-clara Lanvin que tinha comprado na Barneys naquela manhã.

— *Merda* — murmurou ela. Irritada, ela tirou os sapatos e os jogou numa lixeira.

O lixo de um é o tesouro de outro.

Ela deslizou os pés nos chinelos azuis desbotados J. Crew que mantinha na bolsa para quando fosse fazer as unhas e se sentou em um dos bancos de pedra baixos que flanqueavam o espelho d'água na frente do Vivian Beaumont Theatre. Olhou seu Treo e viu que o pai tinha ligado três vezes enquanto ela estava em aula. Ela havia concordado em almoçar a cada dois meses com ele no Le Cirque, quando ele perguntava sobre a escola e o balé e fingia se importar com as respostas, mas, de regra, eles jamais se telefonavam para conversar. Ele nem estava ciente de que ela saíra mais cedo da Escola de Dança da Ópera de Paris e Jack não tinha vontade de falar no assunto.

Jack era a descendente não planejada de Vivienne Restoin, a celebrada primeira bailarina francesa, e Charles Laurent, ex-embaixador americano de 60 e poucos anos na França. Vivienne engravidou quando tinha 21 anos e, como fazia questão de lembrar a Jack, sacrificou seu corpo de bailarina — e sua carreira — por sua única filha. Eles saíram de Paris como uma família quando Jack tinha apenas 1 ano, mas seus pais se divorciaram depois de alguns anos juntos em Nova York. O pai voltou a se casar (algumas vezes) e agora morava em uma casa no West Village com a nova esposa e os enteados pirralhos. Jack pegou o maço de Merit Ultra Lights, acendeu um cigarro e soltou a fumaça com um suspiro teatral.

— Pensei que fosse parar de fumar este ano.

Jack girou e viu o namorado, J.P. Cashman, andando em sua direção. Ele estava de bermuda cáqui e uma camisa rosa engomada Brooks Brothers. Na mão levava um exemplar surrado de *Uma verdade inconveniente*. Tinha voltado de uma expedição ao Polo Sul com o pai, magnata da construção civil e defensor do meio ambiente — uma tentativa de se livrar de um revés de má publicidade. Jack rapidamente pisou no cigarro com a sola do chinelo. J.P. odiava que ela fumasse e, em geral, ela tentava se reprimir na presença dele, mas como ia saber que ele ia lhe fazer uma surpresa depois da aula? E ela não merecia uma folguinha que fosse quando tecnicamente ainda era verão?

— Oi, linda — disse quando puxou e agarrou suas costas fortes enquanto se beijavam. J.P. tinha gosto de bala de gengibre. Ele pôs a mão em seus quadris mais-carnudos-do-que-o-de-costume.

Enquanto tinha aulas na Ópera de Paris, ela ficou viciada no *pain au chocolat* da padaria da rua de seu alojamento.

— Quer almoçar? — perguntou J.P., passando o braço com facilidade pela cintura de Jack. Ela enrijeceu ao toque dele, sentindo-se uma salsicha extragorda de malha cor-de-rosa.

Ir do tamanho 30 ao 32 é uma tragédia *e tanto*.

— Desde que não inclua comida — concordou Jack, encostando-se em J.P. Eles andaram de mãos dadas pela Broadway, indo para o Columbus Circle. As ruas estavam apinhadas de famílias aproveitando o último fim de semana do verão, e o ar era denso e quente.

— Mas então — começou J.P., passando educadamente a bolsa de Jack no ombro —, depois da expedição consegui contato com um professor da Columbia que trabalha com sustentabilidade e estou estagiando pra valer...

— J.P.? — interrompeu Jack. — Você não me disse que estou bonita. — Ela sabia que podia parecer ridículo a outra pessoa, mas J.P. sempre lhe dizia que ela estava linda quando a via. Sempre era a primeira coisa a sair de sua boca e o que Jack mais gostava nele.

Egocêntrica demais?

— Sim, eu disse, "Oi, linda". É a mesma coisa — respondeu J.P., mal olhando para ela ao abrir a porta de vidro reluzente do Time Warner Center.

É verdade, raciocinou Jack. Ela odiava pedir elogios, mas desde que tinha sido expulsa do programa da Ópera de Paris por tomar vinho muscadet sozinha em seu quarto de alojamento, ela andava se sentindo meio abalada. Voltara para casa mais cedo e tinha passado as últimas duas semanas na mansão de sua amiga Genevieve em Maiden Lane, nos Hamptons. Tomar Tanqueray na praia não era uma forma ruim de terminar o verão, mas quando perdeu o ritmo na aula esta manhã lhe veio à mente seu constrangimento em Paris e isso a deixou abalada.

Eles pegaram a escada rolante para a Bouchon Bakery, o bistrô informal no terceiro andar, e se sentaram em uma mesa que dava para o Columbus Circle. Os carros engarrafavam em volta da praça e turistas descansavam na fonte central. Agora que tinha voltado com J.P., Jack sentia sua velha confiança de volta. E daí se tivesse que comer saladas por algumas semanas e passar algumas horas a mais por semana no estúdio? Quem liga? O menino mais cobiçado de Nova York a amava. Eles estavam destinados a se casar, morar em um dos prédios luxuosos do pai dele e tirar férias fabulosas para descansar de sua vida igualmente fabulosa. E, nesse meio tempo, talvez este ano finalmente fosse aquele em que eles iam chegar lá. *Naquilo*.

Seria uma boa maneira de queimar calorias.

O som da *Suíte Quebra-nozes* de Tchaikovsky surgiu da bolsa de balé rosa de Jack. Ela pegou o celular e olhou o visor. O pai de novo. Jack fez uma careta e apertou Ignorar.

— Quem é? — perguntou J.P., dando uma mordida no queijo-quente que um garçom magrela de cavanhaque tinha acabado de baixar na mesa. Jack podia sentir o estômago roncar.

— Charles. — Jack deu de ombros e pegou uma batata frita do prato dele. Só uma não ia matar.

— Quando foi a última vez em que você falou com ele? — J.P. franziu a testa.

Jack torceu o nariz sardento. Só porque era íntimo do próprio pai e tinha passado a merda do verão numa expedição de pai e filho na Antártida, J.P. achava que todo mundo devia ter o mesmo tipo de relação divertida com o pai. Ele sempre era positivo e Jack adorava isso, porque equilibrava sua tendência a dar um chilique se alguém errava seu pedido no Starbucks. Agora, porém, ela queria que o entusiasmo dele fosse dirigido a *ela*. Eles podiam começar sentando-se em uma das luxuosas poltronas de couro da sala de projeção do apartamento dos Cashman, assistindo a *Os guarda-chuvas do amor* ou outro filme francês ridículo e tirar uma peça de roupa a cada vez que um deles acendesse um novo cigarro.

Ela pegou outra batata frita. Bastava pensar nas mãos de J.P. em seu corpo para Jack ficar faminta.

Humm. Ela quis dizer *faminta* mesmo?

— Vamos embora daqui — sussurrou ela, passando os dedos na coxa bronzeada de J.P., satisfeita quando viu que os olhos castanhos dele se arregalaram de excitação.

A conta, por favor!

a noite encantada de r... ou não

Rhys mergulhou na piscina ladrilhada de 25 metros do porão da casa de seus pais na 84, entre a Madison e a Park. Impelia o corpo pela água azulada, cortando-a com os braços fortes numa tentativa desesperada de ficar sóbrio depois de uma tarde bebendo com o recém-chegado, Owen Carlyle.

A gente não tem que *beber* a água para ficar sóbrio?

Rhys sentiu enjoo ao parar para respirar na outra ponta da piscina. Não ajudava em nada que a piscina fosse decorada com ladrilhos italianos pintados à mão retratando estrelas do mar, algas e polvos. Ele sentia que estava se afogando em alguma pintura a dedo de um menino de 5 anos retardado.

Ele olhou o grande relógio à prova de umidade acima das portas de teca que separavam a piscina do resto da academia do porão. 19h35. A namorada, Kelsey, ia aparecer às 20h e eles não se viam desde junho. Ele passou o verão todo na Europa, na propriedade do País de Gales, que era da família do pai há gerações. E a maior parte do tempo ele ficou no pub com os primos ou indo a Londres no jatinho particular para ver partidas de futebol. Kelsey foi para a casa dela em estilo Orleans em Cape Cod. Eles se falaram por telefone, mas com menos frequência do que Rhys gostaria. Entre os diferentes horários e fusos, eles se desencontravam — ela sempre ligava quando ele estava dormindo; ele sempre ligava quando ela estava na praia, sentada para jantar ou simplesmente *não estava*. Agora que finalmente tinham a oportunidade de ficar juntos, Rhys não queria estar bêbado.

Ele enfiou a cabeça embaixo da água e começou a nadar borboleta com rapidez. Seus braços fortes cortavam a água e ele pegou o ritmo, começando a se sentir melhor. O nado borboleta era seu preferido porque era ao mesmo tempo potente e terno. É preciso trabalhar com a água e contra ela ao mesmo tempo. Ele sempre achava que isso era meio parecido com o sexo.

Não que ele de fato soubesse.

Durante todo o verão, Rhys só conseguiu pensar na promessa de fim de ano de Kelsey: assim que eles se vissem de novo, iam fazer amor pela primeira vez.

Fazer amor? Ah, tenha dó.

Rhys e Kelsey se conheciam desde o jardim de infância altamente seleto All Souls na Lexington. Ainda naquela época, ele pedira a ela para ser sua namorada, um momento que Lady Sterling gravou em fita e exibia em todo Dia dos Namorados em seu programa. Eles começaram a namorar sério no início do 9º ano e agora, como o jazz e o vinho tinto, pertenciam um ao outro.

Esta noite ele meio que esperava não ter de dizer nada. Eles estariam tão excitados por se encontrar que simplesmente... ia acontecer.

— Tem alguém aí? — chamou a voz pelo ar cheio de vapor. Rhys parou no meio de uma braçada, surpreso ao ver Kelsey na soleira da porta. Ela chegou cedo. Estava linda. Bastou ver a delicada corrente de ouro Me&Ro que ele lhe dera pendendo de seu tornozelo bronzeado para ele sentir que estava prestes a explodir.

— Oi. — Kelsey se aproximou da lateral da piscina, os braços bronzeados envolvendo o peito. Rhys se içou pela beira e a pegou num abraço de urso. O cabelo de Kelsey tinha cheiro de maçã.

— Rhys! Você está todo molhado! — Ela riu, a cara se abrindo num sorriso ensolarado que mostrava seus dentes meio tortos.

— Desculpe. — Ele recuou e pegou uma toalha em um banco próximo, amarrando pouco abaixo dos quadris magros.

— Tudo bem — Kelsey cedeu enquanto franzia o nariz meio arrebitado e plantava um beijo delicado nos lábios dele. Ela recuou e puxou a bainha do vestido na altura dos joelhos. — Como é que você está?

— Bem — murmurou Rhys. — Quer dizer, agora estou bem. — Ou pelo menos logo estaria. Tinha duas garrafas de Cristal gelando no quarto que foram tiradas do grande estoque do pai banqueiro. E ele sabia que era brega, mas também tinha comprado duas dúzias de rosas Sterling no florista da esquina enquanto vinha do parque para casa.

Nada como beber champanhe para despertar o lado romântico de um homem.

— Vamos apostar corrida? — Ela ergueu as sobrancelhas sugestivamente, como se conhecesse um segredo delicioso.

Rhys tinha se esquecido de como o entusiasmo de Kelsey era contagiante. Ele odiava aquelas meninas que fingiam indiferença demais para tudo e Kelsey era completamente o oposto: tudo a fazia sorrir, de *Noite estrelada* no MoMA a caramelos Jacques Torres.

Kelsey subiu a ampla escada até o andar principal da casa dos Sterling, construída com largas vigas de carvalho que a deixavam parecida com um solar inglês antigo e não uma mansão no Upper East Side de Manhattan. Toda a mobília era pesada, escura e prática, resgatada de vários castelos por toda a Europa, tornando-a um tanto austera, mesmo à luz do dia.

Enquanto eles corriam pela escada acarpetada e larga no meio da sala de estar, Rhys não conseguia tirar os olhos das pernas atléticas e sardentas de Kelsey e do balanço de seu vestido. Ele fez uma oração silenciosa para que a mãe não os ouvisse. A última coisa de que precisava era uma longa conversa sobre as tendências adolescentes que invariavelmente fariam parte do segmento de volta às aulas do *Hora do chá com Lady Sterling*.

Tendência adolescente: perder a virgindade em uma cama de pétalas de rosas da loja da 79 com a Madison.

Ele ultrapassou Kelsey na escada e se lançou na suíte no terceiro andar. Rapidamente acendeu as velas Bond brancas nº 9 que tinha comprado para a ocasião e botou Snow Patrol para tocar no sistema de som Bose iPod. Tinha acabado de diminuir as luzes quando ela passou pela porta.

Calma, garoto!

— Meu Deus, não admira que você nade tão bem. Essa escada é uma malhação e tanto. — Kelsey suspirou teatralmente, fingindo limpar o suor da testa. Rhys assentiu, mas estava distraído demais para sorrir. Normalmente, ele adorava a bobeira de Kelsey, mas agora queria que ela ficasse um pouco mais séria. Ela olhou o quarto escurecido.

— O que está rolando? — Seus olhos azuis dispararam da cama coberta de pétalas para o sistema de som e as velas no peitoril da janela. Rhys rapidamente puxou as cortinas para que o pôr do sol de verão não entrasse. De repente parecia meio exagerado tentar ter uma noite romântica juntos quando ainda havia luz do lado de fora. — Pra que tudo isso?

— Senti sua falta. — Ele passou as mãos pelo cabelo castanho ainda molhado, depois as deixou cair de lado, sem jeito, como se não soubesse o que fazer com elas. Era estranho ficar de pé ali de sunga enquanto Kelsey estava toda vestida. Parecia um tanto obsceno. Ele queria que seu cérebro não estivesse tão confuso e que não tivesse bebido tanto quando saiu com o cara novo.

— Eu quero deixar claro o quanto eu te amo — continuou Rhys, puxando-a para ele e beijando sua boca. Enquanto seus lábios roçavam os dela, a frase foi repassada em sua mente, *Eu quero deixar claro o quanto eu te amo?* Mas não era totalmente brega? De repente ele percebeu que a água da sunga empoçava no piso de nogueira. Ele esperava não dar a impressão de estar se mijando.

Não há nada mais sexy do que uma boa fralda geriátrica.

— Mas que amor! — Kelsey se afastou e se sentou na cama king size. Levou os joelhos para bem junto do peito. — Lembra quando a gente tinha festinhas de pijama no 1º ano e sua mãe sempre puxava as cortinas e fingia que era meia-noite quando eram só umas seis da tarde?

— Vamos falar disso depois — sussurrou Rhys, ajoelhando-se ao lado dela na cama. Ele beijou com delicadeza o ombro nu de Kelsey enquanto se aproximava da alça do vestido. Talvez a ambientação *fosse mesmo* meio exagerada. Era meio legal com o sol entrando pela janela. Kelsey sorriu misteriosamente e Rhys se sentiu revirar por dentro. Ele passou a beijar seu colo e depois o pescoço, e por fim a boca. Estava acontecendo. Enfim estava acontecendo.

Houve uma batida alta na porta.

Rhys recuou um pouco, mas ainda podia sentir o hálito quente de Kelsey em seu rosto.

— Oi? — gritou ele com cautela.

— Rhys, querido, Kelsey está aí? Pensei ter ouvido a voz dela. — Era a voz estridente de Lady Sterling, incrementada por um leve sotaque inglês, embora ela tivesse nascido e sido criada em Greenwich, Connecticut, e não em Greenwich, Reino Unido. Rhys se perguntou se ela sabia o que eles estavam fazendo, ou prestes a fazer.

— Sim, mãe — murmurou ele, amarrando a toalha na cintura e sacudindo a cabeça. Sua mãe adorava Kelsey. Por sorte, o sentimento parecia ser recíproco. Se não era, Kelsey jamais havia demonstrado, nunca reclamou. Era uma das muitas coisas que ele adorava nela.

— Mas que maravilha! — A voz de Lady Sterling subiu uma oitava, do jeito forçado que fazia quando estava diante das câmeras. — Bem, eu adoraria ver os dois no solário para tomar um chá. Estou ansiosa para ouvir o que vocês pensam para o componente de volta às aulas do programa de amanhã — ela disse de trás da porta.

— Parece ótimo, Lady S! — respondeu Kelsey. Ela alisou o vestido leve e prendeu o cabelo ondulado cor de manteiga atrás das orelhas pequenas.

Os saltos de Lady Sterling estalaram, afastando-se, ficando mais tênues à medida que ela descia a escada.

— Temos que descer lá. — Rhys deu de ombros, impotente. — Desculpe. Está chateada?

— Não — disse Kelsey, levantando-se da cama. — Está tudo bem. Tentaremos outra hora. — Ela foi até a janela com nicho e apagou uma vela. — Vou distrair sua mãe. Pode nos encontrar quando tiver trocado de roupa — acrescentou ela, beijando o nariz de Rhys.

Rhys apagou as velas restantes enquanto Kelsey fechava a porta de seu quarto. Era impressão dele, ou ela não parecia estar aborrecida com a interrupção? Ele foi ao banheiro adjacente, abriu a água e deixou que o vapor tomasse o quarto. Talvez fosse coisa de sua cabeça. Afinal, ele ainda *estava* meio bêbado.

Talvez. Mas a gente sabe que está com problemas quando sente mais calor no banheiro do que no quarto.

gossipgirl.net

temas ◂ *anterior* *próxima* ▸ *faça uma pergunta* *respostas*

Advertência: Todos os nomes verdadeiros de lugares, pessoas e eventos foram alterados ou abreviados para proteger os inocentes. Quer dizer, eu.

oi, gente!

Para alguns menos afortunados, amanhã é o Dia D, ou devo dizer Dia A; de volta às aulas. Depois de um verão de baladas até as 5 horas da manhã e poder dormir até as 16h, é hora de ajustar o despertador e preparar as mochilas. Enquanto você veste seu novo cardigã TSE e fecha as tiras de seus Mary Janes Miu Miu de couro tão dedicados aos estudos, lembre-se: nem *tudo* é trabalho.

Afinal, aqui, no Upper East Side, trabalhamos muito e nos divertimos muito. Aqui está uma lista de afazeres *de verdade* para o primeiro dia de aula:

1. Marque uma massagem no Cornelia Day Resort na 53 com a Quinta — acordar cedo para andar até a aula é um inferno depois de uma madrugada dançando no Hiro Ballroom.

2. Organize a lista de seus professores particulares — os lindos estudantes de medicina da Columbia estão em demanda, então não deixe para amanhã! Tem um monte

de manés terminantemente desempregados e tragicamente instruídos demais por aí, mas você não quer alguém que seja bom para os olhos?

3. Prepare-se para seu close-up — as fotos nada sutis do anuário sempre são tiradas no outono e todo mundo vê o que o *E! True Hollywood Story* consegue desencavar. E não estamos todas destinadas à fama?

Alguns de vocês agora são veteranos e já têm tudo preparado para voltar às aulas. Os veteranos certamente conhecem o aperto. Mas para os calouros recém-chegados, deixe-me lembrar: este é o ano em que as pessoas começam a prestar atenção. É quando sua identidade falsa não parece assim tão falsa, quando a faculdade não parece tão distante e quando ter uma sexta-feira animada não é mais roubar uma garrafa de gin Bombay Saphire de seu pai e ver filmes antigos. Está na hora de firmar sua reputação. Mas não deixe que as pessoas percebam que você está se esforçando.

flagras

A de uniforme andando para a Constance Billard no escuro, aprendendo o caminho. A gente sabe que você está animada, mas fala sério... **B** tirando fotos inadequadas de si mesma na varanda, usando a câmera do celular. Humm, não é tão privativo assim aí em cima... **O** sem camisa na Quinta. E na Madison. E em meus sonhos... **J.P.** com o pai no local do novo prédio ecológico dele em Tribeca. Bravo, Capitão Planeta! **R** atirando pétalas de rosa pela janela, na rua 84... **J** guardando seu livro *Elementos de cálculo* em uma bolsa Givenchy edição limitada que soube que só está disponível na Europa. Existe alguma coisa que ela *não* tenha?

seu e-mail

P: Cara GG

Então eu soube que agora estão, tipo assim, fazendo revistas de corpo inteiro na Barneys porque a garota que se mudou para o antigo apartamento dos Waldorf é uma espécie de cleptomaníaca daquelas. Ao que parece, ela estava, tipo assim, tentando totalmente enganar **J.** Sabe o que aconteceu?

BARNEYBABE

R: Cara BB

Bom, todo mundo sabe que as meninas podem ficar com os dedos meio leves e sorrateiros na Barneys. Mas será que uma novata ia realmente ser atrevida o bastante para tentar roubar uma coisa e entrar na lista negra de **J**?

— GG

P: Prezada GG

Eu estava de bobeira no Central Park hoje e vi um gato total nadando no lago dos patos. Eu queria ficar com ele, mas será que não tem alguma doença esquisita naquela água?

— Germofóbica

R: Cara GF

Se quer tanto ficar com ele, imagine quantas pessoas querem ficar com ele também. Eu me preocuparia mais com a concorrência do que com o lago radioativo.

— GG

P: Cara GG

Meus pais estão me obrigando a ir para um colégio particular idiota e só para garotas, embora eu tenha acabado de voltar de uma viagem de um mês pela Europa, onde as pessoas são tão livres e ficam em contato com seu lado sexual. Estou deprimida pra caramba e não tenho ideia do que fazer. É sério, a alienação adolescente é de matar; eu não sou a drogada clichê e certamente não escrevo poemas nem crio filmes estranhos. Mas o que posso fazer para diminuir a dor?

— A Descontente

R: Prezada D

Humm, você parece gostar muito de uma boa diversão. Mas tem razão — a alienação adolescente é de matar. Então, você é nova, é rica, e com sorte não tem uma aparência tão desastrosa, embora talvez uma sessão rápida de depilação seja adequada, uma vez que sei como os caras da Europa gostam de um look natural. Meu conselho é o mesmo que dou a qualquer criança de 5 anos que se dê ao respeito e esteja indo para seu primeiro dia no jardim de infância ultraexclusivo: ache uma amiga! E não bata nos meninos no parquinho — a não ser que goste desse tipo de coisa.

— GG

Hora do soninho da beleza — e você deve fazer o mesmo. Lembre-se, amanhã é o primeiro dia do resto de sua vida. Use com sensatez.

Pra você que me ama

gossip girl

tudo sobre a

— Tem certeza de que você vai ficar bem? — perguntou Avery à irmã sete minutos mais nova, Baby, que estava agarrada a seu chai caseiro extragrande e encarava fixamente as Havaianas brancas e sujas. Elas entraram na Madison e andaram para o prédio de tijolos aparentes na 93 Leste que abrigava a Constance Billard School for Girls.

— Tenho — respondeu Baby, irritada. A irmã é que estava apavorada e fez com que as duas saíssem do apartamento às 7 horas da manhã, uma hora antes da aula. — Não acho que vou ficar muito tempo mesmo — acrescentou ela misteriosamente enquanto empurrava o cabelo castanho ondulado em um rabo de cavalo zoneado e dava um nó. Baby tinha o tipo de cabelo que parecia ficar melhor quanto menos escovasse. Ou lavasse. O que significava que ela não fazia muito as duas coisas. Se Avery não a pegasse de tocaia uma vez por semana com spray condicionador Bumble & Bumble e uma escova de cerda de javali Mason Pearson, a essa altura ela teria dreads.

Chamando Dr. Fekkai — se ele recebesse ligações em casa.

— Dá pra tirar esse moletom? Está fedendo. — Avery olhou o moletom vermelho da Nantucket High que Baby se recusara a tirar desde a partida de Tom. Avery adorava romance, mas por que Tom não deixou alguma coisa mais normal, como um colar Tiffany, para Baby se lembrar dele? — Por favor? — pediu Avery de novo, desta vez com mais doçura, vendo que Baby não tinha a intenção de tirar o moletom.

Baby ficou vesga e mostrou a língua para Avery enquanto tirava o moletom de capuz e revelava uma camiseta de batik do Grateful Dead, uma relíquia dos dias de hippie da mãe. Avery suspirou de frustração. Será que a irmã tinha decidido realmente fazer com que as colegas de turma fãs de alta-costura a odiassem? Baby vasculhou a bolsa tipo carteiro Brooklyn Industries de vinil imensa e verde néon e pegou o blazer azul da Constance.

— Eu só faço isso por você. — Baby sorriu alegremente para Avery enquanto tirava o blazer e colocava o moletom na bolsa.

— Pronto, assim está muito melhor — suspirou Avery, satisfeita. Felizmente, o blazer escondia os ursos dançantes da camiseta de Baby.

Juntas, elas viraram a esquina da 93 e se aproximaram do prédio de tijolinhos e três andares.

— Lá vamos nós — disse Avery à meia-voz quando elas passaram pelas imensas portas duplas e azuis da Constance Billard. Ela olhou em volta nervosa, vendo o mar de meninas de saia pregueada e cabelos cintilantes de luzes recém-retocadas. Como poderia saber com quem fazer amizade? Sua confiança despencou por um segundo e ela quase quis estar de volta à Nantucket High, onde no ano passado tinha sido eleita a mais bem-vestida e a com mais chances de se ser bem-sucedida na seção de superlativos dos veteranos do anuário — embora só estivesse no segundo ano. Como poderia se destacar aqui?

Se você quer, você pode.

— Muito bem, calouras! Vamos fazer um tour em cinco minutos! — gritou uma mulher grandalhona com uma cara redonda e achatada feito uma boneca de trapos, enquanto pegava o ombro de Avery e a conduzia para um grupo de meninas baixas e nervosas reunidas num canto.

— Eu sou do *segundo ano* — protestou Avery. Ela parecia tão nova assim? Com uma faixa Coach preta de couro no alto da cabeça loura, um Louboutin azul-marinho novo de salto gatinha e suas pérolas da sorte da vovó Avery, ela certamente não *achava* que fosse. Ao olhar em volta, ela viu que cada menina carregava exatamente a mesma bolsa Louis Vuitton Speedy que ela tentara substituir ontem na Barneys. Que coisa. *Sem noção!* Ela corou.

— Bem-vindas à Constance Billard. Sou a diretora, a Sra. McLean — trovejou a mulher, os botões roxos de seu terninho esticando-se no peito volumoso. — Um aluno-guia vai lhes acompanhar até a orientação de primeiro ano. — Ela deu um tapinha distraído na cabeça de Avery e deu meia-volta para seguir uma professora baixinha de cabelos escuros e curtos.

— Tô bonita? — cochichou Avery ansiosamente para Baby, parando para examinar o mostruário de troféus que ficava no meio do corredor principal. Vou dar um pulo no banheiro das mulheres — decidiu Avery. Ela precisava se certificar de que sua maquiagem estava perfeita e queria retocar o gloss, escovar de novo os dentes e ter certeza de que seu cabelo não tinha nenhum daqueles fios arrepiados esquisitos. — Temos aula de francês em cinco minutos! — acrescentou com um guincho nervoso. Baby se limitou a acenar para o banheiro.

Avery postou-se na frente do espelho acima das pias e lavou as mãos, embora não precisasse. À esquerda e à direita havia meninas que ela imaginava serem colegas de turma. Ela sorriu no espelho para uma menina com cabelo castanho liso que emplastava blush Nars, na cor Orgasm, nas bochechas. Era um tom que valorizava todo mundo — mas não se você enxaguasse.

— Oi, meu nome é Avery — soltou ela, surpresa com a própria audácia. Mas havia algo de amistoso nos olhos castanhos da menina.

— Jiffy. — A menina abriu um sorriso curto, mas voltou a franzir a testa para seu reflexo. Avery rapidamente enxugou as mãos com uma toalha de papel, sem saber se a menina estava sendo legal ou se a rejeitara totalmente.

Enquanto saía do banheiro com apenas um minuto de folga, Avery olhou o horário colado em seu fichário de couro rosa. SALA 125, FRANCÊS AVANÇADO COM MADAME ROGERS. A sala 125 ficava no mesmo corredor. Ela andou, passando por Baby, que estava sentada perto da saída. Avery queria se sentar na frente e no meio.

— Então, a Jack saiu de Paris antes para ficar em Sagaponack? — Avery ouviu Jiffy perguntar enquanto entrava na sala. Ela se sentou ao lado de uma menina de peito grande que usava uma blusa Calvin Kelin creme de mangas bufantes.

— É — disse a peituda numa voz de tédio, brincando com as duas pulseiras grossas Hermès esmaltadas puxadas até o cotovelo. — Eu só fiquei nos Hamptons algumas semanas. Estou meio enjoada dessa coisa da Costa Leste.

Avery sorriu. Todo mundo parecia tão sofisticado. Mas Jack... Não era o nome daquela vaca da Barneys? Avery alisou calmamente o cabelo louro. Devia ser um nome comum no Upper East Side, tipo Chloe ou Madison.

Ou Baby?

A peituda olhou para ela com expectativa. Avery sorriu, eufórica.

— Roubou mais alguma bolsa ontem? — Avery ouviu uma voz atrás dela. Ao se virar, viu-se cara a cara com seu próprio reflexo, piscando para ela da fivela de bronze de uma bolsa Givenchy. Avery ergueu a cabeça devagar. De pé, sorrindo para ela, estava Jack Laurent, usando botas Christian Louboutin bege e um uniforme plissado impecável, parecendo ainda mais alta e mais cretina do que na véspera.

— Humm, oi — murmurou Avery, evitando olhá-la nos olhos, enquanto duas palavras (*ah* e *merda*) passavam por sua cabeça.

— Da próxima vez, talvez queira dar uma olhada na ponta de estoque da Barneys em Nova Jersey — anunciou Jack, sorrindo para as duas meninas atrás de Avery. — Além disso, você vai ter que sair daí porque está no meu lugar. — Jack tirou um caderno e uma Montblanc prata da bolsa e os espalhou de marcando território na carteira. — Pode se sentar perto da porta, se precisar fugir — sugeriu ela numa falsa voz meiga. — Depois de roubar a bolsa de madame Rogers ou coisa assim.

Com o rosto ardendo de vergonha, Avery pegou a bolsa e procurou outro lugar. A sala se enchera rapidamente e o único lugar vago ficava bem ao lado de Baby, que não tinha tirado os óculos de sol e entalhava alguma coisa na madeira da carteira com a caneta. Com seu blazer amassado, cabelo despenteado e óculos escuros, ela parecia a Kate Moss nos tempos de reabilitação. Avery andou lentamente para se juntar a ela. Adorava a irmã, mas havia alguma coisa inegavelmente idiota em se sentar ao lado dela no primeiro dia de aula, como se elas não tivessem amiga alguma.

E elas por acaso *têm* alguma amiga?

— Oi. — Ela deslizou para a cadeira.

— Quem era aquela? — perguntou Baby, empurrando os óculos da cara e colocando na cabeça para poder examinar a menina de cara sardenta e bonita que encarava as duas. Baby deu um sorriso falso para ela e acenou. O Upper East Side era tão cheio de cretinas, pensou. — Qual é o problema dessa garota, afinal? — perguntou em voz alta. Avery praticamente podia sentir todos os olhos nas duas. *Não* era assim que ela queria conhecer as novas colegas de turma.

— Não sei — cochichou Avery. Ela não havia contado a Baby sobre o desastre na Barneys no dia anterior, sabendo que a irmã jamais a deixaria em paz. Ela vestiu o cardigã de cashmere TSE e o abotoou, para o caso de sua urticária atacar. Madame Rogers entrou usando um terninho com calça Tocca elegante e preto. Tinha uns 60 anos, mas envelhecera bem, como Catherine Deneuve. Colocou os livros em cima da mesa e olhou a sala cheia de meninas.

— Bem-vindas de volta — disse ela. — Jacqueline, como sempre é um prazer tê-la aqui — acrescentou ela, notando Jack sentada na frente e no meio, praticamente em cima da mesa da professora. Era impossível não perceber quem estava naquele lugar, pensou Avery com amargura. — Como temos algumas meninas novas na turma, vamos começar nos apresentando em francês. Jack, pode tomar notas no quadro?

Jack se levantou.

— Claro. Há um giz que eu possa *roubar*? — ela sibilou na direção de Avery enquanto deslizava graciosamente na frente da sala, o cabelo castanho balançando. Madame Rogers localizou Avery e Baby e bateu palmas como se vê-las fosse a coisa mais emocionante que viveu na vida.

— *Nos nouvelles étudiantes!* — exclamou ela. — *Peut-être voulez-vous vous présenter?* (Nossas novas alunas! Não gostariam de se apresentar?)

Avery deu um pigarro, tentando não parece ansiosa demais. Ela sabia exatamente o que ia dizer; passou a manhã toda ensaiando mentalmente a apresentação. *Meu nome é Avery Carlyle. Acabo de me mudar de Sconset, Nantucket, e estou muito animada por morar aqui. Meus hobbies são...*

— *Peut-être pourraient-elles commencer para nous parler leurs choix interressants vestimentaires?* — sugeriu Jack com inocência, antes de Avery ou Baby conseguirem falar. (*Quem sabe elas não podem começar nos contando tudo sobre suas opções interessantes de roupa?*) Ela ergueu um giz ao quadro como se elas não pudessem perceber o sarcasmo em seu tom e realmente respondessem.

— *Quelle* piranha! — soltou Baby, encobrindo parcialmente as palavras com o final de um espirro muito falso. A cabeça de Avery girou para encarar a irmã. Será que Baby tinha xingado?

— *Excusez-moi?* — A cara aristocrática de Madame Rogers parecia vermelha.

— *Excusez-moi* — Baby sorriu.

Très perdoável.

— *Mais, comment dit-on* piranha? — continuou Baby, falando um francês perfeito. — *Parce que je pense que c'est le meilleur mot pour décrire cette fille.* — Ela apontou para Jack.

Avery traduziu as palavras rapidamente. Baby tinha falado rápido, praticamente como uma nativa, o que era impressionante. Só que tinha chamado Jack Laurent de piranha.

— *Je m'excuse.* — Avery rapidamente rompeu o silêncio de choque, sem nem sequer olhar para Baby. Mas que merda a irmã estava fazendo?

— *Sortez!* — exigiu Madame Rogers. — À sala da sra. McLean, por favor — acrescentou ela com mais brandura, obviamente tentando manter a compostura e recuperar o controle da turma.

— *Au revoir.* — Baby deu um sorriso duro e pegou sua imensa bolsa carteiro. Piscando para Avery, ela saiu da sala.

Avery olhou para a sra. Rogers, desesperada para consertar a bagunça que a irmã havia feito.

— É o primeiro dia de aula e ela fica nervosa. É uma espécie de distúrbio. Tipo uma síndrome de Tourette francesa — anunciou Avery rapidamente.

— Ela é sua irmã? — perguntou Madame Rogers, olhando para a lista de chamada e abandonando qualquer pretensão de falar em francês. Avery assentiu, embora a essa altura estivesse pronta para renegar Baby.

— E você é? — A sala ficou em silêncio. Jack ainda estava de pé, com o giz a postos, esperando para escrever como uma taquígrafa de tribunal.

— Avery Carlyle. Peço desculpas mais uma vez. Não é culpa dela — mentiu Avery. Baby que ficasse com fama de esquisita. Pelo menos as outras meninas iam lamentar por Avery suportar uma parente tão *provocadora*. Pelo canto do olho, Avery viu um sorriso largo se abrir na cara de Jack.

— Peço desculpas, Madame Rogers — disse Jack com formalidade. — Não percebi que eu a aborreceria tanto. Conheci Avery outro dia e, se soubesse que elas eram irmãs, teria sido um pouco mais gentil. Sei que Avery também tem seus problemas — concluiu ela, franzindo a testa de preocupação, como se as irmãs Carlyle fossem as meninas mais tristes que conheceu na vida.

O resto da turma riu e se virou para Avery.

— Atenção! — Madame Rogers bateu a régua na mesa de madeira diante da turma. — Não quero ouvir nem uma palavra a mais de ninguém esta manhã. Vamos fazer um teste de verbos.

Houve um gemido coletivo enquanto cadernos azuis eram passados a cada fila. Avery podia sentir vinte pares de olhos coléricos nela. A menina na frente largou uma pilha de cadernos azuis em sua mesa; alguns caíram no chão. Enquanto se abaixava para pegá-los, Avery viu um bilhete rabiscado às pressas enfiado em um dos cadernos, evidentemente dirigido a uma menina na fila. *A garota nova tomou alguma coisa? A loura é meio bizarra, não?* A resposta estava sublinhada duas vezes uma letra roxa e gorda: *SIM*.

Avery amassou o bilhete e o largou no chão. Chega de causar uma boa impressão. Sua vida na Constance já estava acabada.

Avery: 0. Jack: 2. Mas este é só o primeiro dia. Há tempo de sobra para uma revanche.

vale tudo no amor e na guerra

Owen largou-se em sua carteira da aula de história da arte da srta. Kendall na sala pequena e acarpetada de azul na St. Jude's School for Boys. Era sua última aula antes do almoço e ele estava louco para sair pela porta e abrir o primeiro botão da camisa branca e apertada. Ele se remexeu na cadeira de madeira gasta, a calça cáqui muito engomada roçando atrás de seus joelhos.

— Mais alguém já sentiu o mesmo? — A srta. Kendall, sua jovem, decepcionante e sem graça professora de história da arte olhou enlevada para um slide da *Conversão de São Paulo*, de Caravaggio.

Owen examinou a pintura e imaginou explicá-la a Kat. Ele sonhara com ela na noite anterior e agora não conseguia tirá-la da cabeça. Olhou a pintura novamente, vendo como a luz se derramava pela janela e caía sobre o santo. Era assim que ele se sentia. Num minuto era ele mesmo, no outro ele a vira e... Meu Deus, ele estava excitado.

— Sr. Carlyle, gostaria de vir à frente da sala e explicar algumas das técnicas mais importantes de Caravaggio?

— Acho que o Duke quer falar — murmurou Owen enquanto olhava de relance para o supermagro Duke Randall, cuja mão se agitava loucamente. Ele já ouvira dizer que a maioria dos caras era apaixonada pela srta. Kendall. Havia até um boato de que ela convidava os alunos preferidos a sua sala para algumas "aulas extras". Ele não acreditava que esses garotos estivessem tão desesperados a ponto de fantasiarem com as professoras. A srta. Kendall tinha seis pelos pretos e grossos se projetando de uma verruga em formato de pérola no queixo.

Muito gata.

O 1,65m de Duke andou em direção à grande tela branca na frente da sala e a sineta tocou, indicando o final da aula.

— Muito bem, cavalheiros. Lembrem-se: na arte, como na vida, o que importa é o desejo! — A srta. Kendall bateu palmas e corou furiosamente.

Rhys parou ao lado da carteira de Owen enquanto ele pegava suas coisas.

— Que tal um lanche? — perguntou ele, cordial.

— Claro — respondeu Owen, e saíram da sala juntos. O corredor estava cheio de meninos com blazers idênticos, azuis de botões dourados.

— Aí, vou até o meu armário. Já volto. — Rhys entrou à direita e seguiu para o armário. Owen continuou andando pelo corredor e olhou os dois caras baixos na frente de seu próprio armário recém-pintado de cinza. Eles pareciam frequentar reuniões em Wall Street em vez de aulas de cálculo. O celular apitou e ele o tirou do bolso, na esperança de que Kat de alguma maneira tivesse encontrado seu número.

Não precisa começar pelo nome dele?

O PIOR DIA DE MINHA VIDA, dizia o torpedo de Avery. Ele sorriu para a tendência ao exagero da irmã. Ela provavelmente descobriu que não havia secadores de cabelo no vestiário ou coisa assim. Ele se encostou no metal frio do armário e olhou o corredor. Seus olhos congelaram em um par de pernas. Pernas de mulher. Ele acompanhou sua curvatura familiar, passou pela coxa sardenta, por uma saia pregueada na altura dos joelhos e a blusa branca engomada. E depois a viu.

Kat.

A ilusão chegou mais perto e Owen gritou, contra a vontade:

— Kat!

Ela olhou confusa e abriu um sorriso caloroso. O cabelo raiado de caramelo era naturalmente brilhante, os olhos azuis animados e reluzentes. Até na insípida iluminação fosforescente do corredor da escola ela ficava radiante.

— Rhys! — ela exclamou. Owen girou o corpo. Rhys estava virando no corredor depois dele.

— Oi! — Rhys puxou Kat num abraço enquanto Owen olhava, sentindo que era testemunha de um acidente de carro. — Owen, esta é minha namorada, Kelsey — disse Rhys, pousando o braço em seu ombro magro. Owen encarou a menina. Era Kat. A Kat *dele*.

Ou, er, *Kelsey*.

Rhys olhou de um lado a outro, entre Owen e Kelsey. Kelsey parecia estar vendo um fantasma.

O fantasma do verão passado?

— Vocês se conhecem? — perguntou ele.

— Eu não o conheço. — Kelsey se afastou de Rhys como se tivesse levado um tapa. — Eu queria fazer uma surpresa para você e ele me apontou seu armário. Qual é o seu nome mesmo? — Ela encarou o chão diante de Owen.

— Owen — disse Owen, num tom sufocado. Ele sentia como se tentasse falar debaixo d'água. Mas que porra era essa?

— É um prazer conhecê-lo — disse Kat para os pés dele.

Owen sabia que não podia olhar para ela. Não queria ver seus olhos azuis prateados olhando para Rhys como tinham olhado para ele naquela noite na praia. Será que ela mentiu quando disse que era a sua primeira vez?

— Então, acho que Kat e eu vamos ficar juntos no almoço. Desculpe pelo bolo — disse Rhys, inteiramente desligado do fato de que Owen e Kat olhavam o mesmo ponto no chão. Rhys levou a mão de Kelsey aos lábios e a beijou, como se quisesse que todo mundo visse como estava apaixonado. Owen já havia entendido tudo.

— Ei, dá pra gente ir embora daqui? — sussurrou Kelsey com urgência. Rhys podia sentir seu hálito quente no ouvido. Lembrou-se da noite anterior e ficou meio excitado, embora fosse só 12h30 e eles ainda estivessem nos corredores austeros repletos de armários cinza do St. Jude's.

— Claro — respondeu ele com ansiedade, mas logo percebeu que ela estava pálida. — Você está bem? — Ele estendeu a mão e tocou a testa de Kelsey, preocupado. Talvez ela estivesse ficando doente.

— Estou. — Kelsey deu de ombros e sua boca em forma de coração se curvou num sorriso. — É só nervosismo de primeiro dia de aula, sabe como é.

Ou o estresse da traição?

— Foi um prazer conhecer você, Owen — disse Kelsey de um jeito decidido, sem olhar nos olhos dele.

— Igualmente — murmurou ele, arrastando-se pelo corredor e resistindo ao impulso de chutar alguma coisa.

Rhys e Kelsey desceram a escada de concreto do St. Jude's em direção à East End Avenue. Sem perguntar, ele parou no ambulante na esquina e comprou um copo de café preto para ele, e dois cappuccinos com leite desnatado e adoçante para ela. Rhys sempre se sentia meio másculo quando podia cuidar dela, mesmo nas pequenas coisas.

O que mais se pode querer de um homem?

Sem falar nada, eles foram para um banco de madeira no Carl Schurz Park e se sentaram, de frente para o East River. Ali só estavam uma velha arrastando-se pela calçada com seu Yorkie de suéter vermelho e alguns patinadores andando ruidosamente de um lado a outro. Normalmente, o rio era totalmente nojento e era possível imaginar cadáveres flutuando na correnteza. Mas com Kelsey a seu lado, era quase romântico. Rhys suspirou de satisfação enquanto passava os braços pelos ombros magros da namorada e se perguntou se estaria em cima da hora para reservar uma suíte no Mandarin para depois da aula.

— Eu estava pensando em ontem — começou ele. — Estava pensando...

— Eu também estava pensando — interrompeu Kelsey. O vapor se elevou de seu copo de cappuccino e ele podia ver um tom avermelhado em seu cabelo caramelo. Ele mal podia esperar até mais tarde, quando eles se serviriam de taças de champanhe e brindariam à primeira noite do resto da vida. — Estava pensando que preciso conversar uma coisa com você — continuou Kelsey.

— O que é? — perguntou Rhys. Ela parecia tão séria. O Yorkie tinha se sentado no chão, mas sua dona distraída ainda se arrastava. Ele cutucou Kelsey, na esperança de que ela risse. Ela não percebeu.

— Acho que a gente tem que terminar — Kelsey disse a ele, sem rodeios, encarando o rio.

Ele franziu a testa bronzeada e as sobrancelhas castanhas.

— Eu sempre vou amar você — continuou Kelsey. Ela pôs o copo de cappucccino no chão, equilibrando-o mal na grama.

— O que houve? — perguntou Rhys. Seus olhos ardiam e ele podia sentir o sangue disparando pelas orelhas.

— Tem outra pessoa — disse Kelsey de um jeito precipitado.

— Como é? — Rhys largou o copo de café. O líquido marrom formou uma poça que começou a escorrer para os sapatos Prada vintage preto e branco. Outra pessoa? Alguém além dele?

— Oops! — disse Kelsey enquanto levantava os pés e ria de nervoso. Rhys teve um vislumbre de suas coxas bronzeadas sob a saia, mas não lhe pertenciam mais. Elas eram... de outro. Ele não conseguia pensar em mais nada para dizer. Uma lágrima desceu por seu rosto, seguida por outra, e ele as enxugou com raiva.

— Se você chorar, vou chorar também — choramingou Kelsey. — Isto também é muito difícil para mim. Não queria te magoar, mas você estava na Europa e eu no Cape o verão todo, então... — Ela hesitou, olhando a água, depois se virou para Rhys, com lágrimas nos olhos azuis-prateados. Rhys percebeu que nunca a vira chorar. — Eu sempre vou amar você, mas seria errado se ficássemos juntos. — Ao dizer isso, Kelsey se levantou e se afastou pelo parque.

Rhys ficou cravado nas ripas de madeira gasta do banco. Olhou o chão, percebendo pela primeira vez que o calçamento brilhava se fosse observado com atenção. Ele não tinha certeza se ia chorar ou desmaiar. Fechou os olhos e viu estrelas.

Ainda bem que tinha os ombros largos de um novo amigo nos quais chorar.

*se as garotas más se divertem mais, por que **b** está infeliz?*

Baby abriu a pesada porta de carvalho da sala da sra. McLean, olhando a palavra DIRETORA em relevo na placa dourada. Era um exagero tão grande, como se a Constance Billard fosse uma espécie de escola de aperfeiçoamento social do século XIX. Ela deslizou para uma das cadeiras rígidas de encosto alto da sala de espera, de frente para a secretária, que fingia estar ocupada no computador. Não suportava a pretensão que parecia destilar de cada canto da Constance, desde a professora de francês que dava a impressão de ter sido enviada de uma agência de atores até o carvalho escuro em tudo. Antes de se mudarem, Baby implorou à mãe para ficar em Nantucket, mas ela negou. Edie estivera falando em se mudar permanentemente para a casa cor de pêssego da avó depois que os advogados terminassem seu trabalho. Baby nunca se sentiu mais desesperada para voltar a Nantucket e a Tom, que nunca exigiu nada, que a deixava simplesmente *existir*.

— A sra. McLean está pronta pra recebê-la — disse a secretária magrela, de cabelo fino e meia-idade, assentindo para a porta de nogueira que levava à sala da diretora.

— Obrigada — Baby disse numa falsa doçura, levantando-se e passando pela porta.

— Eu sou a sra. McLean. — A diretora grandona e intimidadora se levantou e saiu espremida de trás da enorme mesa de mogno, lançando uma sombra sobre Baby. — E você deve ser a Baby.

Baby assentiu e se jogou num duro sofá de veludo azul de dois lugares num canto, enfiando as pernas por baixo do corpo. Toda a sala era decorada em tons de vermelho, branco e azul. Baby se perguntou se a sra. McLean acreditava ser a presidente dos EUA.

A sra. McLean olhou friamente para as pernas de Baby, indicando com os olhos para que ela as retirasse dali. Baby balançou os pés de volta ao chão e suspirou. Nos últimos 16 anos, só havia recebido elogios de seus professores. Sempre tirava A em tudo, sem nem precisar se esforçar. Mas agora tudo era tão diferente. É claro que ela podia explicar corajosamente que só estava demonstrando o situacionismo — o movimento de vanguarda europeia dos anos 1960 para restaurar a autenticidade da vida. Em Nantucket, ela podia ter conseguido uns créditos a mais por seu ataque. Mas sentada na sala austera da sra. McLean, Baby sentia a energia escapar de seu corpo e não se incomodou nem um pouco em explicar o que estava sentindo.

— Madame Rogers acaba de telefonar e está muito aborrecida com a perturbação que você criou — começou a sra. McLean, fitando Baby com os olhos cor de lama. — Creio que nós começamos de uma forma excepcionalmente ruim, não é mesmo?

Baby fez uma careta. Odiava quando os professores usavam o pronome *nós* quando queriam dizer *você*, por exemplo, *Você ferrou com tudo agora, não foi?*

E se tratava exatamente disso.

— Antes de cuidarmos desse assunto, porém, você tem um nome incomum — disse a sra. McLean, analisando a ficha de Baby. — Há algum outro nome mais adequado com o qual se sentiria à vontade?

Baby semicerrou os olhos azuis.

— Este é o meu nome — disse ela devagar, pronunciando cada palavra. Tudo nesta escola se resumia a conformidade. Uma coisa era ser obrigada a usar uniforme, outra eles quererem que ela trocasse de *nome*.

— Muito bem, então. Só queria que você soubesse que há uma alternativa, se quiser alguma coisa mais acadêmica. — A sra. McLean tossiu e Baby olhou a fotografia de uma fazenda num porta-retrato de madeira entre os porta-lápis vermelho e azul. — Mas é claro que a decisão é sua. E agora vamos ao que nos interessa. Sei que é seu primeiro dia e as coisas podem ser angustiantes para você e sua irmã. Entretanto, esperamos que as alunas se adaptem ao nosso jeito, ao jeito da Constance Billard.

A sra. McLean sorriu para Baby de uma forma quase maternal e, por um momento fugaz, Baby sentiu uma centelha de afeto. A sra. McLean era meio parecida com Doreen, a dona da loja de tortas em Nantucket. Doreen sempre dava a Baby uma fatia da torta de ruibarbo quando ela esquecia a carteira.

— Sei que você e sua irmã tiveram uma criação pouco tradicional. Há algo que gostaria de me falar? — Ela cruzou as mãos em expectativa, como se esperasse uma confissão emocionada.

— Não. — Baby sacudiu a cabeça. *A não ser pelo fato de que eu odeio tudo em Nova York.*

— Muito bem, então. Estou disposta a fazer vista grossa para este incidente se você estiver disposta a cumprir uma semana de serviço comunitário na Constance. Será depois da aula, e não é um castigo. Vou preparar um programa que a ajudará a se familiarizar com as tradições da Constance Billard. Quero que sinta que a Constance é a sua casa.

Baby se imaginou polindo o mostruário de troféus no saguão enquanto as meninas a atropelavam para chegar a uma liquidação de grife, à Barneys ou a sei lá onde iam depois da aula.

— E então, o que acha? — insistiu a sra. McLean. — Faça seu serviço comunitário e nos dê um mês de bom comportamento, e vamos deixar este incidente para trás.

— Parece bom pra cacete. — Baby bocejou. Um arrepio subiu pela coluna e a boca pequena de boneca de trapo da sra. McLean formou um O de surpresa.

— Como? — A voz de tenor da sra. McLean transformou-se num rosnado, mas Baby não parava de olhar fixamente para os olhos da diretora.

— Pode me dar o trabalho braçal. — Baby bocejou novamente. — Parece exatamente o tipo de pensamento anticonvencional que torna a Constance Billard *excepcional*. — Ela quase riu da última frase. — Posso ir agora? — perguntou Baby.

— Não. — A sra. McLean franziu os lábios. — Eu vi suas notas, e você é inteligente, mas isto não basta aqui. No ano passado uma menina que sucumbiu a más influências teve de encontrar uma situação educacional mais adequada... um *colégio interno*.

Parece familiar.

A sra. McLean pegou um livreto fino e azul num arquivo e entregou a Baby. *Código de Conduta da Constance Billard*, estava impresso na capa.

Baby se levantou e alisou a saia. Era tão dura que parecia poder ficar em pé sozinha.

— Mais uma coisa. — A sra. McLean recostou-se em sua cadeira e olhou Baby nos olhos. — Na Constance, temos uma tradição de excelência, o que inclui uma regra de no máximo três strikes... Sem exceções.

Um sorriso brincou nos lábios de Baby. Ia ser ainda mais fácil do que ela pensara. Se fosse expulsa da Constance, Edie teria de admitir que ela não se adaptou à cidade e não teria alternativa a não ser mandá-la de volta a Nantucket. Mas alguns dias murmurando palavrões em francês e ela estaria na balsa, com a brisa do mar agitando seu cabelo.

— Eu disse alguma coisa engraçada? — A sra. McLean olhava para ela severamente de cima a baixo.

— Não. — Baby se aproximou da porta.

— Muito bem, então. — A sra. McLean não parecia inteiramente convencida. — Leia o livreto. E lembre-se, Baby, isto conta como seu primeiro strike.

Baby saiu da sala com um sorriso de triunfo. Nunca foi de gostar de beisebol, mas agora tinha uma nova visão do esporte.

Porque com três strikes fora você estava fora do jogo!

como fazer amigos e influenciar as pessoas

Avery ficou aliviada quando a sineta tocou depois da aula de inglês avançado, o que significava que estava na hora da assembleia de alunas. Ela seguiu a massa de meninas que ia para o saguão, os rabos de cavalo reluzentes quicando e as sandálias de dedo Chloé batendo no piso encerado.

Nervosa, ela arrumou o cabelo e seguiu duas cretinas-de-companhia de Jack Laurent ao auditório lotado.

— Soube que ela foi expulsa. Tipo assim, parece que ela é uma total clepto tipo Winona e foi banida do supermercado de Nantucket por roubo, tipo assim, de Triscuits — disse Jiffy Bennett a uma loura baixinha enquanto atirava o cabelo castanho, ondulado e comprido por sobre o ombro. Jiffy era sardenta, com uma franja radical e de corte reto que emoldurava o rosto redondo, e a outra menina levava um jornal de cor salmão e usava óculos Prada pretos, como se tivesse acabado de sair de uma reunião editorial da *Vogue*.

— É mesmo? Não ouvi nada sobre ela. Ouvi falar daquela que nunca lava o cabelo. Tipo assim, ela acredita que seu odor natural é afrodisíaco. Dá pra imaginar fazer educação física com ela? — A menina de óculos observou em voz alta, empurrando os óculos mais para cima do nariz de batata.

— Bom, você sabe que eles são trigêmeos, né? Minha mãe foi colega de escola da mãe dela e eu a ouvi contar que o irmão é lindo! Ele devia ser modelo de passarela de Valentino, mas decidiu ficar nos Estados Unidos. Além disso, ele deve ir às Olimpíadas e usa uma sunga da sorte por baixo das roupas o tempo todo. Só tem uma, ao que parece — concluiu Jiffy, arrogante. Avery sentiu o coração parar. Elas, sem dúvida, falavam de sua família. Ninguém a não ser Owen usava sunga em vez de cueca.

Jiffy olhou de relance na direção de Avery, uma onda de reconhecimento faiscando em seus olhos castanho-escuro. Avery deu uma guinada abrupta e andou rapidamente para os fundos do auditório, ignorando o embrulho no estômago e querendo poder estar em qualquer lugar, menos ali.

— Tem alguém sentado aqui? — Avery gesticulou para uma das únicas cadeiras que não estavam ocupadas, ao lado de uma menina alta com cabelo castanho desgrenhado na altura do queixo, torcido para trás.

— Tem você, né?

Avery não sabia se era uma pergunta ou uma ordem. Ela parou sem jeito perto da cadeira vaga enquanto a menina a fitava. Seu blazer estava desabotoado e ela usava uma camiseta de alças branca e botas com salto plataforma no estilo stripper, ridículas de tão altas. Avery não tinha certeza, mas parecia que ela tinha piercings nos mamilos. Ela desviou o olhar antes que a menina a pegasse encarando seus peitos.

— Vai fundo. — A Mamilos deu um tapinha na cadeira com impaciência e se voltou para o livro. Assim que se sentou, Avery ouviu as meninas da fila de trás rirem e trocarem cochichos. Ela se remexeu, pouco à vontade, e olhou o livro que a menina lia. *Olhe para os dois lados: política bissexual*. Avery deu uma olhada na sala para ver se podia se mudar para outro lugar sem parecer grosseira, mas não havia mais cadeiras vagas. Ela suspirou e se recostou, na esperança de que a reunião começasse rapidamente e ela não fosse envolvida numa conversa sobre a política de piercings em mamilos ou coisa igualmente tosca.

— Você é nova aqui? — perguntou a menina, fechando o livro. Avery não olhou. — Meu nome é Sydney Miller. — Ela estendeu a mão.

— Avery — murmurou ela, apertando a mão que lhe foi oferecida. A menina assentiu.

— Que nome lindo. Meus pais me batizaram de Sydney porque fui concebida lá. É claro que eles se divorciaram três anos depois e eu sou o único lembrete da farra sexual australiana idiota deles. — Ela tombou a cabeça esperançosa, como se na expectativa de que Avery contasse a história da própria concepção.

Avery tentou não encará-la, tamanho o choque. Não ia partilhar o fato de que sua mãe tinha participado de uma suruba hippie em um show horroroso ao ar livre em New Hampshire e acabou tendo trigêmeos. Obrigou seus olhos a voltarem para a caligrafia elegante em um dos hinários diante dela.

— Para sua informação, esse lugar é uma bosta — confidenciou Sydney. — Estou louca para dar o fora daqui. Fala sério, dois anos até a formatura. — Ela suspirou tragicamente, depois soltou uma tosse áspera de fumante. — Eu tinha esperanças de que meus pais me mandassem para um lugar no centro, assim pelo menos eu podia ficar com a galera da Universidade de Nova York. Aqui, parece a Central das Vadias, não acha?

— Na verdade, não — cochichou Avery, constrangida pela voz alta de Sydney.

Talvez ela tivesse tido um primeiro dia ruim, mas ainda pretendia conhecer as pessoas dali e se adaptar. Até agora Avery adorou tudo na Constance, da diretora conservadora à elegante vista das casas da rua 93 pelas janelas largas em arco do auditório e os assentos bambos de veludo azul e roído de traças. Avery pegou o pó compacto MAC na bolsa e avaliou as maçãs do rosto e a franja penteada de lado que complementava a testa alta. O que havia nela que a alienava de todas as meninas, menos dessa bissexual simpática demais com piercing nos mamilos? Enquanto se inclinava para recolocar o pó compacto na bolsa, ela percebeu uma estrela preta e deformada no braço de Sydney.

Não dá para ser alternativo se você não tiver uma tatuagem que passe a impressão de que foi desenhada com pilot.

Sydney seguiu o olhar dela.

— É, eu fiz essa tatuagem na Espanha, neste verão. Meus pais idiotas se encontraram e quiseram fazer uma festa de redescoberta do sexo na meia-idade, então me mandaram para a Europa. Um cara que conheci na praia em Barcelona fez, então é claro que ficou uma merda. Gosta de *body art*?

Será que uma francesinha ao contrário conta?

— Não. — Avery sacudiu a cabeça e sorriu de leve, tentando ser educada.

— Ah. — Sydney pareceu decepcionada. — Às vezes as meninas mais conservadoras são no fundo as mais doidas.

Nessa hora, a Sra. McLean entrou pisando firme, com Baby se arrastando atrás dela, parecendo comicamente mínima perto do volume da diretora. Cochichos encheram os corredores enquanto Baby era acompanhada até um lugar na primeira fila. Avery sentiu o rubor familiar subindo ao peito. O que a Baby tinha aprontado dessa vez?

Jack olhou para trás e viu Avery sentada ao lado de Sydney Miller, uma menina que todo mundo ignorava desde que ela tinha se assumido como "lésbica acadêmica" no sexto ano. Jack pegou um chiclete na bolsa de Genevieve, perguntando-se se o peito da amiga tinha crescido. Parecia maior do que na primavera anterior.

Mas ela de maneira alguma pretendia unificar as medidas.

A sra. M caminhou em direção ao palco e parou na frente das meninas com seu terninho Talbots todo roxo que ela só exibia em ocasiões especiais. Encarou a multidão e Jack revirou os olhos. Todo mundo sabia que a sra. M ficava de mau humor no primeiro dia de aula porque odiava sair da fazenda de Vermont e deixar a parceira, Vonda. Ela preferia ficar preparando cozidos e pilotando um trator. Era de conhecimento geral que a sra. M esperava se aposentar cedo para que ela e Vonda pudessem ter uma criação de alpaca no norte do estado e abrir um negócio de tecelagem sob encomenda.

Alguém aí quer entrar para o clube do tricô?

— Senhoras, é um prazer tê-las de volta, apesar de algumas transições complicadas. — A sra. McLean olhou para Baby e o coração de Avery disparou. — É um prazer receber todas as novas alunas na família da Constance Billard. — Um sorriso se espalhou pela cara larga e gorducha da sra. M, enquanto ela olhava as filas de meninas limpinhas do Upper East Side.

Algumas filas à frente, Jack cutucou a magrela de peitão que estava na aula de francês com elas. As duas riram, depois olharam para o palco numa atenção completa quando viram a sra. M. fuzilando-as com o olhar.

A sra. M começou a falar da política do ano letivo. *Horas extras na sala de orientação educacional para as terceiranistas que precisarem de assistência com as candidaturas a universidades, nada de fumar no recinto da escola.* Blá-blá-blá. Avery se desligou e começou a passar o polegar pelo caderno rosa. Recusava-se a usar agenda eletrônica, porque adorava a simplicidade elegante de escrever datas e eventos. Até agora todo o ano letivo assomava à frente em filas de espaços vazios. O que poderia fazer para deixar sua marca ali?

Mas será que ela já não deixou uma marca?

— Agora, senhoras, é um prazer anunciar um novo cargo no conselho além do de representante de turma — disse a sra. McLean com a voz arrastada. Avery se empertigou. — A aluna vinculada ao conselho administrativo. Como sabem, temos um relacionamento muito bom com nossos conselheiros, alguns deles acompanham a Constance desde sua fundação e, como tais, têm muito interesse em seu futuro. A aluna eleita representará o corpo estudantil e se envolverá em todas as decisões relacionadas com a direção de nossa escola.

Jack sentiu o indicador pontudo de Jiffy afundar em seus bíceps tonificados. Ela a afugentou. Quem ligava para uma liderança estudantil idiota quando tinha coisas muito mais importantes em que pensar?

Tipo J.P. sem camisa, tirando a blusa *dela*, e depois as calças dele e a saia dela...

— Poderiam, *por favor*, tirar os espelhos do refeitório? — perguntou Elise Wells, uma aluna alta do segundo ano, o braço acenando loucamente, balançando o cabelo espesso e de corte indefinido. Outras duas meninas uivaram em apoio, como se tivessem acabado de saber de uma liquidação surpresa da Prada, e de repente todos os lados da sala explodiram num alvoroço de discussão. Todas odiavam os espelhos, que não só as faziam se sentir gordas enquanto almoçavam como impossibilitavam que se escondessem de alguém.

— Silêncio, senhoras! — A sra. McLean pediu ordem. — Não é hora de discutirmos a decoração da escola. A aluna vinculada ao conselho administrativo terá influência em algumas decisões estruturais, bem como na disciplina e nos eventos patrocinados pela escola. É um compromisso de um ano que fico feliz em abrir à turma do primeiro ano. Se estiverem interessadas, por favor, procurem-me depois da reunião para que tenham acesso ao pacote de informações. As eleições acontecerão no brunch anual de mães e filhas na Tavern on the Green, no domingo. — A sra. McLean bateu palmas e a sala se encheu novamente de cochichos animados.

— Mas que perda de tempo, porra! — disse Sydney num tom arrastado enquanto girava sem parar um anel de caveira de prata no polegar.

Mas Avery mal tinha consciência de que Sydney ainda estava sentada ao lado. Não acreditava em sua sorte. Tornar-se a aluna vinculada ao conselho seria a maneira perfeita de ser notada na Constance. Ela foi do conselho estudantil da

NHS e organizou uma festa beneficente para a guarda costeira que até saiu no *Boston Common*. Não podia ser mais difícil do que isso, né? Ela se envolveria, mostraria seu espírito escolar, conheceria gente e acrescentaria uma nova atividade extracurricular bacana a seu currículo, tudo de uma tacada só.

— A parte de planejamento de eventos parece legal... Jack já está eleita, então a gente pode começar a pensar em algumas festas — cochichou Jiffy um pouco alto para a loura que estava sentada ao lado dela.

— Entendeu o que eu quis dizer com Cidade das Piranhas? — Sydney gesticulou para Jack, ocupada digitando em seu Treo enquanto cochichava com a amiga loura de peito grande. — Toda a escola pertence a Jack Laurent — Sydney bufou. Ignorando-a, Avery se levantou e andou decidida até a sra. McLean, no palco. Queria ser a primeira da fila a pegar o pacote de informações para que a diretora soubesse que ela levava a sério o cargo.

Na frente do auditório, Jack se levantou devagar, flexionando os músculos da panturrilha e percebendo com satisfação como eram definidos. Estava feliz por ter acordado cedo e ido ao estúdio Rise & Shine de Madame Walters para a aula de balé. Vagarosamente, ela foi até o palco. A sra. M estava de pé atrás de uma plataforma de carvalho segurando uma pilha de pastas cor de geleia de uva que combinavam perfeitamente com sua roupa. Esta história de aluna vinculada parecia meio chata, mas seria uma boa atividade extracurricular a incluir em suas candidaturas a universidades, e ela poderia usar o orçamento da Constance para planejar umas festas legais. Além de tudo, as amigas praticamente a obrigaram a se inscrever.

Enquanto andava entre os grupos de meninas que saíam do auditório, Jack percebeu Elisabeth Cort, uma menina do primeiro ano, que concorria a toda posição de liderança e praticamente perdia todas desde que molhou as calças nas eleições do conselho estudantil do quinto ano, disparando para a frente. Jack estava prestes a dizer a ela para não se dar ao trabalho, mas pensou melhor. Ela se aproximou da sra. M e sorriu, pegando um pacote de candidatura na pilha. Depois percebeu a irritante Avery Carlyle andando bem atrás dela, com um brilho de determinação nos olhos azuis. Jack mordeu o lábio com astúcia. Elisabeth Cort não tinha a menor chance, e nem a garota ladra com a irmã com síndrome de Tourette francesa. Que imbecilidade ela chegar a tentar.

Ei, jamais subestime a ética de trabalho da Nova Inglaterra.

gossipgirl.net

temas **◂anterior** **próxima▸** **faça uma pergunta** **respostas**

Advertência: Todos os nomes verdadeiros de lugares, pessoas e eventos foram alterados ou abreviados para proteger os inocentes. Quer dizer, eu.

oi, gente!

O sinal ainda não tocou, e tanta coisa já aconteu hoje! Eu talvez tenha que começar a pensar em um sistema de aviso de notícias...

primeiras impressões

Você pode se reinventar no verão, mas só precisa de um segundo para causar impacto pelo restante do ano. E aqueles trigêmeos certamente se estabeleceram como o assunto da Golden Mile de Manhattan. Primeiro, será que podemos discutir a maravilha que é **O**, por favor? Os boatos são verdadeiros e ele é pra lá de lindo, mas parece estar ocupado demais fazendo amigos para dar alguma atenção às meninas. Não se preocupe, vou dar um jeito nisso. **B** pode ser qualquer coisa, menos inocente. Exemplo: seu vasto conhecimento de palavrões em francês. Mas por que tanta raiva? O francês é a língua do amor — talvez seja disso que ela precise. E o estilo de **A** é inquestionavelmente impecável. Mas como todos sabemos, a aparência perfeita só significa que você tem mais a esconder...

o trágico término de um casal de ouro do Upper East Side

Ela era curiosamente artística. Ele era dolorosamente educado. Eles eram namorados de infância. O caso recebeu o selo de aprovação da própria Lady S. Então, o que aconteceu? Alguém teve frio na espinha de medo? Ou alguém está procurando mais calor?

a menina que precisa aparar a franja

Senhoras, sei que as franjas grandes são *in*, mas quando seu cabelo pende a centímetros dos olhos, você fica parecendo alguém que meteu uma tigela Missoni na cabeça e começou a cortar o cabelo. Adivinha só? Você não precisa passar duas preciosas horas no Elizabeth Arden Red Door Salon para fazer um corte. O nome é tesoura. Corta fora! O look faça-você-mesma é *muito in* agora.

o casal poderoso e quase casado

Eles fizeram ou não? Eles passaram o verão separados, quando ele desenvolveu consciência social e ela, um gosto por doces. Será que eles são tão íntimos como eram no final do ano passado, quando ele ia pegá-la na aula de balé com flores? Ou eles estão *mais íntimos*?

flagras

J fumando Merits durante a aula de fotografia. Mas ela não tinha parado...? **A** encolhida nos fundos da aula de inglês avançado, sem olhar para ninguém. Não é assim que se faz amigos...! **R** pedindo por telefone rosas para serem entregues no apartamento de **K**.. **O** impaciente e batendo pezinho na aula de história americana, parecendo estar prestes a explodir. Por que ele está tão agitado?

Então, vou para o **Elizabeth Arden Red Door Salon**. Toda essa digitação rápida acabou com minha francesinha ao contrário. Suspiro. É uma vida dura, mas alguém tem que vivê-la... Fui!

Pra você que me ama

gossip girl

sério pra cachorro

Baby franziu a testa. A irmã não havia notado sua presença quando foi pegar o pacote de informações com a sra. McLean depois do término da assembleia de alunas. Baby não se deu ao trabalho de parar em seu armário e em vez disso disparou pelas portas azuis e tirou o blazer azul-marinho idiota que lhe dava coceira. Apertou 1 na discagem rápida de seu Nokia vermelho fino, animada para ouvir a voz de Tom.

— Ai, meu Deus, aí eu tive de ir ao Brasil por meio daquele programa de intercâmbio em que meus pais me inscreveram e pensei que seria, tipo assim, ficar na praia e me divertir no Rio. Em vez disso, tivemos de construir casas. Acordaaaa, quem é que sabe construir uma casa? Eu sou de Nova York, merda — Baby entreouviu uma menina dizer a outra enquanto desciam a escada. Tinha cabelo castanho espigado e ficava esbarrando na amiga enquanto andava.

O telefone continuava tocando e Baby imaginou Tom em seu armário vermelho e amassado no corredor abarrotado da NHS. Depois da aula, todo mundo ia à lanchonete ou ficava na praia, a algumas quadras de distância. Ela contou até o quinto toque enquanto desabava na escada de pedra da escola de frente para a rua 93. As meninas jorravam das portas azuis dos seus dois lados. Uma quase esbarrou a bolsa Balenciaga prata nela enquanto abria o celular.

— Alô? — A voz de Tom parecia calorosa e preguiçosa, e lembrou a Baby dos piqueniques de verão, das tempestades e de tocar Wilco alto demais no sistema de som do Mercury Cougar marrom 88 que ele comprara do avô. Ele colocou mantas com estampa de leopardo na traseira e tinha espremido um grill George Foreman sob o capô para churrascos improvisados na praia.

Mas isso é que é um carro tunado.

— Sou eu — disse ela numa voz baixa e olhou a saia pregueada azul e branca esparramada entre os joelhos. Se estivesse em Nantucket, estaria usando um dos vestidos hippies do armário da mãe, que sempre lhe pareceram uma segunda pele. Aqui, ela se sentia tão reprimida. A última vez em que vestiu uma saia na altura dos joelhos com botão na cintura foi quando tinha 5 anos e foi tomar chá no Plaza com a vovó Avery.
— Como foi a aula? — perguntou ela, tentando ignorar a balbúrdia a seu redor.

— Peguei a porra do Funkmaster Smith em inglês de novo, o que vai ser uma droga, mas pelo menos são só dois tempos de aula.

Baby riu, lembrando-se do forte cê-cê do sr. Smith. Ela até sentia falta disso. Tom parecia muito distante. Ela queria tanto que ele estivesse perto dela que chegava a doer.

Ela ouviu um farfalhar ao fundo.

— Eu quero o telefone! — gemeu uma menina, com impaciência. Era Kendra, uma das parasitas periféricas que Baby conhecia desde o jardim de infância. Elas antigamente eram amigas, mas desde que Kendra se tornou uma maconheira daquelas, seus interesses agora eram exclusivamente maconha e os universitários que iam a Nantucket para trabalhar nos restaurantes durante o verão e nunca iam embora.

— Oi, Ba-ay-bee. — Kendra arrastou o nome de Baby em três sílabas e Baby entendeu que ela devia estar muito doidona. — E aí, tá rolando alguma porralouquice por aí? Como é que é morar em Nova York?

— É, humm, é legal — Baby mentiu. — Mas devo voltar no próximo fim de semana para a festa na praia. — *De preferência definitivamente*, emendou Baby em pensamento enquanto via uma menina gritando com o motorista de uma limusine que tinha parado na frente da escola.

— Já? Tenho certeza que existem festas muito melhores em Nova York, né? — Kendra disse numa voz arrastada.

— Olha, pode colocar o Tom na linha de novo? — disse Baby rispidamente. Não estava com humor para as viagens de maconha de Kendra.

— Claro — concordou Kendra. — Mas não se preocupe se alguma coisa rolar. Vamos curtir sem você. — Baby ouviu risos ao fundo. Agora eles deviam estar se espremendo no carro de Tom. Frustrada e com ciúme, Baby chutou o degrau de pedra com o salto.

— E aí, acha que pode mesmo vir na sexta? Não tem que ir a um baile, uma ópera nem nada disso? — perguntou Tom numa voz sonolenta de doidão.

— Eu estou em Nova York, e não no Alabama! — Baby sorriu. Ela adorava a total falta de arrogância de Tom.

E o conhecimento de geografia?

— É claro que eu vou. Não posso perder a primeira festa na praia do ano letivo. — Baby contava as horas. Estava louca para dormir com Tom na rede, só a alguns passos do mar.

— Legal. — Baby quase podia imaginar Tom assentindo. — Mas então, todo mundo está indo para as docas, então é melhor eu ir. Estou com saudade — concluiu ele.

— Eu também estou — Baby respondeu e desligou o telefone.

Ela se levantou e atravessou a rua, sem saber o que fazer consigo mesma pelo resto da tarde. Pensou em esperar por Avery, mas a irmã parecia ignorá-la de propósito, então Baby decidiu ignorá-la de propósito também. Decidida, ela desceu do meio-fio.

— Cuidado por onde anda, baby! — gritou um mensageiro de bicicleta ao entrar na Madison e quase atropelar Baby. Ouvindo seu nome gritado numa voz tão irritada e dura em vez de calorosa e suave, Baby sentiu um surto quente de fúria; da mãe, da nova escola, de toda a cidade de Nova York, subindo por seu corpo minúsculo.

— Vai se foder! — gritou ela, com raiva. Um grupo de idosas paradas no ponto do ônibus começou a cochichar. Baby fervilhou por dentro. Odiava Nova York. Todo mundo era igual. Aquelas mulheres eram exatamente como Jack Laurent e sua turma de piranhas, só que uns duzentos anos mais velhas.

Chateada consigo mesma por se preocupar com o que elas pensavam, ela entrou numa Starbucks próxima e comprou um chai gelado do barista supercafeinado que gritava cada pedido. Assim que tomou um gole, ela quis cuspir o líquido ultradoce. Em Nantucket, eles já teriam seu chai esperando por ela quando ela entrasse na The Bean, a cafeteria preferida de Baby. As cadeias de lojas como a Starbucks foram banidas de sua amada ilha.

Acordaaaaa, eles também não têm a Barneys. Nem mais nada que importe.

Enquanto abria a porta da Starbucks e voltava ao sol forte, ela viu um imenso labradoodle amarelo puxando a coleira Gucci e arrastando o dono, que também tentava manobrar dois pequenos pugs com a mesma roupinha Marc Jacobs vermelha e azul. Ela sacudiu a cabeça, sentindo-se mal pelos cães, que pareciam tão desconfortáveis em suas roupas quanto ela. O dono era um adolescente bonito de cabelo castanho curtinho, olhos castanhos e ombros largos. Baby se concentrou em sua bermuda. A cor era vermelha Nantucket — algo que ninguém, nem mesmo o pessoal da ilha, usaria. Pelo menos ninguém normal.

Enquanto ela olhava, o labradoodle deliberadamente arqueou as costas e soltou uma rosca de cocô na sandália de couro do cara. Era quase como se ele estivesse fazendo isso para agradar a Baby.

— Nemo! — gritou o sujeito, olhando para baixo, incrédulo. Naquele momento, o cachorro se soltou e disparou, esbarrando no carrinho de bebê de uma mulher e costurando excitado pelo rio de pedestres na calçada.

Sem pensar, Baby abandonou o chai na calçada e correu pela rua, desesperada para pegar o cachorro antes que ele fosse atropelado por um ônibus ou uma limusine errante.

— Pegue a coleira! — Baby ouviu uma mulher gritar atrás dela.

Por fim ela alcançou o cachorro assim que ele estava prestes a entrar no trânsito da Quinta Avenida. Ele piscou tristemente para ela com os olhos castanhos e calorosos.

— Está tudo bem — sussurrou Baby ao cachorro e pegou com firmeza a coleira. Segurou-a, lembrando da cena de *Annie* em que a órfã faz amizade com Sandy, o vira-lata gracinha que se torna seu melhor amigo e a segue a toda parte.

Pelo menos ela fez *um* amigo.

— Sei que queria se livrar dele, mas tenho que levar você de volta a seu dono, está bem? — Ela puxou o cachorro pela esquina até a Starbucks. Parado na calçada estava o dono do cachorro, tentando inutilmente limpar o cocô do pé com um saco plástico preto. Os pugs tinham enrolado as coleiras em sua perna e farejavam os canteiros de flores na calçada da cafeteria.

— Aqui está o seu cachorro. Só que não acho que você realmente o mereça — disse ela num tom superior enquanto lhe entregava a coleira.

Ele corou no mesmo tom de vermelho tomate da bermuda. Ele *seria* uma graça, pensou Baby, se ela gostasse do tipo mimadinho, bonito e privilegiado do Upper East Side.

Mas ela não tem namorado?

Nemo se sentou ao lado do dono com a cabeça tombada em expectativa. O cara estendeu a mão que segurava o saco de cocô de cachorro, depois pensou melhor e a recuou.

— Desculpe. Normalmente eu apertaria a mão, mas... — Ele deu de ombros. — Meu nome é J.P. Cashman. E esses monstros... — ele olhou os cães, que agora estavam sentados obedientes em uma fila arrumada, piscando para Baby e sem parecer nada monstruosos — são Nemo, Darwin e Shackleton. Prometi a minha mãe que cuidaria deles nas próximas semanas.

— Meu nome é Baby. — Ela estendeu a mão pequena. Não queria participar da grosseria geral de Nova York.

Obviamente.

— Baby — repetiu ele, erguendo as sobrancelhas. Baby estreitou os olhos para ele. O nome dela já havia sido contestado o bastante por hoje.

— Um nome melhor do que Shackleton — disse ela, assentindo para o pug de roupinha azul.

— Meu pai gosta muito de exploradores. Os verdadeiros e os imaginários.

— Que lindo. — Baby afagou o pelo cor de café do cachorro. Ele babou, satisfeito.

— Acho que talvez a gente tenha começado com o pé esquerdo. — J.P. olhou os sapatos com merda incrustada e riu, surpreendendo Baby. Ela pensou que ele ficaria mais aborrecido com os sapatos arruinados. Talvez o sr. Bermuda Vermelha não fosse assim tão estressadinho.

Bom, sabe como é, merdas acontecem.

— Então, você deve ser aluna da Constance. — Os olhos castanhos de J.P. caíram na saia de Baby. Ela corou e assentiu, sentindo-se um anúncio ambulante do esnobismo do Upper East Side.

— Estudo na Riverside Prep. No West Side. Estou no primeiro ano. — J.P. levantou a cabeça, na expectativa.

Darwin se contorcia para ela. Os olhos eram tão esbugalhados que ele parecia uma estampa de cachorro na frente de uma camiseta da Urban Outfitters.

— Ei, bonitinho, é um prazer conhecer você também — Baby afagou o cachorro e encarou seus imensos olhos confiantes. Se as pessoas pudessem ser tão simples. — Boa sorte — disse ela dubiamente ao cara, começando a se afastar.

— Ei, espera! — gritou J.P. para as costas de Baby. — Aí, todos os cães parecem gostar de você e eu preciso de uma ajuda. Nosso passeador fugiu com nosso jardineiro.

Baby parou de andar. Será que ele estava brincando? Ela se virou novamente, curiosa.

— É sério. Na verdade é até romântico. Eles se casaram na semana passada e estão em lua de mel em Niagara Falls. Então, agora, os cães são minha responsabilidade. Mas você poderia me dar uma ajudinha, não?

Baby abriu a boca, pronta para dizer não. Típico. Ele queria que ela fizesse o trabalho sujo dele?

— Eu pagaria, é claro. — J.P. abriu um sorriso largo, como se isso resolvesse tudo.

Baby pensou no assunto. Tá legal, então o cara era totalmente sem noção, mas os cachorros eram lindos. Além disso, tinha de ser melhor do que zanzar por aí sentindo pena de si mesma.

Ou constranger a irmã na frente das outras colegas de turma.

— Claro — Baby concordou. — Mas não preciso do seu dinheiro. Vou considerar uma obra de caridade.

O rosto de J.P. se iluminou.

— Vou descobrir um jeito de te compensar — continuou ele, todo prático. — Se puder me encontrar amanhã às 15 horas na minha casa... Moro na 68 com a Quinta. — Ele pegou um cartão marfim no bolso e entregou a ela.

Esse cara tem *cartão de negócios*? Ela olhou o cartão brevemente, esperando um título que parecesse falso, mas trazia simplesmente o nome e endereço em caracteres pretos e elegantes. Ele morava na cobertura dos Cashman Complexes. É claro que o prédio teria seu sobrenome.

Tão óbvio.

— A gente se vê amanhã — disse ela, animada, dando meia-volta sob os chinelos e enfiando o cartão no bolso da saia pregueada. Atrás dela, um dos cães soltou um ganido agudo.

Parece que alguém está babando feito um cachorrinho.

às vezes é preciso entrar no armário

Depois da aula, Avery não se deu ao trabalho de procurar por Baby. Se a irmã queria agir como uma aberração, não precisava dela. Em vez disso, Avery chamou um táxi e de imediato mandou que o motorista a levasse à casa de sua avó na 61 com a Park. A casa era uma construção de quatro andares pêssego-claro em estilo italiano que mais parecia pertencer a Charleston ou São Francisco do que ao Upper East Side. Avery adorava ver como a casa se destacava junto das outras de tijolos aparentes que a cercavam: um lembrete de como Avery Carlyle I tinha sido única e singular. Avery II esperava ter herdado parte daquele *je ne sais quoi*. Ela precisava disso, em especial depois do começo turbulento de hoje.

Avery empurrou a pesada porta de ferro e gemeu quando viu Karen, a advogada com cara de rato e tendência a usar peças de roupa Ann Taylor díspares compradas em liquidação. Ela foi enviada pela Meyers & Mooreland, a firma de advocacia que cuidava das propriedades dos Carlyle, e montou um escritório improvisado no meio da sala para administrar o inventário e a avaliação dos bens da avó Avery. Avery odiava ver como os advogados haviam tomado a casa. Quando soube que sua família estava se mudando, ela implorou à mãe para deixar que morassem ali, e não na cobertura da Quinta Avenida, mas os advogados e Edie concordaram que seria mais fácil e mais eficiente se a família Carlyle morasse em outro lugar até que a casa fosse adequadamente inventariada. Independentemente de qualquer coisa, a cobertura atual, com seu vago cheiro de xixi de gato impregnado no quarto e o adesivo brega de Yale grudado no lado de dentro do armário de remédios, não parecia um lar como a casa da vovó Avery — pelo menos quando estava sem advogado nenhum. Na primeira vez que passou ali com a mãe, Avery resgatou do lixo uma dezena de edições antigas da *Vogue* francesa.

Uma verdadeira samaritana. Até vendê-las no eBay em troca daquele Hermès Birkin vintage que ela quer tanto.

— Oi! — Karen exclamou animada, sem desviar os olhos do laptop. Avery a ignorou e subiu a escada, entrando na grande suíte da avó. Foi direto para o enorme closet, soltando um suspiro de alívio ao acender as luzes indiretas. Fila após fila de terninhos Chanel pendiam diante dela, organizados por cor e comprimento. Os anos 1980 só tinham minis de couro apertado e blusas de seda frente única Valentino e Nina Ricci, mas nos últimos anos a avó nunca deixava a casa sem um terninho com saia na altura dos joelhos e sapatos Ferragamo, os pulsos e o pescoço adornados com joias de bom gosto. Avery fechou os olhos, desejando que quando os abrisse a avó estivesse ali. Ela sempre sabia o que dizer para que Avery se sentisse melhor. Mas quando abriu os olhos, só o que viu foi o closet cheio de roupas sem vida.

— Posso pegar essa emprestada quando eu crescer? — a Avery de 5 anos tinha perguntado uma vez, erguendo um punhado de colares e pulseiras de diamantes que eram presentes do conde de Lichtenberg.

— Não — disse a avó enquanto retirava firmemente um anel de diamante e rubi particularmente grande do dedo de Avery. — Diamantes como estes são só para mulheres de mais de 30 anos. E o único diamante que fica melhor do que aquele que um homem lhe dá é o que você mesma compra. — Com essa, a vovó Avery levou a jovem Avery a sua primeira excursão de compras à Tiffany & Co., onde ela pôde usar o AmEx platinum depois de escolher um simples pingente de rosa engastado em platina.

Avery tocou o linho macio do terninho rosa e suspirou. Queria que a avó estivesse ali para elas tomarem chá e planejarem a melhor maneira de Avery conquistar o cargo da escola. Desde a reunião de hoje, ela sabia que *tinha* de ser eleita aluna vinculada ao conselho administrativo. Mas a representante seria escolhida pelo corpo estudantil, e todas as meninas pareciam estar totalmente contra ela. Não só isso, mas Avery tinha menos de uma semana para conquistá-las.

— O que devo fazer? — suspirou, passando o dedo pela manga de um terninho cinza-claro.

Dê uma festa maravilhosa!, ela praticamente ouviu o terninho Chanel cochichar para ela.

Avery se afastou do Chanel e andou pelo imenso closet da avó. Pegou um porta-retratos de prata da Tiffany que abrigava uma foto da avó quando ela tinha seus 20 anos, antes de seu caso de amor com Chanel. Vestia um conjunto reto Yves

Saint Laurent com sapatos Dior. Com os cabelos espessos e longos e os olhos grandes, parecia sinistramente familiar. Avery se virou para o espelho antigo de corpo inteiro, tentando imitar o olhar confiante de *posso conseguir tudo que quero* da Avery mais velha. Nada mau. Ela parecia glamourosa e competente — era a pessoa certa para o cargo.

Mas seria este olhar o certo para *fazer amigas*?

Avery voltou para o quarto. Dois ursinhos de pelúcia estavam na mesinha rosa e branca pintada à mão no canto. Um jogo de porcelana chinesa era exibido na mesa; era tolo e sentimental, um ornamento de quarto de criança com que Edie e os trigêmeos brincavam. Quando a avó Avery ficou de cama na primavera anterior, pediu que o brinquedo fosse colocado em seu quarto como uma lembrança das festinhas de chá. Ela recebia constantemente Anne Hearst e Senga Mortimer e conquistara todas as melhores *hostess* de Nova York recebendo-as ela própria. Avery pegou uma xícara de chá. Que melhor maneira de apresentar as alunas a ela — e a seu passado — do que dar um chá único, totalmente descolado e antiquado?

Praticamente pulando de alegria, Avery correu escada abaixo e entrou na sala de jantar, abrindo as portas de vidro do armário de porcelana da avó.

— O que está fazendo? — disse Karen, segurando algumas pastas e semicerrando os olhos azuis desproporcionais para Avery. Ela estava com sapatos Nine West. Avery queria dar um tabefe nela.

— Preciso disto. Pode me dar alguma coisa para embrulhar? — ordenou Avery, estendendo uma xícara de porcelana fina como osso.

— Não tenho certeza... — Karen hesitou.

— Minha mãe pediu. — Avery sentia que pisavam no seu pé. Afinal, as xícaras de chá pertenciam à família *dela*, e não a Karen. — São nossas — acrescentou ela com insistência.

— Tudo bem. — Karen suavizou o tom, saindo apressada para encontrar plástico bolha. Embora soubesse que era infantilidade e inteiramente inadequado, Avery mostrou a língua para as costas de Karen. O cargo na Constance era de uma líder, e não uma seguidora, exatamente como a avó Avery. Quando ela fosse eleita, onde quer que a avó estivesse, ficaria muito, mas muito orgulhosa.

Quando? Metidinha, né?

a tristeza da pobre menininha rica

Jack recostou-se na escadaria do Metropolitan Museum of Art enquanto bebia os restos de seu café gelado com adoçante. Jiffy Bennett, Genevieve Coursy e Sarah Jane Jenson estavam empoleiradas em volta dela, fumando Merits e de vez em quando lançando um olhar para os meninos sem camisa que faziam acrobacias de skate nos degraus abaixo. Era ali que elas sempre terminavam quando não havia mais para onde ir e Jack se sentia totalmente em casa, embora fosse meio chato. Este era seu penúltimo ano, quando ela conseguiria o primeiro papel no *Quebra-nozes*, seria a celebridade de Nova York, manteria uma média A+ e, *enfim*, transaria com J.P. Era tudo perfeito demais e tudo estava prestes a se tornar realidade.

— Mas o que deu naquela menina na aula de francês? — perguntou Jiffy enquanto virava a cara sardenta para o sol e soltava uma nuvem de fumaça na direção dos skatistas.

— A Baby Carlyle? — Sarah Jane olhou e arrumou os óculos. — Não sei. Mas minha mãe conheceu a mãe dos Carlyle na escola e ao que parece ela também era uma completa esquisita. — Sarah Jane tinha cílios e sobrancelhas praticamente brancos, dando-lhe uma expressão permanentemente sobressaltada. — Mas a avó deles era *a* Avery Carlyle, então, sabe como é, não podem banir a Avery e a Baby da Constance... — ela se interrompeu, suspirando.

— *A* Avery Carlyle? O que isso quer dizer? — perguntou Jack. Falar nos Carlyle era tão tedioso. Ela preferia falar de uma coisa mais interessante.

Tipo ela mesma, por exemplo?

— Você não sabe quem é Avery Carlyle? — Sarah Jane pareceu ainda mais surpresa do que o normal. — Ela era, tipo assim, uma daquelas velhas filantropas. Saía com Brooke Astor, Annette de la Renta... Todas elas. Uma de minhas tias era amiga dela. Parece que ela teve casos com pelo menos um rei de cada país da Europa. Minha tia disse que era o objetivo dela ou coisa assim. — Sarah Jane assentiu.

Obrigada, srta. Central de Fofocas.

— Grande coisa — disse Genevieve com lealdade. Ela se recostou nos cotovelos e seus peitos se projetaram, para deleite da turma de meninos do St. Jude's que passavam jogando Frisbee.

— Até parece que ela pode ganhar o negócio da eleição, né? Vai dar você. — Genevieve protegeu os olhos do sol, semicerrando-os para Jack. No ano passado, Genevieve tinha sido a melhor amiga de Jack. Mas Genevieve passou o verão com o pai produtor em Los Angeles, onde teve um lance de menos de cinco minutos com Breck O'Dell, astro de um filme idiota de verão. Agora ela se achava. Não que Jack tivesse inveja nem nada. Ter um lance com um astro de filme B beirava o mau gosto.

— Você devia ganhar. Ia fazer alguma coisa com o auditório, os espelhos e os uniformes, e ia ser responsável pelos eventos sociais... A gente podia dar uma festa imensa financiada pela escola com os meninos da Riverside Prep. Ou talvez da St. Jude's. O que acha disso? — Jiffy perguntou ansiosa enquanto acariciava o pacote de informações roxo que detalhava os deveres do cargo. Estava de maria-chiquinha numa espécie de look fazendeira que era uma tentativa de ser uma Anna Sui moderna, mas na verdade a deixava parecida com um poodle.

— Você deve querer fazer uma festa com a Riverside Prep por causa de J.P., né?

— Provavelmente. — Jack sorriu. Pela primeira vez, o cargo não parecia uma espécie de atividade imbecil para encher o currículo. Conseguir novos uniformes para a escola e planejar festas podia mesmo ser bem legal. E como estava concorrendo com Elisabeth Cort, aquela menina de bexiga solta e corpo de baú que sempre tinha bafo de atum, e a clepto da Avery Carlyle, Jack duvidava de que houvesse muita necessidade de campanha. Conseguir o cargo garantiria um currículo brilhante do ensino médio e lhe permitiria ser ainda mais socialmente ativa do que já era, sem erguer um dedo que fosse.

— Ai, meu Deus, Breck acaba de me mandar um torpedo! Disse que vai vir à cidade no fim de semana! — guinchou Genevieve, estendendo o Treo e corando enquanto Sarah Jane e Jiffy se espremiam em volta do visor minúsculo.

Jack revirou os olhos.

— Tá legal, tô indo. — Ela se levantou, espanando a parte de trás da saia pregueada. Ia para casa trocar de roupa e passar a tarde com J.P. Ao contrário de Genevieve, Jack tinha uma namorado *de verdade*.

Jack foi a pé para casa, na 63, entre a Quinta e a Madison, sorrindo ao ver a suntuosa construção coberta de hera com jardineiras nas janelas e uma entrada em arco. Mas ao se aproximar, ela parou. Dois caminhões de mudança estavam na frente. A mãe segurava a grade de ferro batido que cercava a escada, fumando Gitanes feito uma chaminé, como se sua vida dependesse disso.

— Mãe? — perguntou ela, uma suspeita terrível roendo por dentro. Os olhos de Vivienne estavam vermelhos como seu cabelo e as manchas da maquiagem tinham secado em rios horrendos em seu rosto pálido. Jack se aproximou mais e ficou abaixo da mãe no degrau. — Mãe? — disse ela de novo e olhou em volta. Será que decidiram redecorar? Três homens corpulentos e sem camisa suavam na superfície polida de sua mesa de jantar George Nakashima de pernas torneadas enquanto a carregavam pela entrada.

— Seu pai... — Vivienne chorou ruidosamente, torturada, os soluços com sotaque francês como se estivesse numa audição para *Phèdre*, a tragédia francesa que tinham lido no ano passado na aula de Madame Rogers. Nela, uma rainha grega trama se vingar de seu ex-amante antes de chegar ao fundo do poço. — Ele vendeu a casa e a mobília. Tudo. Tudo se foi. — Ela assoou o nariz no lenço de seda vermelha e fungou. — *Bâtard!* — Seu rosto fechou agourentamente.

Outros dois homens da mudança fumavam Marlboro perigosamente perto da cama de nogueira com dossel de Jack. Sua cama sempre a fazia se sentir da realeza. A colcha branca tinha escorregado e agora estava num monturo na calçada rachada.

— Estamos... *sem-teto*? — exclamou Jack, incrédula. Talvez a mãe estivesse exagerando. Não seria incomum. Sempre que falava com o pai de Jack, ela atirava o telefone na parede. Ela já arrasara seis aparelhos Bang & Olufsen prata este ano.

— Vamos morar no sótão — disse Vivienne. — Será como quando eu era menina, morando no 5ème arrondissement e descendo o corredor para tomar banho. É o que devemos fazer. Uma artista sempre deve sofrer — terminou a mãe teatralmente enquanto gesticulava com o cigarro ainda aceso.

Jack semicerrou os olhos. O sótão era um conjunto de quartos no último andar da casa. No passado, o pai, que agora trabalhava como consultor de investimentos do Citigroup, ameaçou Vivienne com a possibilidade de morar ali se ela não parasse de gastar tanto dinheiro. Tinha se tornado uma espécie de piada entre Jack e a mãe: elas usavam o espaço como depósito para alguns dos itens raramente usados e mais extravagantes que compravam em farras com os cartões de crédito de Charles.

Ei, as botas de pele de lagarto Gucci forradas de pelo de carneiro precisam ir para *algum lugar* no verão.

— Seu pai disse que tentou avisar, mas você não retornava os telefonemas. Disse que eu tive minha chance. Ele nunca reconheceu que eu era uma artista! Uma artista não pode simplesmente *trabalhar*. Ora essa, ele queria que eu fosse para um escritório atender telefone? — Vivienne gemeu, torcendo as pequenas mãos. Antigamente seu corpo mínimo de bailarina era flexível e elegante, mas agora era totalmente frágil. Um dos homens da mudança ergueu as sobrancelhas para outro, que puxava a calça de cintura baixa para cima da bunda.

— Sabia que ele ia fazer isso? — gritou Jack. Ela pensou em seu pai idoso, na esposa muito mais nova e nos pirralhos dela morando na casa da Perry Street. Babacas.

— Bom... Sim — admitiu Vivienne. As linhas de fumante em sua testa se vincaram.

— E o que eu vou fazer? — guinchou Jack, agarrando-se à grade para ter apoio. Achava que ia vomitar.

— Ah, *cherie*. — Vivienne se ergueu e a envolveu num abraço. Jack podia sentir cada uma das vértebras da mãe e o cheiro enjoativo do excesso de Chanel nº 5. — Será bom para você aprender a sofrer. — Vivienne se afastou e sumiu com um floreio grandioso pela entrada de serviço coberta de hera.

Jack olhou a saída teatral do corpo delicado e nada natural da mãe, incrédula.

Um dos homens da mudança bufou ao carregar uma bergère trançada da sala de estar para a porta. Como podiam ser tão indiferentes? Eles não percebiam que estavam mudando a *vida* dela?

Jack tentou se recompor. Na aula de balé, uma vez fizeram uma sessão de meditação em que elas aprenderam a acalmar os nervos escolhendo uma palavra e repetindo-a mentalmente. Ela tentou fazer isso agora, imaginando sua coluna alinhada e sua palavra: *perfeita*. O instrutor queria que ela escolhesse outra — como *luta* ou *foco* — alertando que a perfeição era inalcançável. Mas ela a escolheu assim mesmo.

— Olá!

Jack se virou e viu uma lourinha mínima descer quicando a escada. Parecia ter 5 anos e usava uma saia de bailarina rosa e asas da mesma cor da FAO Schwarz. Jack semicerrou os olhos para a menininha inocente. Uma nova família já estava morando em sua casa? Os pais dela podiam ter as brigas dramáticas que quisessem, mas como ele pôde colocar Jack no sótão, como um refugo velho?

Ou um par de botas de pele de lagarto?

Jack fechou os olhos e massageou as têmporas, na esperança de que quando os abrisse a menininha tivesse desaparecido e sua vida voltasse ao normal.

— Meu nome é Satchel! Eu agora moro aqui! — Os olhos de Jack se abriram. A menina dançava acima dela na escada. Na escada *dela*.

— Satchel? — Jack grasnou, sem acreditar. Olhou para sua bolsa satchel Givenchy. A visão do couro macio a reconfortou e ela ficou grata por ter lhe restado alguma dignidade. Jack endireitou os ombros e alongou o pescoço. *Perfeita*.

Ela reservaria um quarto no St. Claire. A não ser... A não ser... A não ser que o pai também tivesse cancelado os cartões de crédito. Será?

Quelle horreur!

na st. Jude's, é um por todos e todos por um...

— Muito bem, rapazes! Sei que é o primeiro dia de volta às aulas, mas vocês estão lentos — gritou o treinador Siegel do alto da instável plataforma salva-vidas de metal na Yuca da 92, onde a equipe do St. Jude's treinava todo dia às 15 horas. Ele soprou o apito estridente enquanto discretamente verificava seu abdômen na superfície reflexiva da plataforma. Tinha 25 anos, formado em Stanford apenas há alguns anos, e ainda dava um caldo, como dizia a seus nadadores sempre que podia.

Na raia três, Rhys nadava crawl com indiferença. Sentiu Owen passar por ele, deixando-o para trás enquanto partia para a outra borda da piscina. Embora estivesse acostumado a ser o mais rápido, Rhys não conseguia dar importância a isso. Deslizava despreocupadamente para o final da raia.

— Sterling, espere um segundo. — O treinador pulou da plataforma e se aproximou de Rhys, os chinelos Adidas fazendo um som de esguicho no deck molhado. Tinha o queixo quadrado, pernas magras e um peito sarado que dizia ser adorado pelas mulheres.

Rhys se arrastou para o deck da piscina com um frio na barriga.

— Sterling. — O treinador Siegel passou as mãos pelo cabelo castanho-arruivado desgrenhado. — Você chegou atrasado — declarou ele.

Rhys assentiu e olhou a água se empoçando nos ladrilhos. Uma poça se parecia com um coração. Rhys pôs o pé nela, e a água se espalhou pelo ladrilho azul em gotinhas mínimas.

— Desculpe, tive de cuidar de umas coisas — disse ele, sem olhar o treinador nos olhos. Na realidade, ele passou os primeiros quinze minutos de treino chorando no banheiro que raras vezes era usado, perto dos laboratórios de ciências no segundo andar, enquanto olhava todas as fotos no celular que tinha feito de Kelsey na primavera anterior. Ela estava tão feliz por ter o braço dele em seus ombros. Mas o que foi que deu errado?

— *Tuuuu-do bem* — disse o treinador Siegel, arrastando o tom. Rhys estremeceu. Já não bastava que a namorada tivesse pisoteado nele, agora isso ainda ia criar dificuldades para ele no treino? — Sei que é o primeiro dia de aulas e as coisas acontecem, mas você não se perdeu só nos primeiros minutos. Ficou fora do ar o treino todo. O cara novo, o Carlyle, te bateu! — O treinador Siegel estreitou os olhos azuis-claros para ele, esperando maiores explicações.

— Desculpe, estou com uns problemas pessoais — murmurou Rhys. A expressão *tem outro cara* não saía de sua cabeça. Seria verdade? Quem poderia ser? Um sujeito de Cape Cod? Um cara da Riverside Prep que Kat conheceu numa festa?

— Problemas com mulheres? — O treinador ficou mais atento.

— Não, só... umas coisas da escola — disse Rhys rapidamente.

— Muito bem, então, espero que seja só um começo ruim, porque não posso admitir que meu capitão tenha o desempenho que teve hoje. — Rhys assentiu e o treinador lhe deu um tapa nas costas. — E me fale se tiver problemas com as mulheres. As meninas podem acabar com você — disse ele com um ar astuto.

É, mas valemos muito a pena.

Rhys se arrastou para o vestiário, onde Jeff Kohl e Ian McDaniel passavam um frasco prateado de Maker's Mark. A sala estava superúmida e cheirava a cloro, ce-cê e chulé.

— É *demaaaaais*. — Ian fez uma imitação ridícula de Borat enquanto oferecia o frasco a Owen. Owen sacudiu a cabeça. Nessa hora, Rhys passou pela porta e abriu o armário num rompante.

— E aí, cara, eu fui uma droga. — Rhys pegou uma Vitamin Water no bolso lateral da bolsa de natação Speedo abarrotada e tomou um longo gole.

— Você parecia bem. — Owen tirou a toalha, distraído. Agora que estava fora da piscina, ele achava impossível parar de pensar em Kat ou Kelsey ou sei lá que nome tinha a garota. Há quanto tempo ela e Rhys namoravam? Eles estavam apaixonados? Era por isso que ela nunca lhe disse seu nome? Será que Rhys tinha alguma ideia de que ela o traíra no verão?

— Não, eu fui uma droga mesmo — repetiu Rhys.

— Ei, cara, você precisa de uma cerveja — gritou Hugh Moore, um primeiranista musculoso. Ele atirou uma Budweiser da fila seguinte de armários. A lata caiu no chão, espirrando cerveja enquanto soltava um silvo de gás e espuma.

— Agora não, cara — disse Rhys, sabendo que, como capitão, devia dar um sermão qualquer sobre evitarem beber na temporada, que dirá no vestiário. Só que ele não dava a mínima. Em vez disso, tinha vontade de chorar.

De novo.

— Então, sabe a garota que te apresentei no almoço? A Kelsey? — perguntou Rhys, a cara se contorcendo enquanto se jogava num banco de madeira gasto.

Owen assentiu e tirou o cabelo louro e molhado dos olhos. Como poderia esquecer? Ele fingiu mexer na bolsa Speedo, sem olhar para Rhys. Do outro lado do vestiário, Hugh, Ian e outros caras agarravam Chadwick Jenkins, um dos calouros.

— Vamos depilar suas sobrancelhas, cara! — gritavam eles alegremente, empurrando o apavorado menino do primeiro ano por uma fila de pias.

— Então, ela terminou comigo logo depois que você foi embora — disse Rhys rispidamente, sem se importar com quem ouvia. — Disse que tinha outro.

Owen largou a bolsa Speedo no chão e se sentou ao lado de Rhys. Kat — *Kelsey* — terminou com Rhys? Ela estava solteira de novo? *Tinha outro?* Será que isso queria dizer...?

— Peraí, sua namorada terminou com você? — repetiu Hugh, incrédulo, soltando Chadwick. Hugh se sentou ao lado de Rhys no banco do vestiário. — Desabafe. — Ele passou um braço nos ombros de Rhys e abriu outra lata de Bud, soltando um jato de borrifo que caiu nos pés de Owen.

— Não sei o que dizer. Foi do nada. Ela disse que tinha outro... e não sei quem pode ser, a não ser algum babaca que ela conheceu no Cape. Quem quer que seja, vou quebrar a porra da cara dele — murmurou Rhys.

Owen teve de reprimir um sorriso, sentindo-se exultante e culpado ao mesmo tempo. Kat tinha terminado com Rhys porque queria ficar com *ele*?

E ainda dizem que os homens não têm muita noção.

Hugh assentiu, dando seu apoio.

— Isso é grave. — Gotas de água de seu braço caíam em cascata pelo peito de Rhys. — Aí, galera! Vem pra cá. — Owen olhou o grupo de rapazes, a maioria ainda de sunga, alguns com sobrancelhas recém-depiladas.

— Tá legal — disse Hugh, levantando-se do banco e gesticulando com a lata de cerveja aberta. Suas costelas se projetaram para fora, dando a seu peito uma aparência quase côncava. — Acabo de saber que Rhys Sterling, nosso capitão e gente boa total, teve o coração pisoteado por uma menina da Seaton Arms. — Um gemido coletivo ecoou pelo vestiário. — Agora, sei tão bem quanto vocês que isso acontece com os melhores de nós. E sabemos que Rhys vai achar outra garota. Mas até que arrume uma, proponho um desafio solidário. — Ele olhou majestosamente em volta e deu um pigarro. — Até que o Rhys entre em ação, não vamos ter ação nenhuma. E vamos provar isso com a barba. — Ele afagou o queixo cinzelado com a mão livre e olhou em volta.

— Mas que porra é essa? — gritou Ken Williams. Ele pesava mais de 90 quilos e parecia mais um *linebacker* do que um nadador de longa distância.

— Todo mundo vai ter pelos faciais até que Rhys tenha sorte com uma garota. Até lá, nenhum de nós vai namorar também. E Jenkins, isso significa nada de brincar consigo mesmo — gritou Hugh. — Quem tá dentro?

Um por um, a equipe de natação uivou e cumprimentou com um *high-five* Rhys, que estava sentado no banco, encarando desanimado o piso molhado.

— Vocês não precisam fazer isso — murmurou ele. O apoio dos rapazes era legal e tudo, mas ele não devia estar animando a todos a se saírem bem no torneio estadual em vez de mostrar o quanto estava arrasado por uma mulher?

— Se Rhys não pegar ninguém, nós também não vamos pegar! — gritou Hugh. Owen examinou os meninos, detendo-se nos braços mirrados de Chadwick e na moita de pelos no peito de Ken. Ele se perguntou se algum deles realmente *podia* ganhar alguém. De qualquer maneira, ele esperava que este fosse mais um gesto hipotético de dedicação e não um pacto real. Owen nunca passou mais de uma semana sem beijar uma garota.

E nós o adoramos por causa disso.

— Valeu — murmurou Rhys a Hugh.

— Beleza. — Hugh sorriu. — Além de tudo, minha namorada está na França este ano, então estou na zona da dor de cotovelo com você, meu amigo. — Um por um, os rapazes se afastaram, esfregando os queixos, como se pudessem fazer crescer barba com uma massagem.

Rhys conseguiu soltar uma risada fraca e se virou para Owen.

— Eu me sentiria muito melhor se soubesse quem é o cara — confidenciou ele no vestiário agora vazio. O silêncio era tanto que Rhys podia ouvir o zumbido oco das luzes fluorescentes no teto. Deixavam seus braços estranhamente azuis. — Se você descobrir quem é, pode arrancar os miolos dele por mim? — Ele tentou rir, mas saiu como se tivesse se engasgado.

— Claro — disse Owen, culpado. — Mas não conheço ninguém...

— É, eu sei, só se ouvir alguma coisa. Ou, se a vir, talvez ela fale. Me conte se descobrir alguma coisa. É tudo culpa desse merda. — Rhys se levantou e chutou o armário. Soltou um estrondo metálico áspero que ecoou pelo vestiário vazio.

— Sterling, não quebre um osso por causa de mulher — gritou o treinador da salinha adjacente ao vestiário. — E em especial não um determinado osso! — acrescentou ele com uma risada.

Rhys ficou vermelho. Até o treinador sabia que ele foi largado. Haveria alguma maneira de evitar que as notícias se espalhassem?

Levar uma equipe de meninos lindos a fazer voto de abstinência. Quem *não* estaria comentando?

gossipgirl.net

temas ◂anterior próxima▸ faça uma pergunta respostas

Advertência: Todos os nomes verdadeiros de lugares, pessoas e eventos foram alterados ou abreviados para proteger os inocentes. Quer dizer, eu.

oi, gente!

É meia-noite e o primeiro dia de aula oficialmente chegou ao fim. Agora, um pouco de faxina: sei que um verão sem uniforme pode ter deixado algumas pessoas enferrujadas sobre o assunto, então vamos reservar um tempinho para refrescar a memória.

o "pode" e "não pode" no código de vestimenta

Quanto mais curto melhor, mas não se esqueça de usar *alguma coisa* por baixo da saia. Esta é Nova York, e não Los Angeles, e andar por aí sem La Perla só garantirá um dia de completo desconforto. Além disso, é arriscado. E, humm, muito nojento.

Nada fica menos sexy do que um suéter de cashmere Chloé manchado embaixo do braço, então vamos pegar leve nas camadas. E pelo amor de Deus, não esqueça o desodorante.

A regra do sapato preto pode ser manipulada de muitas maneiras. Tudo se resume aos três *M*s: saltos plataforma

Marni, saltos gatinha Manolo, e Marc Jacobs. Não há melhor maneira de se expressar do que pelos sapatos. Ou, no meu caso, os Choos.

flagras

Um caminhão de mudanças na frente da casa de **J.** Será que a princesa do Upper East Side está (afff) nos deixando?... **A** equilibrando suas imensas sacolas de xícaras antigas enquanto entrava num táxi. Alguém quer bolinhos...? **O** bebendo Gatorade azul com o cabelo molhado, sorrindo de orelha a orelha enquanto saía na 92. Por que tanta felicidade, lindinho?... **R** chorando na frente de um prédio na Quinta. Preparando-se para a produção interescolar de *Romeu e Julieta*, ou vivendo sua tragédia romântica real?... **K** comprando novas Cosabellas na **Barneys**. Todo mundo sabe que lingerie nova só pode significar duas coisas: perder *aquilo* para seu **R**, ou se perder nos braços de outro... A mãe de **J**, também na Barneys, tentando devolver as botas Gucci de mohair até o joelho da estação passada. É claro que elas eram um equívoco, mas não se pode esperar que a **Barneys** pague por suas péssimas decisões de moda. Tsc, tsc.

seu e-mail

P: Cara Gossip Girl,

Vi **A** fazendo amizade total com aquela esquisita de tatuagens na assembleia da Constance. Acha que elas estão juntas? Tipo assim, juntas *juntas*?

— GAROTA PROBLEMA

R: Cara G

Por que, está com ciúme?

— GG

P: Prezada GG

Sua coluna eh um porre. Vc é uma impostora imbecil e vou descobrir total Kem vc eh.

— 100% UES!

R: Cara UES

Você (vc?!) parece ter muita hostilidade mal-empregada. Para sua informação, eu sou tão Upper East Side (UES) quanto qualquer um — e não estou tremendo em minhas botas Christian Louboutin de pele de enguia por causa de uma mensagem de texto mal redigida. Se não consegue suportar a verdade, talvez seja melhor morar em outro lugar. Tipo Weehawken. Mas não vamos brigar!

— GG

Agora que o primeiro dia acabou, podemos voltar nossa atenção para questões mais importantes. Tipo assim, quem vai dar a primeira festa do ano? Todas as apostas estão em **J.** Apesar de eu nunca ter sido do tipo que faz apostas...

Pra você que me ama

gossip girl

manual de estratégia de campanha

Na terça-feira de manhã, antes da aula, Avery saiu do apartamento dos Carlyle, satisfeita por Baby ainda não ter acordado.

— Srta. Carlyle. — O porteiro de uniforme cinza assentiu ligeiramente para ela e Avery não pôde deixar de sorrir. O ar tinha um cheiro fresco, passarinhos cantavam e as calçadas cintilavam de água, embora Avery não se lembrasse de ter chovido. Assim era Nova York — cada dia um novo começo, o dia anterior tinha sido lavado.

E hoje sem dúvida era um novo dia. Na noite anterior, ela se trancara no quarto, preparando convites para o chá que ia dar. Escreveu todos os convites à mão em elegantes cartões Tiffany & Co. e amarrou cada cartão à alça fina de uma xícara de chá. Ela pensou que seria divertido e único, mas agora, carregando duas imensas sacolas lavanda da Bergdorf cheias de porcelana embrulhadas em plástico-bolha, não tinha lá muita certeza disso. Parecia que estava levando alguma maquete para mostrar na aula.

Avery se aproximou da esquina da 90 e viu um grupo de meninas do primeiro ano que reconheceu vagamente da reunião na escada de uma casa qualquer, o local preferido para fumar-e-fofocar da Constance Billard. As meninas já estavam fumando furiosamente seus Merit Ultra Lights, embora a primeira sineta só fosse tocar meia hora depois. Avery sentiu um frio na barriga, mas abriu um largo sorriso.

— Oi, Jiffy — ela cumprimentou a menina de olhos borrados de carvão. Jiffy desviou os olhos de sua revista *W*, que marcava furiosamente com uma caneta roxa. Avery sorriu com simpatia. Ela sabia que Jiffy andava com Jack Laurent, mas com o cabelo castanho liso caindo sobre as sobrancelhas e os olhos castanhos grandes, ela parecia a menina mais solitária de todas.

— Ah, oi. — Jiffy tirou as mechas dos olhos e observou as outras meninas empoleiradas no degrau de um jeito que Avery sabia, pelos anos que passou dando seus próprios olhares, que significava *Mas que merda é essa?*

Avery se preparou e pegou o primeiro convite da bolsa.

— Vou dar uma festa hoje, depois da aula. Só algumas meninas, assim posso conhecer todo mundo e conversar sobre o ano letivo. — Avery se encolheu por dentro. Ela parecia ridiculamente animadinha. — É só uma reunião — emendou ela.

A gente pode levar nossos ursinhos de pelúcia?

— *Táááá-legaaaal* — disse Jiffy devagar. Avery entregou uma xícara a Jiffy e pegou outra. — Ah, que divertido! — exclamou Jiffy enquanto examinava a delicada porcelana e via o convite preso na alça. — Olha só isso, é lindo — disse ela, passando a xícara à menina sentada ao lado, que tinha sobrancelhas tão louras que desapareciam na testa.

— Que bom que você gostou! — Avery baixou a sacola na escada de concreto rachada, pronta para distribuir o restante.

Uma pequena multidão já se formara em volta dela. As meninas da Constance adoraram os convites! De algum modo ela sentia que a avó estava sorrindo para ela de algum lugar.

— O que é isso? — Avery ouviu uma voz atrás dela e girou, vendo Sydney, a menina estranha com quem ela foi obrigada a se sentar na reunião da véspera. Usava uma camiseta marrom que dizia SEU RETARDADO por baixo do blazer da Constance.

— Oi — Avery a cumprimentou sem jeito, ainda tentando prender a atenção das outras meninas. — Só vou dar uma reuniãozinha. Para a eleição de aluna vinculada ao conselho administrativo. Não sei se estaria interessada. — Ela deu de ombros, na esperança de que a resposta fosse não.

— Hoje à noite?

— É — disse Avery enquanto entregava um convite a Genevieve, a menina peituda que era amiga de Jack.

— Obrigada. — Genevieve pegou uma xícara e a colocou na bolsa Longchamps laranja sem se incomodar em olhar o convite. Atirou o cigarro no chão, perigosamente perto das botas Morgane Le Fay pretas de Avery.

— Posso ficar com um? — perguntou Sydney, cheia de expectativa, pisando no toco do cigarro de Genevieve com seus Doc Martens vintage.

— Claro. — Avery entregou uma xícara a ela, sem querer ser grosseira. Afinal, Sydney era aluna do primeiro ano da Constance, e quem era ela para julgar? Só esperava que Sydney, se aparecesse, estivesse com uns sapatos mais femininos.

Com um pouco menos de aço na biqueira?

— Valeu! — Sydney pegou a xícara e fingiu beber dela com o mindinho erguido.

— A gente se vê hoje à noite! — Avery acenou para o grupo de meninas, ainda sorrindo, e se virou para ir embora. Rapidamente andou até as portas azuis da Constance, querendo se certificar de entregar todos os convites antes da primeira aula. Na hora do almoço, todo mundo estaria falando disso.

É claro que elas vão falar disso, mas o que estarão dizendo?

b faz umas amizades peludas

Baby bocejou alto na aula de cinema do sr. Beckham no último tempo, provocando risadinhas nas outras meninas. Baby revirou os olhos castanhos e grandes para elas. Que se ferrassem. Era o último tempo e, francamente, Baby não dava a mínima para *Manhattan*, de Woody Allen. Ouvir o sr. Beckham dizer entusiasmado que Nova York era um personagem importante do filme lhe dava vontade de se levantar e gritar palavrões.

E não seria a primeira vez.

Aliás, o filme era tão idiota. Ela já tinha visto uma vez com a mãe e não havia conseguido parar de se perguntar por que uma garota nova e bonita como Mariel Hemingway ficaria a fim de um velho imbecil como Woody Allen.

— Tem alguma coisa a acrescentar a nossa discussão sobre o filme, srta. Carlyle? — perguntou o sr. Beckham. Ele se empoleirou na ponta da mesa como uma ave imensa e sorriu de um jeito pervertido.

Parece que o filme lhe deu algumas ideias.

A sineta tocou. Baby praticamente empurrou a bunda magrela do sr. Beckham da mesa, atirou o caderno na bolsa carteiro verde-limão Brooklyn Industries e disparou porta afora.

Devia começar seu castigo na Constance Billard ajudando Irene, a mulher de 73 anos responsável pelo refeitório, a verificar a caixa de sugestões. Baby parou por um segundo e olhou o lindo refeitório, todo de espelhos e madeira clara, tentada a ver se no último minuto cederia e procuraria ser uma boa menina. Nem pensar. Ela deu meia-volta e andou pelo corredor, para as portas azuis que levavam à liberdade.

Outro strike!

Ela parou para olhar o quadro de avisos pendurado no hall principal, lendo os anúncios de diferentes clubes e atividades.

SOCIEDADE PRÉ-PRÉ-DIREITO. *Não.*

CLUBE DE ARRANJOS FLORAIS. *Não.*

CLUBE DE CESTARIA. *Ah, tá legal.*

Como é, nenhum clube de Desiludidas e Com Saudade do Namorado? Talvez ela devesse ser socialmente responsável como a irmã e criar um.

— Vai ingressar em alguma coisa? — Avery se meteu ao lado dela e colocou no chão a bolsa de compras lavanda. Enfiou o cabelo louro atrás das orelhas mínimas e afagou os brincos de diamantes vintage.

— Nada aqui me interessa. — Baby deu de ombros e olhou a irmã. Avery estava corada e parecia feliz. Até seus brincos de diamante cintilavam um pouco mais. — Como foi o seu dia?

— Muito bom! — Avery estava entusiasmada. — Vou dar uma reuniãozinha hoje à noite na casa da vovó Avery.

— A mamãe sabe disso? — Baby semicerrou os olhos. Como Avery não contou nada na noite anterior? Quando ela chegou em casa, Avery estava no quarto e nem saiu quando Owen anunciou que tinha pedido sua primeira pizza autêntica de Nova York.

— Sabe, está tudo bem — disse Avery rapidamente. — Mas então, estes são os convites. — Ela pegou uma xícara de porcelana na bolsa da Bergdorf e a irmã de imediato reconheceu o padrão. Quebrou uma quando tinha 4 anos.

— Obrigada. Não preciso de uma xícara. — Baby praticamente a empurrou.

— Então você vai? — a testa de Avery se vincou.

— Claro — Baby assentiu devagar.

— Tá legal, então acho que a gente se vê lá — continuou Avery, insegura, como se elas fossem estranhas.

Baby assentiu e fingiu estar concentrada nos folhetos de anúncios vermelhos até Avery se afastar. Por fim, foi para as portas azuis da Constance, enfiando as mãos nos bolsos. Sentiu o canto de alguma coisa dura e tirou o cartão marfim, examinando-o. Será que o cara falou a sério sobre ela passear com os cachorros dele?

E ela teria alguma coisa melhor para fazer?

Baby andou pela Quinta Avenida até chegar ao endereço do cartão. Olhou o *C* dourado sobre as portas de vidro do prédio. Letras de bronze de 1 metro de altura diziam CASHMAN COMPLEXES. Baby torceu o nariz. Era ainda mais brega do que ela imaginara.

Ver *é* crer.

O porteiro estava sentado atrás de um balcão imponente laqueado de preto, com um uniforme azul elaborado, de franjas douradas nos ombros e cintura trespassada. Era mais velho e parecia estar usando o mesmo uniforme desde que tinha 16 anos.

— Estou procurando esse cara. — Baby passou o cartão amassado de J.P. pelo balcão. Ainda não se acostumara com porteiros. Pareciam relíquias de uma época diferente, como presilhas de cabelo ou bigodes de guidom.

Eu não teria tanta certeza sobre este último.

— Use o elevador privativo à esquerda, no final. — O porteiro sorriu de um jeito de vovô e Baby retribuiu o sorriso. Apertou o botão para a cobertura e prendeu a respiração enquanto o elevador disparava num silvo os 26 andares até a cobertura. As portas se abriram e ela deu de cara com o apartamento.

J.P. estava no meio de um saguão ladrilhado de dourado, esperando. Usava calça cáqui e uma camisa azul amassada, e o cabelo estava desgrenhado sob o boné da Riverside Prep, como se ele tivesse acabado de acordar de um cochilo. Ele sorriu para ela calorosamente, pegando Darwin no colo enquanto o pug disparava pela porta em arco dourado. J.P. ergueu a patinha de Darwin e acenou para Baby.

— Você veio — disse ele, cordial.

— Vim por causa dele. — Baby pegou Darwin das mãos grandes de J.P. e lhe deu um beijo no focinho preto. Schackleton e Nemo vieram correndo de um cômodo distante, as unhas estalando e escorregando ao correrem para ela. — Como não amar uma carinha dessas? — ela arrulhou, sentindo-se melhor do que durante todo o dia. Ela colocou o pug no piso de taco ao lado de seus amigos. Todos olhavam para ela com expectativa, balançando incontrolavelmente o rabo.

— Já se recuperou da chuva de cocô? — Baby não resistiu a fazer a pergunta, satisfeita quando viu J.P. corar. Ele era o tipo de cara arrumadinho e cheio de frescura que Avery adoraria conhecer. Baby sempre preferiu os bad boys desleixados.

Ela não quis dizer chapados?

— Obrigado por me lembrar disso — respondeu J.P. com sarcasmo. Baby espiou atrás dele e viu um cômodo depois de outro, cheio de móveis ultramodernos e antigos, todos misturados. Será que essa porta à esquerda levava a uma quadra de basquete? E ela era... *dourada*? Baby pensou ter visto o aro de uma cesta.

— Olá! — Uma loura grandalhona entrou na sala, vindo de uma das muitas portas espelhadas que cercavam a grande entrada. Seu cabelo com luzes platinadas estava puxado em um coque alto estilo supermodelo dos anos 1980. Ela andou pelo piso com os sapatos Prada azuis vibrantes e abraçou Baby, praticamente sufocando-a em uma nuvem de perfume forte.

— Bem-vinda. Noza casa é zua casa — disse ela majestosamente num forte sotaque russo enquanto gesticulava para os cômodos com as unhas grandes e laqueadas de Chanel Vamp.

— Esta é minha mãe, Tatyana — J.P. fez as apresentações. — Mãe, esta é Baby Carlyle. Ela vai passear com os cachorros.

— Zim, eu zou a mãe dele e ele é meu filho lindo de morrer! — exclamou Tatyana, beijando J.P. e deixando um rastro de batom Chanel Red Splendor em seu rosto bronzeado.

— É um prazer conhecê-la — disse Baby com educação, resistindo ao impulso de tirar uma foto de Tatyana com seu celular e mandá-la a Tom. — Você tem cachorros lindos! — acrescentou ela, sem jeito.

— Eu zei! Eu os amo como ze fozem meus filhos. E eles zão ótimos porque, ao contrário deste menino, *zempre* prezisam da mãe! — Ela se curvou para pegar Nemo num abraço perfumado, a bunda redonda se projetando no ar.

Baby olhou de lado para J.P. Ele sorria timidamente e deu um abraço contido na mãe.

— *Eu* sempre preciso de você. — Um homem grande e rechonchudo saiu de uma sala à esquerda como se respondesse a uma deixa, dando um tapinha brincalhão na bunda empinada de Tatyana. Ela riu. Ele usava um chapéu de caubói que parecia mínimo em sua careca rosada. Pegou uma das mãozinhas de Baby em sua mão gorducha e a sacudiu agressivamente.

— Dick Cashman — trovejou ele. Olhou Baby de cima a baixo, vendo seus chinelos brancos e sujos e a camiseta que ela usava por baixo do blazer. Ela comprou num brechó em Cape Cod. Trazia uma imagem de um crocodilo devorando um tigre. — Adorei essa camiseta! É uma ótima mensagem... Não alimente os crocodilos: se alimentar, eles vão lhe dar uma dentada na bunda! — exclamou Dick, sorrindo.

— Ei, pai, essa é a Baby... — J.P. começou.

— Baby?? Como "*Nobody puts Baby in the corner*"? Talvez não colocassem se você estivesse bem-vestida! — trovejou Dick, dando um tapa no joelho.

Baby sorriu com educação, embora tivesse ouvido essa piadinha umas cinquenta mil vezes e nem mesmo *gostasse* do filme *Dirty Dancing*.

— Então vai atrás das vagabas, hein? — continuou ele, afagando Nemo furiosamente na cabeça.

— Ah, é — disse Baby, pouco à vontade. Sentia que tinha entrado no cenário de algum reality show vagabundo.

The Richest Loser?

— Acho que a Baby vai começar agora — disse J.P., entregando-lhe três coleiras Louis Vuitton iguais com monograma. — Tenho uma coisa para você na cozinha, depois vou acompanhá-la até a porta. — Ele sorriu desajeitado para os pais.

— Desculpe por isso — cochichou J.P. enquanto guiava Baby por um corredor labiríntico muito iluminado. As paredes de aparência esmaltada eram tomadas de pinturas de globos verdes que pareciam suspeitamente melecas. Quando chegaram à cozinha ultramoderna, J.P. pegou uma caneca com o brasão de dois *C*s e entregou a ela.

— Vi que você deixou cair sua bebida quando perseguiu os cachorros ontem. É um chai — disse ele, quase com timidez.

— Obrigada. — Baby sorriu, comovida. Tomou um gole. Tinha um gosto muito melhor do que o da Starbucks e lembrava um pouco o de casa.

— Na verdade não sei o que é, mas espero que goste — acrescentou J.P. — Raphael, nosso chef, preparou.

— Ah — murmurou Baby, tirando a caneca dos lábios. É *claro* que o chef deles preparou.

E isso devia ser *ruim*?

— Eu posso ir com você, se quiser — propôs J.P., ainda de pé na porta da cozinha.

Baby recuou alguns passos.

— Não, eu vou ficar bem sozinha — disse ela categoricamente. Soltou um assovio penetrante e os três cães vieram correndo. — Tchau. — Ela prendeu rapidamente as coleiras e os conduziu pelo corredor das telas de meleca, indo para o saguão dourado e descendo os 26 andares.

O porteiro tocou o quepe de couro enquanto ela passava.

— Nos veremos daqui a pouco, senhorita — disse ele.

E, com sorte, muitas outras vezes!

sem sermões, papai

Jack estava sentada na banqueta de encosto baixo do Star Lounge no badalado Tribeca Star Hotel. Embora fossem só 17h e lá fora as ruas de paralelepípedos estivessem cheias de consumidores curtindo a tarde quente, ali estava escuro, com velas bruxuleando das opulentas paredes de carvalho. Jack adorava lounges quando estavam vazios; ela se sentia meio como Mata Hari ou outra espiã glamourosa. Precisava fugir de sua vida, onde o pai ignorava seus telefonemas e parecia cada vez mais que teria de se candidatar a uma bolsa para a faculdade.

Quelle horrible!

Ela pegou o pó compacto e se olhou no espelho criticamente. Na véspera, fora obrigada a passar a primeira noite em seu novo quarto no sótão. Dormiu numa caminha minúscula e acordou numa poça de suor porque não tinha ar condicionado. E a exaustão transparecia. Hoje Jack passou duas camadas generosas de Crème de la Mer, mas ainda tinha grandes bolsas se formando embaixo dos olhos.

Muito Maria Antonieta antes da guilhotina.

Jiffy, Sarah Jane e Genevieve deviam se encontrar com ela, mas todas tiveram de ir para casa para trocar de roupa. Jack sabia que de jeito nenhum ia para casa para outra coisa que não fosse dormir, então colocara um tubinho Stella McCartney que não amassa na gigantesca bolsa Balanciaga azul-royal. A bolsa também abrigava suas roupas de balé da aula daquela manhã, quando ela usou sua raiva para se concentrar completamente nos *arabesques*. Jack trocou de roupa no vestiário da escola, sentindo-se uma nômade completa, e chegou ao bar decidida a ficar muito, mas muito bêbada.

Ela assentiu para o garçom de vinte e poucos anos. O cabelo preto e crespo dele caía nos olhos.

— Mais uma Grey Goose com tônica — exigiu ela, batendo as pestanas. Ele não lhe pedira a identidade antes, então era improvável que pedisse na segunda rodada.

— Dia difícil? — perguntou ele conscientemente, entregando-lhe o drinque. Jack assentiu com indiferença. Um casal de europeus sujinhos na outra ponta do bar conversava em voz alta num forte sotaque britânico sobre de quem era a culpa por eles terem sido expulsos do Pink Elephant na noite anterior.

Enquanto Jack, preguiçosa, ouvia o casal discutir e ignorava o garçom que a olhava, Genevieve, Jiffy e Sarah Jane entraram num rompante, rindo e ridículas de tão produzidas para as cinco da tarde.

— Recebeu um desses? — Genevieve entregou a Jack um cartão branco enquanto se sentava. — Vou tomar uma meia-garrafa de Veuve — disse ela sem olhar o garçom de cabelo desgrenhado. — Em Los Angeles, Breck e eu sempre parávamos no Chateau Marmont para tomar champanhe à tarde — anunciou ela a ninguém. O garçom rapidamente partiu e pegou os pedidos. Jack examinou o cartão grosso que Genevieve lhe entregara.

VENHA DESCOBRIR O QUE A CONSTANCE SIGNIFICA PARA MIM.
UM CHÁ PARA DISCUTIR NOSSO FUTURO. ADICIONE MEL E MEXA!

— Recebi — Jack mentiu. Será que Avery percebeu que erro monumental tinha cometido ao excluí-la? — Mas vocês vão mesmo? Qual é. Um chá?

— Não acha que as xícaras são lindas? — perguntou Jiffy. — Eu quero ir. Avaliar a concorrência.

Jack franziu o cenho.

— Avery Carlyle *não* é concorrência — ela lembrou a Jiffy toda formal enquanto examinava a caligrafia caseira. — Além disso, nem é uma festa de verdade. — Jack tomou um longo gole da bebida e gesticulou pedindo outra. Já estava meio tonta.

— Então por que não ir? — disse Sarah Jane de repente, como se tivesse acabado de ter uma ideia brilhante. Seus óculos Prada estavam postados rigidamente no nariz e ela vestia uma camiseta Tory Burch preta de decote baixo que mal cobria as costas, claramente pretendendo o visual inteligente e sensual. Ela pegou o cartão da mão de Jack e o examinou. — É na casa da avó dela. Minha mãe disse que deve ser espetacular.

— Eu tenho uma ideia melhor — disse Jack rapidamente. De jeito nenhum queria ver a casa *espetacular* da avó de

Avery, que só a lembraria de sua recente pobreza. — Por que não saímos? É a segunda noite de aulas, até parece que temos alguma coisa importante para fazer amanhã — ela lembrou às meninas.

— Por mim, tudo bem — Genevieve deu de ombros. — Sinceramente, o chá de Avery parece meio chato.

— Exato. Quem quer tomar chá? — Jack tomou outro gole da bebida, sentindo a velha confiança voltar. Ela sempre conseguia o que queria.

Bom, *quase* sempre.

— A gente se encontra para o *chill in* na sua casa? — perguntou Genevieve.

— Não! — exclamou Jack, por instinto. No ano passado, a melhor parte das noites era se arrumar em seu quarto imenso. Elas ligavam o iPod e dançavam com os hits antigos e outras músicas bregas que morreriam se alguém descobrisse que elas ouviam. Tomavam champanhe, tiravam fotos ridículas uma da outra e experimentavam diferentes roupas do closet de Jack. Jack sempre achou que era meio imaturo, mas agora faria qualquer coisa para voltar a ser como antes. — Quer dizer... — Jack hesitou por um segundo. — Está em reforma.

— É mesmo? — Os olhos de Jiffy se arregalaram.

— Ah, bom, agora tudo faz sentido. — Genevieve assentiu incisivamente para Sarah Jane, que concordou com um aceno.

— O quê? — perguntou Jack, na defensiva.

— Ah, a gente pensou ter visto um caminhão na frente da sua casa ontem. Eram os operários da reforma, né? — Sarah Jane perguntou enquanto girava a lima no drinque.

— É — disse Jack, aliviada. — Um saco. Basicamente, estamos refazendo todo o primeiro andar e temos que ficar no sótão.

— Por que não fica numa suíte no Regency ou coisa assim?

— Você conhece a minha mãe — Jack suspirou, como se isso explicasse tudo, embora Jack tivesse como prioridade manter a mãe o mais afastada possível das amigas. — Ela quer ficar na casa para saber se os decoradores não estão avacalhando com tudo.

— Acho que podemos nos arrumar na minha casa — Genevieve suspirou teatralmente. Ela morava com a mãe num modesto dois quartos na 50 com a Terceira Avenida. Era realmente mínimo, se comparado com a casa de Jack, e Genevieve sempre se queixava disso, lembrando a elas que a mãe era atriz, embora fosse uma ex-estrela da TV que agora protagonizava um musical esquisito de vanguarda.

— Tudo bem. — Jack chamou o garçom. Tudo começava a ficar deliciosamente indistinto. Ela ia para a casa de J.P. depois de dançar à noite com as meninas e talvez alguma coisa, *aquilo*, finalmente acontecesse. — Mais uma Grey Goose com tônica — enunciou ela com cuidado enquanto o garçom se aproximava. Até parece que estava bêbada ou coisa assim.

Mas é claro que não.

— E a conta também — ordenou Jack com a voz firme. Ela pegou o AmEx preto na carteira Gucci.

— Agora mesmo — disse o garçom, dando meia-volta com o cartão dela na mão. Quase de imediato, ele voltou.

— Seu cartão foi rejeitado. — Ele o devolveu. Jack ficou sem fala. Sentiu os olhos inquisitivos de Genevieve.

— Eu pago. — Jiffy piedosamente pegou seu AmEx preto na bolsa Kate Spade verde e branca. Apesar de sua bolsa de Barbie-Pastorinha-vai-a-um-piquenique, Jack teve vontade de abraçá-la.

— Eu estava usando um cartão diferente em Paris. Acho que foi bloqueado ou coisa assim — Jack mentiu, o coração aos pulos. Primeiro o pai lhe tirava a casa, e agora isso? Ela estava mesmo falida?

— Então, para onde nós vamos? A gente pode começar pelo Tenjune? — perguntou Jiffy, citando um conhecido clube no Meatpacking District.

— Sabe de uma coisa, acho que não quero mais sair — disse Jack de repente. — Tenho aula de balé amanhã cedo. Mas vocês podem se divertir.

— Mas ainda é muito cedo — gemeu Genevieve.

Jack não se incomodou em dar maiores explicações. Disparou para fora do hotel e andou rapidamente pela Houston para chamar um táxi. O ar estava quente e pegajoso e um ônibus passou por ela, soprando uma nuvem de fumaça em seus joelhos bronzeados. Seu vestido Stella McCartney foi soprado para cima. Ah, meu Deus. Será que ela *podia* pagar um táxi? Estava tonta, emotiva e muito, muito bêbada. Ela pegou umas notas amassadas na volumosa bolsa de couro, sabendo que não eram o suficiente.

Ela viu uma entrada de metrô e cambaleou para lá, admirando-se com todas as letras e números diferentes. O 6 verde parecia familiar. Não ia para o Upper East Side?

Ela seguiu uma horda de gente para a linha verde, fingindo não examinar o mapa das paradas acima dela enquanto um cara ficava pisando em seu pé com o mocassim. Por fim, depois de incontáveis paradas junto com uma banda de mariachis, Jack saiu na rua 51. Andou apressada até o imponente prédio do Citigroup na 53 com a Park, onde ficava o escritório do pai. O sol começava a se pôr, refletindo tons de azul e laranja na torre moderna de aço e cromo. Da última vez em que esteve ali, Jack tinha 11 anos de idade.

Homens e mulheres de ternos impecáveis andavam apressados pelo imenso saguão e Jack de imediato se sentiu deslocada em seu vestido de coquetel e bolsa escolar Balenciaga azul.

— Meu nome é Jacqueline Laurent. Meu pai trabalha no 22º andar. Mercados emergentes — ela disparou rapidamente para o homem grandalhão de cabelos brancos sentado atrás de uma mesa de segurança. Ele logo pegou um telefone.

— Pode subir — respondeu o homem com um forte sotaque do Bronx. Jack entrou no elevador prateado, sabendo que tinha de controlar seu gênio. Concentrou-se no boletim do tempo exibido na telinha de TV do elevador. Esta noite seria agradável, mas há possibilidade de uma tempestade.

Exatamente como alguém que conhecemos.

Quando saiu no 22º andar, uma mulher esquelética com sobrancelhas tatuadas vários centímetros acima dos olhos esperava por ela.

— Boa-noite — disse a mulher secamente, gesticulando para Jack segui-la ao escritório grande no canto.

— Jacqueline! — o pai exclamou. Ele se levantou de trás de sua pesada mesa de carvalho e pegou as mãos de Jack, mas não a abraçou. Jack olhou para seu cabelo branco. Não tinha certeza de quando ficara mais alta do que o pai. Ele meio que parecia um Papai Noel gorducho e não um executivo poderoso e ex-autoridade do governo.

Ela sorriu, tentando não parecer embriagada. Tudo isso devia ser um erro tolo. Talvez o pai estivesse tentando atrair Vivienne de volta, de uma forma distorcida e sem noção — e Jack, sua linda cama de dossel e o cartão AmEx preto foram pegos no fogo cruzado.

Claro, é bem provável mesmo.

— Você não atendeu a meus telefonemas. — O pai gesticulou para ela se sentar e Jack se acomodou em uma das poltronas de couro preto que davam para uma enorme vidraça com vista para a Park Avenue.

— Você não atendeu a meus telefonemas também, pai — disse ela calmamente. Ela alisou a saia por cima dos joelhos e lhe lançou um olhar desamparado de cachorrinho perdido com os grandes olhos verdes.

— Sua mãe não lhe contou o que decidimos — começou Charles. Ele foi até um serviço de café prateado no canto oposto da sala. — Café?

Jack sacudiu a cabeça, fervilhando por dentro. Este não era um encontro informal para tomar um cafezinho. Tratava-se do futuro *dela*.

— Por que meu cartão de crédito não funciona? — soltou ela de repente.

— Por que voltou de Paris antes do combinado? — contra-atacou Charles calmamente. Ele se serviu de chá numa xícara de porcelana e Jack de repente se lembrou da festa idiota de Avery. Ele se sentou ao lado de Jack. Seus olhos inteligentes procuravam respostas no rosto da filha.

— Eu... — Jack parou. — Eu queria ter certeza de ter tempo para entrar em forma antes do programa de estágio. Queria colocar tudo em ordem. — Sua voz oscilava enquanto ela mentia.

— Colocar tudo em ordem nos Hamptons? — declarou Charles sem rodeios.

Jack corou. Bom, e daí? Ela não merecia um castigo tão brutal assim, né? Ela precisou pegar o *metrô*, pelo amor de Deus! Um sacrifício digno de Madre Teresa.

Charles se levantou e colocou a xícara na mesa com um baque.

— Jacqueline, estou fazendo isso para o seu próprio bem. Eu amava muito a sua mãe. Não quero que você fique igual a ela. Quero que saiba o valor do trabalho árduo. Até que me prove que pode lidar com as responsabilidades e cumprir seus compromissos, não vou financiar seu estilo de vida. Vou pagar a escola e é só. Mas não o balé. Se você adorava tanto o balé como sua mãe pensa, então devia ter ficado em Paris e terminado o curso. — Ele sorriu e se sentou atrás da mesa de novo, como se seu discurso de amor severo compensasse o fato de ser um pai ausente.

Jack sentiu como se tivesse levado um tapa. Lágrimas pequenas se acumulavam nos cantos dos olhos e ela percebeu uma lasca em seu esmalte marrom. O pai *não podia* deserdá-la, podia?

Na verdade, acho que acabou de fazer isso.

— E a casa? — balbuciou Jack, sem ligar se parecia desesperada. As duas secretárias e a turma de serviçais de terno que a ouvissem choramingar. Talvez *eles* tivessem pena dela.

Charles olhou a filha e seu rosto se suavizou por um momento.

— Eu tive de me livrar dela. Só me dava gastos, sinceramente, você e sua mãe não precisam daquele espaço todo. É claro que você pode vir morar comigo, Rebecca e as meninas — propôs ele. — Eu adoraria ter você em nossa família. — Jack sacudiu a cabeça sem dizer nada. Rebecca era só oito anos mais velha do que ela. Além disso, não podia abandonar a mãe. Vivienne ficaria um trapo. Ela já estava um trapo.

— Vou considerar a experiência de Paris um erro bobo se você me provar que é responsável — continuou Charles, como se estivesse argumentando numa negociação diplomática com um país particularmente beligerante e não muito poderoso. — Se puder fazer isso, ficarei feliz em sustentar você e seus empreendimentos. Pode fazer isso, Jacqueline?

Jack *tinha* de continuar no balé. No palco preto do Lincoln Center, ou no piso de madeira brilhante do estúdio de ensaio, ela se sentia livre de uma maneira que não via em nenhum outro aspecto de sua vida. O balé a deixava especial, bonita, lhe dava ânimo. Fazia parte de Jack, e não de Jacqueline. Ela fitou o pai nos olhos.

— Tenho um cargo de liderança na escola — contra-atacou Jack. Como é que se chamava mesmo? — Sou a... aluna vinculada ao conselho administrativo. — Ou seria, em alguns dias. Ela olhou para Charles de um jeito *viu*?

— Que bom! — Ele bateu palmas como se fosse motivo para comemorar.

Só faltava champanhe. Epa, ela já bebeu isso.

— E quando começou? — Charles olhou o calendário ao lado na mesa.

— Na semana que vem. — Ela se empertigou diante da mesa como a bailarina perfeita para fotos que era, a coluna reta.

— Então, ainda não começou oficialmente? — arriscou-se Charles. Ele sentou-se na beirada da mesa e cerrou as sobrancelhas brancas.

— Vão anunciar oficialmente no domingo. Em um brunch de mães e filhas na Tavern on the Green.

— Eu irei — anunciou Charles com galanteria.

— Mas você não é a minha *mãe* — observou Jack. Ele não só ia arruinar sua vida, como queria constrangê-la em um evento da escola?

— Quem está pagando seus estudos? — perguntou Charles. — Além disso, não parece um evento a que Vivienne vá comparecer. Está na hora de alguém ter um verdadeiro interesse em seu futuro, Jacqueline.

— Meu *futuro* é o balé — Jack lembrou entredentes ao pai.

— Bem, se fala a sério quanto ao balé, então vai provar que é responsável e vou assinar o cheque. Estamos entendidos?

Jack assentiu, irritada demais para falar. Não acreditava que a chave para todo seu futuro estava na carteira de couro marrom Christian Lacroix do pai — e nas mãos das colegas de turma da Constance. Se ele não pagasse as aulas de balé, ela teria de se candidatar a uma bolsa, e de jeito nenhum o diretor do programa de estágio, Mikhail Turneyev ou Turnmeoff ou sei lá que porra de nome tinha, daria uma a Jack.

Ela saiu bufando do escritório do pai, passando pela cretina magricela da secretária, que pairava perto da porta, escutando. Jack sacou o celular e apertou o número de discagem rápida de J.P., mas o telefone caiu direto na caixa postal. Estava prestes a tagarelar sobre tudo o que tinha acontecido, que estava oficialmente pobre e provavelmente teria de comer macarrão instantâneo engordativo para sobreviver, e pedir que ele ligasse logo, mas parou. Ele a odiaria por ser tão patética. Ele a odiaria por ser pobre.

— Oi, sou eu... me liga — disse Jack simplesmente, depois do sinal. Ela fechou o telefone num estalo, puxou os ombros para trás e alongou o pescoço. *Perfeita*, repetiu ela em silêncio consigo mesma. *Perfeita*.

Eis o poder do pensamento positivo.

um amor maculado

Em casa depois de uma corrida de 15 quilômetros pós-treino, Owen tirou a camiseta Nantucket Pirates grudenta de suor e jogou na nova poltrona que apareceu na entrada da casa. Ele percebeu um novo sofá branco de encosto baixo e cadeiras onde antes estava o sofá laranja roído por traças. Estava vazio, a não ser por uma almofada estranha que parecia de metal. Em Nantucket, embora eles morassem em meio hectare de terra, toda noite se reuniam na sala rebaixada e confortável para comer kisses da Hershey's e fofocar sobre a vida dos outros.

Um monte de meninas ficaria feliz em dividir *kisses* com ele!

Quando Owen se dirigia para o quarto, a campainha tocou.

— Eu atendo! — gritou ele, para o caso de haver alguém em casa. Em Nantucket, as pessoas que batiam na porta costumavam acabar morando com eles. Um casal, Leon e Gary, tinha parado para pedir informações e terminaram morando ali por seis meses, até que decidiram se mudar para Amsterdã para cultivar tulipas. Eles ainda mandavam quatro pares de tamancos no Natal.

— Tudo bem, querido — gritou Edie, e Owen pôde ouvir os tons fracos de cânticos budistas por trás das portas fechadas de seu estúdio.

Owen foi ao saguão, sem se incomodar em vestir uma camisa. Devia ser Rhys, passando para deixar outra sunga ou coisa parecida.

Ele abriu a porta e perdeu o fôlego. A deusa etérea de olhos azuis de seus sonhos quase pornôs estava de pé bem na frente dele. *Kat.*

Ele não quis dizer Kelsey?

Eles se olharam por um longo momento de silêncio.

— Oi — disse ela por fim, rompendo o silêncio. — Soube que você estava morando aqui. Minha mãe era amiga de Eleanor Waldorf. Sabe quem é... a família que morava aqui. Somos vizinhos! Eu moro bem ali na 77! — A voz dela era exageradamente animada e Owen percebeu que ela estava nervosa. Os olhos azul-prateados de Kesley percorreram o tórax dele e ela sorriu, meio tímida. Owen pegou a camisa e vestiu. Ainda estava molhada e grudou em seu corpo.

Melhor para sua barriga de tanquinho, meu bem.

— O que está fazendo aqui? — disse ele sem querer. Era tão estranho vê-la emoldurada na porta de sua casa, depois de tantas semanas fantasiando com isso. Mas ela não era mais só a Kat, era a *Kelsey*, que ele nem sabia quem era. — Foi engraçado esbarrar em você *ontem*, Kelsey — ele pretendia ser sarcástico, mas ficou parecendo genuinamente feliz e educado.

Passou tempo demais com o sr. Boas Maneiras.

— Acho que devo me apresentar, meu nome é Kelsey Addison Talmadge. Eu *nunca* te disse que meu nome era Kat, lembra? — Um leve sorriso curvou seus lábios, depois desapareceu enquanto uma expressão séria tomava seu rosto. A pele era lindamente bronzeada por baixo da camiseta verde-escura com gola em V. Uma amostra de seus seios piscavam para ele. Meu Deus, ela era uma gata.

— Desculpe. Eu precisava ver você. — Kelsey brincou com um grande anel de prata no dedo. — Não consegui parar de pensar naquela noite na praia. Eu me sinto tão culpada, porque nunca traí antes... E nunca pensei que faria isso. — Seus olhos azuis lampejaram de sinceridade. — Eu senti mesmo alguma coisa quando conheci você, mas o momento era totalmente errado. Eu estava assustada e morávamos em lugares diferentes... Foi por isso que não disse meu nome; só te dei minha pulseira. Acho que eu tinha esperanças de que você me encontrasse de alguma maneira — concluiu ela, dando de ombros. Seus olhos eram suplicantes. — Desculpe por ter mentido. Mas não sou má pessoa.

Ela estava tão linda, tão doce e sincera, e antes que se desse conta do que estava fazendo, Owen a puxou num abraço apertado. Podia sentir o coração de Kelsey palpitar em seu peito. Ele pôs a mão no rosto dela e respirou seu xampu com cheiro de maçã.

— Ainda bem que você me encontrou — disse Owen simplesmente, sem ter certeza do que fazer depois. Naquele momento, abraçá-la era ainda melhor do que todos os sonhos obscenos que ele teve.

Ah, é mesmo?

O iPhone de Owen começou a vibrar no bolso. Ele o pegou e olhou o visor. Com a mesma rapidez com que tinha ido às alturas, seu coração afundou.

— É um torpedo do Rhys — disse ele, encarando os olhos azuis de Kat.

— Você é amigo dele? — ela perguntou, confusa.

Owen deu de ombros. Ele leu o texto e passou o celular a Kat sem dizer nada. QUERO PULAR DE UMA PORRA DE PONTE. MAS ME CONTENTO COM UNS DRINQUES. ESTÁ EM CASA? ESTOU POR PERTO.

A preocupação lampejou nos olhos de Kat.

— Acho que eu não devia estar aqui — murmurou ela.

Owen assentiu, embora só quisesse que ela ficasse.

— Kat... Quer dizer, Kelsey... — corrigiu-se Owen.

— Prefiro ser Kat para você — sussurrou ela. — A gente pode ser quem quiser um com o outro.

Owen assentiu novamente. O que ela dizia nem fazia muito sentido, mas era *realmente* romântico.

A campainha do interfone tocou. Kat e Owen ficaram paralisados e se encararam.

O coração de Owen disparou.

— Espere aqui — disse ele apressadamente, empurrando Kat para o quarto imaculadamente decorado de Avery, uma mistura de bom gosto de bege, branco e rosa peônia que Avery encomendara de um designer assim que eles se mudaram. Ele empurrou Kat para dentro.

O interfone tocou de novo e ele se inclinou para ela. Por fim, eles se beijaram. Ele pretendia que fosse um selinho, mas quando seus lábios se encontraram, foi urgente e apaixonado, e ele queria poder fechar a porta e se deitar com ela na cama e...

Tá legal, porque seria a maneira perfeita de batizar o novo lençol de algodão egípcio de seis mil fios que a irmã comprou na Bergdorf.

O telefone dele vibrou com outro torpedo.

NA SUA PORTA, KD VC, PORRA?

— Tenho que ir. Espere aqui até que ouça a gente sair. — Owen sentiu-se eufórico de excitação e culpa.

— O que vamos fazer? — perguntou Kat, parecendo a donzela em perigo que Owen faria qualquer coisa para resgatar.

— Vamos pensar nisso — disse ele decidido. Ele a beijou mais uma vez e fechou a porta do quarto de Avery com o coração aos saltos.

— Oi, cara. — Owen abriu a porta da frente e sorriu duro para Rhys, meio ansioso demais. Os olhos de Rhys estavam vermelhos e a pele estava cinzenta. Parecia que não dormia há semanas, embora só tivesse se passado um dia desde que Kelsey terminou com ele.

— Happy hour? — Owen tentou seduzi-lo.

Rhys inclinou a cabeça para o amigo louro e bronzeado, que sorria e tentava ao máximo fazer com que ele se sentisse melhor. Como se uma cerveja vagabunda pudesse fazer isso. Ele sentia que estava *morrendo*.

— Fiquei parado na frente do prédio dela por uma hora. Eu a vi sair e andar pela rua, mas depois a perdi, então decidi vir aqui. Sei que parece assédio — continuou Rhys.

Owen estremeceu. Kat provavelmente estava ouvindo no cômodo ao lado. E Rhys parecia mesmo do tipo de assediar.

— Não sei onde ela pode ter ido.

— Você está obcecado — disse Owen, e não estava brincando. Ele se encostou no batente de mogno da porta. — Ela deve ter ido à casa de uma amiga ou coisa assim.

Não deixa de ser verdade.

— Eu só queria saber com quem ela está. — Rhys sacudiu a cabeça. — Ela disse que conheceu outro. Quem pode ser?

— Cara, eu não sei — disse Owen com um ar de desamparo. Ele deu de ombros e a camiseta grudada de suor de repente parecia muito desagradável na pele. — Vamos sair. Tudo sempre faz mais sentido depois de algumas cervejas.

Terapia de birita, alguém se habilita?

chá para dois

O sol poente criava padrões de luz nos tapetes japoneses azul-escuros do século XIX que cobriam o reluzente piso de taco da casa da vovó Avery. Avery estava sentada com Sydney Miller. A Sydney Miller famosa pelo piercing nos mamilos. Sydney Miller, a única convidada presente em seu chá.

Há apenas um ano esta sala tinha aparecido na *Vogue* depois de uma festa da Associação de Teatro dada pela Avery I e agora, com as pastas dos advogados em pilhas desordenadas no chão, mais parecia uma exposição de museu em vias de ser desmontada.

Só que com menos pessoas.

— Me dê isto. — Avery apontou a coleção de tarteletes delicadas, decoradas com framboesas mínimas, que ficaram intocadas numa bandeja. A bandeja rosa que combinava perfeitamente com o terninho Chanel que ela pegou emprestado no closet da vovó Avery.

Sem dizer nada, Sydney lhe passou a bandeja. Jarras de chá gelado cuidadosamente preparados estavam intocados na mesa lateral, a condensação enevoando a face externa. Avery pensou que as pessoas iam pegá-los enquanto entrassem e que servir chá gelado seria uma maneira bonitinha de modernizar a tradição do chá festivo.

Quer dizer, se garçons bonitinhos viessem com o chá...

— Acho que ninguém vem — disse Sydney por fim, olhando a sala. As antigas cadeiras Chippendale que Avery tinha arrastado da sala de jantar estavam enfileiradas de frente para a pequena sacada de ferro batido que se projetava no solário do estúdio do segundo andar. A vovó Avery o tinha construído por causa da vista; quando o sol se punha, quem estivesse ali pareceria iluminado. Edie sempre ridicularizou a mãe, dizendo que ela teve a ideia depois de ver o musical *Evita*. Ainda assim, era dramático e Avery pretendia se levantar ali e fazer um pequeno discurso, depois usar o restante do tempo para se misturar e conhecer as outras meninas da Constance.

A campainha tocou. Avery lançou um olhar de *Eu te disse* para Sydney e seu batom preto fosco, e disparou da cadeira imensa. Ela estremeceu de dor enquanto os pés tamanho 38 se retesaram nos sapatos de salto Ferragamo tamanho 35 da avó.

Se o sapato couber, use. Mas se não couber... esqueça.

Ela abriu a pesada porta de carvalho e recebeu Baby, acompanhada por três cães enfileirados por ordem de tamanho.

— Surpresa! — Baby sorria maliciosamente enquanto um cruzamento de poodle grande abanava o rabo contra a perna despida de Avery, arreganhando os dentes e babando feito um maníaco. Dois pugs mínimos enrolavam as coleiras nas pernas do cachorro maior.

— Mas que merda é essa? — Avery bufou, empurrando o cachorro para longe do joelho. Era isso que Baby considerava uma piada?

— Nemo, seu pervertido, já não teve o bastante no parque hoje? — Baby afastou o cachorro. — Estou voltando do parque. Eu estava tão perto, que pensei que podia dar uma passadinha. Quer que eu volte depois de deixá-los em casa? — Baby ergueu as trelas. O cachorro grande partiu para a virilha de Avery mais uma vez.

— Não! — gritou Avery, batendo a pesada porta de carvalho. Ela soltou um suspiro fundo.

— Quem era? — gritou Sydney.

— Ninguém — respondeu Avery rigidamente enquanto reaparecia na sala de estar. Ela pegou outra tartelete e mordiscou as beiradas.

— Eu te falei, Brigada das Cretinas. — Sydney se juntou a Avery na bandeja de doces e colocou uma tartelete na boca. Avery podia ver faíscas do piercing prateado na língua de Sidney enquanto ela mastigava. *Pelo menos ela veio*, pensou Avery.

— E não tem birita — observou Sydney, pegando outra tartelete. — Essas coisas são gostosas — comentou ela, pegando mais duas.

— Uma festa com cerveja não me pareceu um fórum adequado para discutir meus planos de concorrer a um cargo patrocinado pela escola — declarou Avery com indignação, prendendo uma mecha de cabelo solta no coque. Ela desabou numa cadeira estofada de jacquard pêssego, exausta.

— Tá brincando? As pessoas teriam vindo se tivesse cerveja. Um chá para falar de cargo patrocinado pela escola? Tem ideia de como isso parece idiota? — Sydney soltou uma risada seca, depois viu a expressão magoada de Avery e suavizou o tom. — Em geral, por aqui, uma festa tem meninos, álcool, algumas meninas desmaiadas no banheiro e uns amassos daqueles rolando — disse ela sem rodeios. — Não faziam isso lá na sua terra?

— Faziam, mas lá era *Nantucket*. — Avery torceu o nariz de nojo. Ela imaginava que tinha deixado esse tipo de festa para trás. Nova York não devia ser mais *sofisticada?* Era com isso que se importavam as colegas de turma? Ficadas e bebedeira?

Em resumo, sim. Embora sejamos muito seletivas quanto a com quem ficamos e o que bebemos.

Sydney assentiu e se sentou em uma das cadeiras de frente para Avery, como se estivesse numa fila de jardim de infância para ouvir uma história.

— Por que acha que quero tanto ir embora daqui? As pessoas aqui têm muito pouca imaginação.

— Então por que Jiffy e todas aquelas outras meninas disseram que viriam? — Avery se levantou para pegar um sanduíche de pepino. Não suportava ver as bandejas de comida tão cheias.

— Porque elas imaginaram que haveria meninos e bebida e o mesmo tipo de coisa que estão acostumadas a ver em toda festa. Provavelmente um gênio percebeu pelas xícaras, leu realmente o convite e espalhou por aí. — Avery suspirou. — Posso te fazer uma pergunta? — continuou Sydney sem esperar pela resposta de Avery. — Por que quer tanto esse cargo?

Avery parou para pensar. Ela queria ser a AVCA porque parecia uma coisa que a avó teria feito. Mas talvez as pessoas fossem diferentes na época da avó — talvez tivessem uma ideia diferente do que seria uma boa festa, uma boa vida, uma boa diversão. Ela se lembrava quando a vovó Avery a levou a um baile filantrópico de fim de ano no Met. Avery tinha 6 anos e usara o vestido de veludo azul da Bergdorf. Árvores de Natal incrivelmente altas cercavam a pista de dança enquanto o conde Von Arnim, um elegante membro da realeza búlgara e amigo da vovó Avery, girava sem parar com ela. Ela se lembrava de olhar para fora e ver flocos de neve gordos caindo na escuridão do Central Park e pensar que Manhattan era o lugar mais mágico do mundo. Esse mundo ainda existe?

— É importante, só isso — disse ela com brandura, girando o pingente de diamante no pescoço. Talvez Nova York tenha mudado, ou talvez ela esteja entendendo tudo errado.

— E outra coisa, a roupa é uma graça, na linha "Sou do conselho do Met"... — comentou Sydney, gesticulando para a saia de Avery. — Mas a não ser que tenha planos para dar um almoço de caridade, devia esquecer esse terninho.

Avery suspirou e tirou o lindo paletó cor-de-rosa, colocando-o no encosto da cadeira entalhada. Tirou os grampos do cabelo e sacudiu as mechas louras em cascata pelos ombros. Não sabia mais o que sua avó recomendaria.

— Quer tomar uma cerveja? — propôs Sydney, indo mais uma vez à mesa de comida. — Eu meio que queria dar uma olhada num club de strip no centro. Estou pensando em fazer um estudo independente da objetificação feminina neste semestre.

— Não, obrigada — declinou Avery, mal dando ouvidos.

— Tudo bem — disse Sydney, sem se abalar. — Me liga se mudar de ideia... Vou começar pelo Scores!

Ela foi para a porta, deixando Avery sozinha no solário já escuro com as bandejas cheias de tarteletes delicadas. Avery pegou mais uma e olhou irritada para as jarras de chá gelado ainda cheias, pensando em todas as meninas da Constance que deviam estar ali, bebendo. Ela se perguntou onde Jack Laurent e suas amigas piranhudas estariam naquele exato momento. Provavelmente dando coquetéis em algum lugar e rindo de sua triste tentativa de ser popular.

Então, com a mesma rapidez com que começou, passou. Ela se levantou e atirou toda a bandeja de tarteletes na lixeira. Não seria a Rainha das Tarteletes, ela era Avery Carlyle, porra, e ia mostrar isso àquelas cretinas.

Cortem-lhes as cabeças!

festa part deux

Na manhã de quarta-feira, Avery vestiu o grosseiro uniforme de educação física azul e branco da Constance Billard para sua primeira aula de ginástica do ano. Era um dia depois do desastre do chá e ela estava decidida a não deixar que aquela manchinha tingisse toda sua carreira na Constance.

Ela saiu na rua 93, onde o restante das meninas se reunia para correr até o lago do Central Park. A professora de educação física, a treinadora Crawford, balançava um apito no dedo. Tinha cabelo acastanhado e fino com mechas grisalhas e usava uma camiseta pequena demais que mostrava a divisão entre os seios. Parecia que tinha enfiado duas laranjas no peito.

— Oi. — Avery ficou surpresa ao ver Baby usando uma camiseta da Constance Billard e short de ginástica, em especial porque ela matara a aula de francês naquela manhã. Em Baby, a roupa de ginástica era tão grande que ficava ridícula, mas legal. Avery olhou o próprio uniforme. A camiseta envolvia o peito desconfortavelmente, deixando-a parecida com uma líder de torcida do Meio-Oeste. Elas devem ter trocado os uniformes. — Como você está? — perguntou Avery.

— Outra aula divertida com as harpias — disse Baby alegremente. — O que pode ser melhor? — Ela assentiu para Genevieve e Jiffy. Surpreendentemente, Jack não estava em parte alguma. A treinadora liderou o grupo pela rua 93 em direção à Quinta Avenida.

— Então, eu estava pensando que a gente devia dar uma festa neste fim de semana — decidiu Avery, vendo Genevieve e Jiffy pelo canto dos olhos. Precisava de uma segunda festa de verdade. Teria Owen e Baby a bordo, assim seria como nos velhos tempos, e Avery podia usar aquela noite para garantir votos como representante das alunas. — Sem cachorros. Mas você tem que ir ou eu vou renegar você como minha irmã — acrescentou ela.

— Claro, tudo bem. — Baby assentiu, perguntando-se como iam dar uma festa se ainda não conheciam ninguém. A única pessoa com quem ela realmente conversava ali era J.P. Talvez ela pudesse levá-lo à festa.

— A comprida e a baixinha! Venham! — A treinadora grunhiu enquanto conduzia o grupo para a faixa de pedestres, o apito girando. *Comprida*? Avery fungou. Era assim o tratamento personalizado numa escola particular? *Sem dúvida* algumas coisas iam ter que mudar quando ela chegasse ao poder. À frente delas, Jiffy e Genevieve quicavam pela travessia.

— Ei, meninas. Lamento não terem podido ir a minha reunião outro dia, mas vou dar uma festa no sábado à noite, se estiverem interessadas — anunciou Avery, encurralando Jiffy enquanto elas atravessavam para o parque e o grupo começava a correr pelo caminho de concreto até o lago. Os olhos de Jiffy se arregalaram.

Ela olhou para Genevieve, que deu um sorriso malicioso.

— Quem vai?

Baby revirou os olhos e partiu para o lago, o cabelo esvoaçando nas costas. Como Avery podia parar de odiar aquelas vacas e se tornar melhor amiga delas? Ela jamais vira esse lado de Avery, nem sabia se gostava disso. Não gostava de nada da Constance Billard — nem de Nova York, aliás. Embora o lago *fosse* bem bonito — havia algo de dramático nos arranha-céus assomando sobre um trecho de árvores verdes e luxuriantes. De certo modo expressava todas as contradições de Nova York: moderna mas clássica, enorme e no entanto, muito pequena. Mas ela não ia realmente começar a apreciar a cidade nem nada.

Mas é claro que não.

— Bom, vou convidar um monte de meninas da Constance e uns caras do St. Jude's também. Meu irmão e eu achamos que seria divertido se nos conhecêssemos — Avery inventou enquanto olhava Baby partir pelo caminho como se realmente gostasse de correr. As meninas subiram nos degraus de pedra que davam no lago e pararam perto da fonte, fingindo se preparar para correr.

— Você tem um irmão? — perguntou Jiffy, toda animada. Avery assentiu. Era a mesma história em Nantucket. Era só falar na promessa de um menino e de repente todas as garotas vinham correndo.

— É, o Owen... Ele é da equipe de natação do St. Jude's, então um monte deles vai na festa também — mencionou Avery casualmente. Ela soltou o cabelo louro-trigo do rabo de cavalo e o amarrou mais apertado no alto da cabeça.

Sarah Jane e Genevieve se aproximaram.

— E aí, onde vai ser a festa? — Sarah Jane perguntou a Avery, alongando a perna na cerca de ferro batido do reservatório.

— Na casa de minha avó, na 66 com a Park. Espero vocês lá. — Avery abriu um sorriso. — Meu irmão está querendo muito conhecer todas as minhas novas amigas.

Avery partiu atrás de Baby. Podia sentir Jiffy, Genevieve e Sarah Jane olhando-a com curiosidade enquanto ela disparava em volta do lago, alcançando facilmente a irmã. A popularidade era como pescar: só era preciso colocar a isca.

Anzol, linha e peso!

gossipgirl.net

temas ◂**anterior** **próxima**▸ **faça uma pergunta** **respostas**

Advertência: Todos os nomes verdadeiros de lugares, pessoas e eventos foram alterados ou abreviados para proteger os inocentes. Quer dizer, eu.

oi, gente!

É impressão minha, ou de repente o Upper East Side ficou estressante? Da noite para o dia, as pessoas parecem ter deixado de vagar pela Madison Avenue felizes em seus melhores vestidos de verão e passaram a correr de um lado para o outro da escola, com a testa franzida de consternação (o Botox-antes-dos-trinta). E, como todo mundo sabe, com o estresse vem a dificuldade para dormir. Para colocar nossa vida em perspectiva, vamos dar uma olhada em alguns pesadelos comuns do ensino médio.

4. **Sem acompanhante para o baile Gold & Silver. Seus pais devem ser bem relacionados o** bastante pra encontrar alguém com quem você possa ir, mesmo que seja seu primo em segundo grau, Ned, de Nova Jersey com um problema de halitose (que quer dizer mau hálito, para todas as meninas do segundo ano que não começaram a se preparar para seus testes SAT).

3. **Não entrar em nenhuma universidade. Bom, todo mundo sabe como algumas pessoas** reagem a isso. Desde que papai tenha dinheiro suficiente para patrocinar um programa de estudo de produção de vinhos na França, você deve sobreviver.

2. **Aparecer sem querer nua em algum lugar horrível, tipo o Metropolitan Museum of Art** ou em algum anúncio em transporte público que apareça em toda parte. Humm. Isso é na verdade um *objetivo* para algumas meninas... Assim, passemos ao medo número um...

1. **Dar uma festa em que ninguém apareça. Se alguma coisa assim tão socialmente** debilitante acontecer, a maioria das pessoas diria que você deve se mudar já para uma ilha na costa de lugar nenhum... A não ser que você já tenha vindo de lá. Mas se você for parecida comigo, pode dizer danem-se. Danem-se todos! O que me leva a...

o coelhinho da Duracell

Sabe aquelas pessoas que simplesmente não desistem? Elas são as guerreiras — as Chers do mundo, as incansáveis concorrentes de reality shows, as duras-na-queda que não se abatem sem uma briga. Bom, parece que aqui no Upper East Side temos nossa dura-na-queda: a recém-chegada e festeira A. Depois de um chá desastroso para duas na noite passada, ela rapidamente se refez e foi vista esta tarde na escada de uma certa escola de três andares e tijolinhos, espalhando animada que vai dar *outra* festa — maior do que a anterior. Espero mesmo que sim! Tiro o chapéu para seus esforços incansáveis. Veremos os resultados...

flagras

A na frente da Constance Billard com um **O** muito desmazelado, fazendo uma blitz de propaganda da festa. *Ele* é o brinde da festa? Parece uma boa estratégia para mim... As colegas de turma dela **G, SJ** e **J**, sem a líder de cabelos castanhos, encarando famintas **O**. Calma, meninas...! **B** comprando um chai latte na **Starbucks** e de imediato jogando-o fora. Tem alguma coisa melhor em mente?... **J** praticando sua *grand battement* no Central Park, parecendo querer dar um chute em alguém. Com força... **R** com um cavanhaque esquisito e bigodinho ralo, tentando não chorar. Sei que uns pelos rebeldes podem ser um trauma, mas francamente!

seu e-mail

P: Cara GG

Então minha namorada diz que é uma lésbica, intelectualmente, e me faz usar blusas que dizem coisas como MEU OBJETIVO NA VIDA É FERRAR COM O PATRIARCADO. Isso me deixa meio sem graça. O que eu faço?

— Emo Boy

R: Caro EB

Se você gosta dela, use com orgulho, embora pessoalmente eu pense que todas as camisetas com slogans deviam ser proibidas por lei. E talvez você deva começar a comprar umas camisetas para ela vestir. Gosto de MEU OBJETIVO NA VIDA É CASTRAR MEU NAMORADO. Tem um certo charme, não tem?

P: Cara GGI

Estou te chamando de Gossip Girl Impostora, GGI, porque não acho que você seja realmente ela. Primeiro, é estranho que você diga que ainda está por aqui, porque tenho certeza de que sei quem é a verdadeira Gossip Girl e ela está na universidade. Você até parece diferente. Você é irmã dela ou coisa assim? Ela deixou o emprego para você? Ou você roubou o computador dela? Aposto que você sequestrou a verdadeira Gossip Girl e ela está amarrada no seu porão ou em outro lugar assustador.

— Descrente

R: Cara D

Só o que tenho a dizer sobre esse assunto é isso: as pessoas sempre questionam se Shakespeare realmente escreveu todas aquelas grandes obras atribuídas a ele. Mas nunca vamos saber, né?

— GG (sem I)

P: Cara GG

Uma menina na minha turma de balé faltou às últimas aulas. Ela devia, tipo assim, ser a próxima prima *ballerina*, mas agora nosso diretor artístico está ficando tão irritado com a frequência dela que ela pode ser expulsa. Acho que ela deve ter tido um ataque de nervos por causa da pressão e está enfiada em algum lugar comendo cookies sem parar. Sabe o que está rolando?

— Futura Diva

R: Cara FD

Ataque de nervos? É jargão de bailarina para colapso nervoso? Se estamos falando de uma menina que parece uma gazela com postura perfeita e pernas de matar, ela pode estar enfiada num canto, mas não acho que esteja prestes a abandonar as sapatilhas tão cedo.

— GG

Muito bem, crianças. Descobri o antídoto perfeito para o tédio de quase outono — é a piscina da cobertura do Hotel Gansevoort. É aquecida e coberta, e é ali que pretendo passar toda a tarde. Passe lá para dar um oi!

Pra você que me ama

gossip girl

b corre com cachorro grande

Baby foi para os Cashman Complexes na quarta-feira depois da aula, querendo ficar algum tempo sozinha com os cães. De todos que conheceu na cidade, eles eram, de longe, os mais humanos.

Porque isso faz muito sentido.

Ela viu J.P. na frente do prédio, os três cães puxando as coleiras. Ele sorriu ao ver Baby e ela andou até lá, curvando-se para cumprimentar os cachorros ansiosos.

— Bom, eles já estão prontos para você... Estão tão animados que é quase como se soubessem que você estava vindo. — J.P. alisou uma ruga quase invisível em sua calça J. Crew verde-oliva. — Você se importa se eu for com você?

— Mais ou menos — respondeu Baby de mau humor, endireitando o corpo. Ela pensou que estar perto da natureza com os animais podia ajudar a relaxar, mas não se um aprendiz de magnata pretensioso a seguisse. Ela pegou as três coleiras e começou a se afastar dele.

— Eu ando muito estressado ultimamente. Pensei que sair com os vira-latas podia me fazer bem — disse J.P., andando rapidamente para acompanhar a passada de Baby.

— Eles não são vira-latas. — Baby o fuzilou com o olhar. Ela se perguntou o que poderia estressar o mimado do J.P., mas decidiu não perguntar. O sol já começava a se pôr, envolvendo o céu azul e brilhante de setembro com faixas de laranja-dourado.

— E aí, Baby, como conseguiu esse nome? — perguntou J.P. enquanto Nemo parava para farejar um olmo na esquina da Quinta, perto do Frick Museum. A traseira loura e desgrenhada do cachorro se retorcia ansiosamente de um lado a outro.

— A *baby* da família — começou ela, dando uma versão condensada da história, que ela odiava. Embora Baby fosse do tipo boêmia despreocupada e qualquer-coisa-pode-acontecer, era sempre meio esquisito que nenhum médico em Nantucket tenha deduzido quantos bebês Edie ia ter. — Foi inesperado. Eu fui a surpresa. Somos trigêmeos, mas minha mãe pensou que teria só dois. E você?

— Meu pai trabalhou como corretor da J.P. Morgan Chase depois da faculdade de administração — admitiu J.P.

Baby o encarou, depois soltou uma gargalhada.

— Ei! — disse J.P. num protesto fingido enquanto eles atravessavam para a Park. À frente deles, o caminho se dividia em várias direções. — Eu não sacaneio o *seu* nome!

— Peço desculpas — disse ela toda contrita, puxando os cães para o gramado. Darwin ergueu uma perna para urinar e Nemo se agachou para cuidar de suas necessidades. Seu traseiro estava perigosamente perto da sandália Jack Spade de J.P.

— Merda! — gritou Baby automaticamente, depois riu, quando viu um cocô cair na alça de couro do sapato.

— Merda! — repetiu J.P., olhando para baixo; depois riu também. Ele fez uma careta para Nemo, que o olhava com inocência. J.P. tirou a sandália e mancou à lixeira mais próxima, perto de um carrinho de cachorro-quente amarelo Sabrett.

— Você não fez de propósito, né? — arrulhou Baby para Nemo enquanto o vendedor de cachorro-quente fuzilava preocupado o cachorro que babava.

— Acho que fez sim. Nemo tem *problemas* comigo — grunhiu J.P. de um jeito ameaçador para o cão, que o fitava indiferente com os olhos castanhos e tristes.

— Nem tudo gira em torno de você — rebateu Baby, puxando os cães para a faixa reservada aos cavalos, depois olhou para trás, sorrido quando viu J.P. parado com um ar desamparado ao lado da lixeira calçando apenas um sapato.

— Vem... Andar descalço não vai te matar. — Baby puxou o cós de J.P. — Quanto a seu cachorro aqui, quando foi a última vez em que ele correu?

— Correu? — J.P. olhou inexpressivamente para Nemo.

— Está vendo, seu dono nem se lembra! — disse Baby num falso tom de acusação para Nemo, que parecia sorrir para ela. Ela olhou para J.P. — Ele está entediado! Um cachorro grande tem que correr!

Baby conduziu os cães para o East Lawn cercado, onde as pessoas tomavam banho de sol ou faziam piqueniques, tentando curtir uma das últimas tardes quentes do ano. Ela soltou a coleira de Nemo e ele quicou pelo perímetro do gramado, arfando como um louco.

— Olha só! — Baby olhou triunfante para J.P., que mancava pela grama, com um pé descalço e outro calçado.

— Não acho que os cachorros possam ficar soltos aqui — disse ele, nervoso, gesticulando para uma placa verde e branca em uma das cercas que contornavam o gramado.

— Viva perigosamente! — Baby disparou a correr, perseguindo Nemo e latindo. J.P. tirou a outra sandália e partiu atrás deles, pisando em toalhas de praia enquanto cruzava o gramado. Por fim, ele encurralou Baby e Nemo perto de um carvalho, onde Baby tinha desabado, arfando, com o cão babão assomando acima dela.

— Está vendo, é esse tipo de exercício que eles querem. Não é só dar a volta no quarteirão andando — Baby sorriu duro para J.P. O céu parecia estar bem atrás deles. Pelo canto dos olhos, ela percebeu um pug gordo tentando montar em Shackleton. Ele ofegava loucamente e parecia que seus olhos redondos estavam prestes a saltar da cara gorducha e amarfanhada.

— Acho que você precisa ter uma conversa de mulher para mulher com essa daí — observou J.P., entregando a coleira Louis Vuitton de Shackleton para Baby. Sua camisa polo tinha se desabotoado e ele parecia mais informal e relaxado do que o mauricinho de bermuda vermelha que Baby conhecera dois dias antes.

— E eu acho que é melhor começar a usar sapatos fechados — brincou Baby, recostando-se no carvalho. — E aí, por que um cara como você passa tanto tempo com um bando de cachorros, afinal? — ela não conseguiu evitar a pergunta. — Não tem ninguém melhor com quem ficar? Morgan e Stanley? Alguma namorada possessiva?

J.P. deu de ombros e sentou-se ao lado de Baby, ao pé da árvore.

— Esses carinhas são uma companhia tranquila. — Ele afagou o pelo louro de Nemo. — E você? *Você* não tem ninguém melhor com quem sair?

— Eu acabo de me mudar para cá, lembra? — replicou Baby, tirando uma mecha de cabelo castanho e ondulado dos olhos. — Mas até parece que alguém aqui quer passar algum tempo comigo — murmurou ela. Ela cavou a grama com o calcanhar.

— Ei — disse J.P. a sério. Ele se recostou na árvore e seus olhos castanhos e calorosos procuraram os dela. — Dê uma chance a Nova York.

Parece que ele quis dizer dar uma chance a *ele*...

Baby assentiu devagar. Agora que estava descalça na grama, a cidade parecia quase legal. Se não fossem as meninas cretinas, os uniformes horríveis e deixar o namorado para trás, ela podia mesmo gostar dali.

Ora, ora. Vejam só quem está mudando de ideia.

mensagem numa garrafa

De: kelsey.talmadge@seatonarms.edu
Para: owen.carlyle@stjudes.edu
Data: Terça-feira, 9 de setembro, 21h05
Assunto: Oi

Quando posso ver você de novo?
Bjs
Kat

De: owen.carlyle@stjudes.edu
Para: kelsey.talmadge@seatonarms.edu
Data: Terça-feira, 9 de setembro, 21h:15
Assunto: RE: Oi

Eu também quero te ver, mas isso mataria o Rhys.
Desculpe, mas... não podemos.

j faz o que precisa

Na quarta-feira à tardinha, Jack saiu recatadamente da limusine Lincoln dos Cashman. Jack, J.P. e os Cashman foram a um restaurante que Dick havia comprado, o Round Table. Ficava na Charles Street, uma rua aconchegante no West Village que, apesar de repleta de famílias de celebridades e banqueiros de investimento, ainda conserva o ar de um bairro boêmio e artístico. J.P. estava estonteante em seu terno feito sob medida, os olhos castanhos cintilando e complementando a gravata Hermès azul-marinho. Jack não pôde deixar de se encostar nele enquanto andavam, certificando-se de que ficassem a vários passos de Dick e da mãe russa e brega de J.P., Tatyana.

Jack passou na casa de J.P. esta tarde na esperança de ficarem juntos depois de uma semana inteira sem vê-lo. Ele estava passeando com os cachorros, mas Dick a convidara para jantar, e agora ela estava sumamente feliz por ter ido a uma farra de compras na Barneys um dia antes das aulas começarem, porque ainda tinha Jill Stuart, Phillip Lim e Miu Miu suficientes para o mês todo.

Andando com confiança pela rua de paralelepípedos, com o lindo namorado ao lado, Jack se sentia melhor do que durante toda a semana. Hoje Avery Carlyle havia anunciado que ia dar uma *segunda* festa mas, francamente, Jack não dava a mínima. Na verdade a coisa estava ficando meio patética. Jack quase tinha pena dela.

Quase.

O restaurante tinha pesadas mesas redondas de carvalho e cadeiras revestidas de couro vermelho. Parecia o cenário de um romance de F. Scott Fitzgerald, a não ser pelas garçonetes supermagras, rabugentas e de roupa preta. Elas pareciam concorrentes em um episódio de *America's Next Top Moel — Magras e Poderosas*.

A hostess os acompanhou até a mesa no meio, a mesa para quem quer ver e ser visto, e lhes ofereceu uma garrafa de Cristal. Enquanto Jack se sentava, seu Treo vibrou na bolsa Prada verde-esmeralda. Ela o pegou disfarçadamente e olhou a telinha embaixo da mesa.

AIMEUDEUS, VC VIU O IRMÃO GATO DE AVE C? DÁ UMA OLHADA!, dizia o texto de Jiffy. Anexada, havia uma foto de um louro atraente com ombros fortes de nadador e o uniforme do St. Jude's. Embaixo, uma única frase: TEMOS TOTAL QUE IR À FESTA DELA!!!

Jack recolocou o telefone com raiva na bolsa. Por que diabos as pessoas estavam tão interessadas em Avery Carlyle e nas tentativas ridículas dela de ser popular? Era óbvio que aquela wannabe sem noção sequer *saberia* como dar uma boa festa.

Jack tomou um bom gole de champanhe para se acalmar. As bolhas dançaram em sua garganta e ela sentiu um formigamento quente se espalhar pelo corpo. Avery não sabia o que era uma boa festa, mas Jack ia lhe mostrar.

Mas que generosidade!

— Decidi dar uma festa neste fim de semana — disse Jack, uma ideia se formando. Depois ela teve outra ideia brilhante. Estava feliz por sempre ser tão educada com Dick Cashman, porque este era o momento em que tudo isso seria recompensado. *Perfeita*, entoou ela consigo mesma.

— Decidiu? — perguntou J.P.

— É. Mas não sei que lugar será mais adequado. Sabe como é, não é uma festa comum, é para anunciar minha intenção de concorrer a um cargo de aluna vinculada ao conselho administrativo. É um novo cargo para sustentar as tradições da escola particular, então quero um lugar que reflita a convenção, mas também a modernidade. — Jack sorriu com confiança enquanto papagaiava o novo slogan de Dick para os Cashman Lofts, uma propriedade de luxo em Tribeca que seria inaugurada no mês seguinte. Ela não pôde deixar de se parabenizar por seu raciocínio rápido. — O Cipriani é muito exagerado e não quero alugar uma boate, que parece tão *imaturo* — disse Jack enquanto secava a taça de champanhe.

Distraída, Tatyana assentiu, piscando os olhos vagos e fingindo ouvir enquanto enfiava furtivamente todo um pãozinho no pequeno transportador do cachorro. Era incrível que Tatyana e Dick conseguissem ter um filho tão bonito como J.P. Talvez eles tenham tido um filho por isso mesmo — não queriam limitar as apostas.

— Espere aí... Convenção e modernidade — disse Dick, pegando meio pãozinho e passando manteiga, arruinando seu delicado formato de flor. Dick enfiou o pedaço de pão na boca e gesticulou com a faca. — Que tal os Cashman Lofts? — Seus olhos cintilaram enquanto ele comia o resto da baguete.

— Ah, eu não poderia — disse Jack com doçura enquanto a garçonete enchia a taça de champanhe.

É claro que ela poderia.

— Será uma ótima publicidade. Eu adoraria que vocês, crianças, causassem furor. O que acha, J.P.?

— A festa não é minha — J.P. deu de ombros e pegou um dos pãezinhos no meio da mesa.

— É *nossa* a festa, J.P. — Jack riu, lançando a Tatyana um olhar de *Os homens são uns bobos, mas nós os amamos mesmo assim* antes de lançar a J.P. um olhar furioso de *Mas que porra é essa.* — Os lofts parecem perfeitos, Dick. — Ela sorriu, ainda sentindo certo melindre ao pronunciar o nome dele, mesmo depois de todos aqueles anos.

— Ótimo, então está combinado! — trovejou Dick. — Acho que temos muita coisa para comemorar, hein? Pessoalmente, estou louco para experimentar o steak... Eles devem comprar da criação do Cashman Ranch, mas vou julgar para ver se esse gado do Texas está à altura dos Cashman — declarou ele com jovialidade. — E então, quantas pessoas vão a essa festinha? — Ele gesticulou para a garçonete, que se aproximou rapidamente, seguida pelo chef e seus dois sous chefs.

— Ah, sabe como é — começou Jack, sem ter certeza se devia mentir e dizer que a festa ia ser uma reunião íntima.

Enquanto Dick e Tatyana pediam tudo o que havia no cardápio, Jack virou-se para J.P.

— Você podia mostrar um pouco mais de interesse, sabia? — sibilou ela, irritada porque J.P. estava muito *blasé* com a festa, como se tivesse coisas melhores para fazer. Será que ele *tinha* coisas melhores para fazer? — E onde esteve esta tarde, aliás? Eu mal vi você a semana toda.

O olhar de J.P. fitou com culpa o restaurante. Por fim, recaiu nas unhas bem-cuidadas de Jack, que se cravavam na toalha de linho branco.

— Tive de passear com os cachorros. Para minha mãe — explicou ele, embora isso não explicasse realmente tudo. Desde quando J.P. ligava para aqueles sacos de pulga?

Nesse momento, Darwin saltou para fora do transportador Louis Vuitton e disparou pela mesa até Jack, de imediato plantando um beijo babujento em seu rosto. O cachorro partiu para ela novamente, arranhando seu rosto com um cristal Swarovski que tinha se soltado da coleira Gucci.

— Aaai! — exclamou Jack. Ela pôs a mão no rosto, chocada quando viu uma mancha de sangue nos dedos. — J.P.! — gritou ela, empurrando o cachorro pela mesa para o namorado. Para Jack, havia rios de sangue escorrendo por seu rosto.

— Você o assustou — murmurou J.P., pegando o cachorro de cima da mesa. Ele o aninhou, protetor, afagando sua cara enrugada.

— Eu estou *sangrando* — Jack fervilhava. As pessoas se viraram para olhar, a garçonete parou onde estava e o chef ficou estático, parecendo completamente apavorado.

— Ah, não — disse Tatyana, abanando-se com um guardanapo. Jack levou o próprio guardanapo de seda vermelha ao rosto e o manteve firme ali, para o caso de ser uma hemorragia. Ela estava praticamente *morrendo* enquanto J.P. acariciava um *cachorro* idiota que sempre disse que odiava.

— Aaai, que diabos — disse Dick enquanto a garçonete disparava para os fundos. — Tatyana não se dá bem com sangue. Você está bem, Jackie, querida? — ele perguntou, vindo para o lado dela na mesa.

— Estou bem — disse Jack entredentes. J.P. nem olhava para ela. Em vez disso, olhava a mãe, que ofegava como se fosse desmaiar a qualquer momento.

— Não está, não — retorquiu Dick, e Jack sentiu um dos dedos gorduchos em sua pele e o bafo de fermento na cara. Jack achou que estava a ponto de vomitar. — Sinceramente, eu mesmo não suporto essas merdas de cachorros, embora ela não quisesse machucar ninguém. Foi só um dos malditos enfeites que Tatyana insiste em colocar nas coleiras. — Ele continuou a examinar o rosto de Jack. — J.P., pode ajudar Jack a se limpar? Vou cuidar de sua mãe.

— Claro. — J.P. se levantou da cadeira e estendeu a mão para Jack. Foi o perfeito cavalheiro, como sempre, mas Jack pensou ter detectado certa irritação em sua voz.

A cadeira de Jack raspou alto no chão enquanto ela a empurrava para trás e ela segurou a mão de J.P., andando com cuidado para o banheiro feminino e sorrindo para os outros clientes do restaurante. Ela estava ferida, mas ia sobreviver.

Alguém dê uma medalha de honra ao mérito a essa garota.

o mundo é um palco

— Tenho que admitir que não sei o que Rhys pretende com a fantasia ridícula que está usando, mas adoraria filmar para o programa — disse Lady Sterling em confidência a Owen no final da tarde de quarta-feira. Rhys tinha saído correndo do vestiário e pediu a Owen para se encontrar com ele assim que fosse possível. Mas não disse nada sobre *fantasias*, e o Halloween seria em poucas semanas.

Lady Sterling o conduziu para o amplo saguão.

— Owen, querido, por favor, diga a sua mãe que eu adoraria vê-la. É tão bom que ela esteja de volta ao rebanho, como dizem! — Ela saiu estalando os saltos pelo salão, cantarolando consigo mesma.

Rhys apareceu no alto da escada acarpetada de vermelho.

— Que bom que pôde vir, cara! — Ele cumprimentou Owen com entusiasmo. Usava um terno verde-claro barato que parecia ter saído de uma prateleira de liquidação da Kmart. Um bigode remendado estava colado na cara já com barba por fazer.

— O que está aprontando? — perguntou Owen, nervoso. Será que os caras do Upper East Side gostavam de se fantasiar?

Só quando envolvia uma menina do Upper East Side!

— Eu disse a minha mãe que era uma iniciação da equipe de natação. É meio complicado — explicou Rhys enigmaticamente. Ele gesticulou para Owen subir. Seu quarto era apinhado de antiguidades pesadas, tornando-o mais parecido com um quarto de hóspedes de solar britânico do que o quarto de um garoto de 16 anos.

— Primeiro, as roupas — disse Rhys, estendendo um terno azul-claro para Owen.

Owen sacudiu a cabeça, incrédulo.

— Tem que explicar o que esse terno está fazendo no seu closet. — O terno era tão duro que parecia poder ficar em pé sozinho. Owen o ergueu e se olhou no espelho do banheiro branco de Rhys, depois percebeu as prateleiras de produtos organizados por ordem de tamanho em cima da pia. Pegou um tubo vermelho chamado You Rebel by Benefit e cheirou, cauteloso. Pra que servia isso?

Para rebelião, obviamente.

— O terno? Minha mãe arrematou num leilão de caridade. Leiloaram o figurino completo de *Os embalos de sábado à noite*. — Rhys deu de ombros.

— Ah, bom. — Owen voltou ao quarto, aliviado por Rhys não ter comprado o terno. — E o que eu tenho que fazer com isso?

— Bom, você vai vestir e vamos dar uma caminhada até o prédio de Kelsey. É o disfarce perfeito — disse Rhys num estranho sotaque que dava a impressão de ele ter bebido seis tequilas depois de ter o siso extraído. Ele fingiu coçar o saco e abriu um largo sorriso. — Cara, eu só preciso saber com quem ela está — explicou ele numa voz normal.

— E depois você vai bater no cara com uma calça que é 23 números menor do que as suas? — perguntou Owen, olhando a bainha da calça ridícula de Rhys. Estava 15 centímetros curta demais.

— Não, só não quero que ela me reconheça — disse Rhys, como se fosse o plano mais lógico do mundo. — Você disse que iria. Cara, eu prometo que compro donuts — propôs ele.

Owen olhou nos olhos suplicantes de Rhys, pensando no e-mail que Kat mandara na véspera. Meu Deus, ele queria vê-la, mas Rhys chegou a chorar ao beber cerveja na outra noite. O que mais ele podia fazer?

— Tá legal — ele assentiu, embora soubesse que era uma péssima ideia.

— Valeu — disse Rhys, agora todo pragmático. — Então, tenho isso aqui — começou Rhys, pegando outro bigode falso em uma cômoda pesada. Os pelos se enroscavam em vários pontos e parecia uma coleção de aranhas se acasalando.

— Isso tem que ficar perto da minha boca? — perguntou Owen. Os pelos do bigode pareciam suspeitamente pubianos.

— Tem. — Rhys o pegou de volta e passou uma camada fina de uma substância que parecia cola, depois devolveu a Owen.

Owen sacudiu a cabeça e tentou colar o bigode desagradável acima do lábio superior. Depois vestiu o terno horroroso. *Estou fazendo isso por um amigo*, lembrou ele a si mesmo enquanto puxava a calça boca de sino azul-clara por cima da cueca samba-canção de algodão listrado.

— Tchau, mãe! — gritou Rhys a Lady Sterling quando eles estavam na porta da frente. Ela estava sentada na sala de estar, ouvindo uma música alta de gaita de foles enquanto via a gravação não editada de *Hora do chá com Lady Sterling*.

— Já que vamos fazer isso, preciso de um pouco de coragem líquida — disse Owen, indo na frente até a loja onde antes haviam comprado cerveja. Eles passaram pelas margaridas em baldes de água lamacenta e foram direto para as geladeiras dos fundos. Owen comprou latas de Colt 45 e Olde English. As latas deixaram manchas de molhado no tecido azul-claro de seu terno horrendo.

O cara da deli revirou os olhos para a fantasia e Owen abriu um sorriso sem graça. Embora o plano de Rhys fosse estranho e típico de assédio, também era meio hilário.

— Para tomar no caminho. — Ele entregou a Rhys uma lata suada num saco de papel pardo enquanto eles saíam da loja e passavam pelas casas na Quinta Avenida. As calçadas estavam cheias de mães e carrinhos de bebê, mas ninguém prestou atenção neles.

Ele abriu uma lata para si mesmo e bebeu, avaliando o amigo.

— Você sabe que estamos parecendo bem gays, né?

— Sei, você pode ser o namorado que conheci em Miami, tá legal? — Rhys riu, mas Owen sabia que ele estava com a cabeça em outro lugar.

Eles chegaram à esquina da rua 76 e atravessaram a Quinta Avenida. Sentaram-se em um dos bancos de concreto que ladeavam o muro de pedra alto separando o Central Park da rua. Dali, tinham uma visão perfeita do grande prédio em que Kelsey morava, do outro lado da rua.

— Eu prometi donuts. — Rhys foi até o carrinho de metal na esquina. Owen olhou os arredores. O ar tinha a promessa do outono e Owen percebeu uma única folha de bordo lentamente cair no chão, e um menino de 5 anos exaltado usando um moletom de dinossauro pisou nela.

— Então, acho que seus amigos em Nantucket não o fizeram se vestir de Borat para perseguir as ex deles. — Rhys largou um saco de papel no colo de Owen. Ele se sentou ao lado do amigo no banco de madeira.

Owen pegou um donut no saco.

— Na verdade nem tive nenhum amigo em Nantucket — admitiu ele. Owen corou um pouco, perguntando-se se tinha revelado demais. — Quer dizer, acho que eu ficava ocupado demais com as meninas e coisas assim.

— Eu sempre quis ser mais desse jeito — disse Rhys, pensativo, tomando outro gole da Olde English. — Sempre gostei de uma garota de cada vez. — Ele gesticulou para o prédio, onde um porteiro incrivelmente alto estava parado numa atenção arrebatada. Dez andares acima, uma cortina lilás flutuava numa janela aberta. Owen se perguntou se seria o quarto de Kat, e quanto tempo ela e Rhys ficaram juntos ali. Apesar de Kat tê-lo traído naquele verão, não foi tanto assim, pensou ele. Mas depois ele se sentiu mal por chegar a pensar nisso.

— Sinto falta das pequenas coisas — disse Rhys depois de um momento, puxando para baixo, constrangido, as pernas da calça, para que cobrissem pelo menos parte dos tornozelos. — Tipo assim, ela sempre me levava Gatorade depois do treino. Sei que é idiotice. Era... legal. — Rhys coçou a perna da calça, sem graça. Ele gostava de Kelsey porque ela levava *Gatorade* para ele? Rhys esperava que Owen não pensasse que ele era um completo mané. Ele já o arrastara até ali e o fizera usar aquela roupa ridícula.

Owen assentiu com educação, sem tirar os olhos da janela. Por mais desagradável que fosse, parte dele estava curiosa para saber mais sobre Rhys e Kat. Quanto tempo eles ficaram juntos? Até que ponto eles foram?

Um grupo de meninos do ensino fundamental carregando skates passou por eles. Eles encararam Rhys e Owen e deram uma gargalhada. Owen se encolheu, pronto para tirar o terno e se esquecer de toda aquela imbecilidade. Mas depois percebeu, *é o que os amigos fazem. Eles apoiam um ao outro.*

Com bigodes de pentelho e tudo.

— Nem acredito que estou contando isso, cara — disse Rhys. — Mas acho que como você é meu namorado e tudo... — Rhys abriu um meio sorriso. — Kelsey e eu nunca transamos. Eu queria que fosse especial — concluiu ele em voz baixa, olhando para a frente.

— Ah. — Owen parou, surpreso, no meio de uma dentada, depois deu outra mordida ganhando tempo para pensar. Então Kat não tinha mentido na praia quando disse que era a primeira vez. Owen não tinha certeza se devia se sentir culpado ou aliviado. Ou superfeliz. Ou pronto para se matar porque ele era um completo babaca.

— Bom, talvez esta seja a melhor época para um rompimento. Sabe como é. O outono é cheio de recomeços e... e a melhor maneira de superar a perda de alguém é conhecer alguém novo, não é? — isso saiu mais como uma pergunta do que ele pretendia. Quem sabe, se Rhys esquecesse Kat, *Kelsey*, ele ficaria bem?

— Já se apaixonou? — perguntou Rhys, ignorando a sugestão grosseira de Owen e olhando fundo nos olhos dele.

— Ah, meu Deus, você é muito gay — Owen riu, na esperança de deixar o clima mais leve. Era uma conversa meio séria demais para se ter com um cara por cuja infelicidade ele se sentia responsável. Ainda mais num terno de poliéster.

— É sério. Tipo quando só o que você quer é abraçar a pessoa. Como se você não conseguisse parar de pensar nela de manhã e à noite, e sonhar com ela e tudo — desabafou Rhys, parecendo totalmente sincero, a não ser pelo bigode, que estava quase caindo de seu rosto e se pendurava nos dentes.

— Já — concordou Owen. Ele conhecia essa sensação. Sentia a mesma coisa pela mesma garota.

— Pensei que a gente ia se casar um dia. Ter filhos, sabe?

— Tem certeza de que essa calça não vai deixar você infértil? — perguntou Owen, tentando desesperadamente mudar de assunto.

— Vai se foder — disse Rhys de bom humor, tomando outro gole da cerveja.

Eles se viraram para o prédio de toldo verde. Apareceu um lampejo de azul. Era uma menina.

— Merda! É ela! — Rhys largou a lata de cerveja no colo, em pânico. Ele a pegou e a colocou no chão, ao lado, antes que mais alguma coisa derramasse no tecido verde e engomado do terno. Ele já parecia ter mijado nas calças.

Mas isso é que é ir fundo no disfarce.

Kat estava com um vestido azul que abraçava suas formas, totalmente desligada da presença deles. Ela partiu para atravessar a rua, as pernas bronzeadas correndo antes que viesse um carro.

— Ela está vindo para cá! Ajeita o bigode — cochichou Rhys furiosamente, espanando a perna da calça com um dos guardanapos mínimos do saco de donut.

Owen obedeceu, endireitando o bigode e sentindo-o coçar na cara enquanto Kat chegava cada vez mais perto. Ela estava a 6 metros de distância, depois 3, 2 e parecia impossível que não os reconhecesse.

— Aahhh, é, amor. Então, estou pensando que podemos fazer nossa cerimônia de compromisso na praia, só nós dois, e depois, festa! — Rhys soltou num sotaque terrível. Ele se virou para Owen, com uma expressão ensandecida.

— Eu queria confirmar minha pedicure às 18h30 hoje — Owen ouviu a voz animada de Kat a meio metro deles enquanto ela passava, estendendo o braço para chamar um táxi. Ele viu seu vestido azul roçar seus joelhos. Um táxi parou quase de imediato e ela entrou.

Rhys e Owen esperaram em silêncio até que o táxi estivesse fora de vista.

— Aaaii, isso aí, amor! — Owen gritou, batendo na mão de Rhys. Foi por pouco. Kat quase os vira. — Esses disfarces são demais!

— Não aconteceu nada — Rhys sacudiu a cabeça, desanimado.

— Bom, ela não estava com um cara, né? — Owen bateu sem jeito a lata de cerveja na que Rhys segurava. — Olha, vou ajudar você a achar uma nova garota. Sabe como é, alguém com quem se divertir. Para tirar sua mente das coisas — acrescentou ele, esperançoso.

Rhys tomou um gole de Olde English e tentou ignorar a dor surda no coração. Talvez Owen tivesse razão. Talvez ele precisasse encontrar uma nova garota. Na verdade, quanto mais pensava nisso, melhor parecia. Assim que o visse com outra, Kelsey ficaria com tanto ciúme que imploraria a ele para voltar. Um sorriso se espalhou lentamente pela cara de Rhys. Era um plano perfeito.

— Tranquilo — disse ele, sentindo-se melhor do que em toda a semana. — Valeu, cara.

— Tudo bem. — Owen viu o rosto de Rhys se iluminar, sentindo-se muito bem consigo mesmo. Ele claramente superestimou como Rhys estava destruído. Rhys passou pelo pior de tudo, e tirá-lo dali para conhecer outras meninas e se divertir seria a solução. Logo Rhys superaria Kat e ela e Owen poderiam ficar juntos. Todo mundo ia ficar feliz. Owen estava tão animado que não conseguiu deixar de dar um abraço de bebum em Rhys.

— Me larga, merda — Rhys arrotou alegremente.

No próximo *Hora do chá com Lady Sterling*: a grande festa de casamento de meu filho gay em Key West!

j está mexida, mas não batida

No final da tarde, Jack pegou o ônibus M4 na Madison para o apartamento de J.P., tentando não tocar em nenhuma superfície que pudesse conter germes, xingando em silêncio o pai por deixá-la tão dura que nem podia pegar um táxi. Ela e Genevieve foram à Bergdorf depois da aula para comprar roupas de festa, mas Jack rapidamente descobriu que ir às compras sabendo que não podia comprar nada era como estar cercada de doces num spa de emagrecimento.

De jeito nenhum Jack iria para casa, onde Vivienne estava há três dias seguidos na cama fumando Gitanes feito uma chaminé, usando uma máscara nos olhos e falando alto ao telefone em francês com qualquer um que lhe desse ouvidos, inclusive a segunda das três ex-mulheres de Charles. Jack odiava toda a emoção e tédio disso, que ela sabia que a mãe no fundo adorava. Vivienne até sugeriu que Charles tinha razão e que Jack *precisava* aprender a sofrer. Ora, eles que se fodessem.

Depois de ver a placa da rua 68 pela janela do motorista, ela puxou a corda amarela suja dando sinal para o ônibus parar, mantendo a mão afastada do corpo para não se contaminar. Jack sacudiu o cabelo castanho e andou majestosamente para a escada de borracha preta do ônibus, na esperança de que o porteiro dos Cashman Complexes por acaso não estivesse olhando a rua. Ela correu para a entrada decorada, as sandálias pretas Tory Burch batendo no piso de mármore polido, e assentiu com confiança para o porteiro.

— Srta. Laurent — o porteiro a reconheceu enquanto acenava para ela. Jack sentiu uma onda de alívio. Até parece que ela *parecia* pobre. Ela apertou o botão do elevador privativo e entrou apressada, ansiosa para sentir os braços de J.P.

Foi recebida por Frances, a empregada dos Cashman que não sorria. Jack olhou a entrada, o piso de mármore preto reluzente, as imensas vidraças, o suporte dourado de guarda-chuvas. Ela costumava ter arrepios com a decoração misturada da cobertura e os móveis bregas, querendo que a família de J.P. fosse rica, mas com *sutileza*. Entretanto, hoje, a opulência parecia dominadora. Ela tentou se manter equilibrada enquanto subia a escada em espiral que levava ao quarto de J.P., no último andar.

— Oi. — Ele estava com camisa polo Lacoste vermelha e calça de algodão Ralph Lauren. Ele sorriu, formando covinhas irresistíveis no rosto. — Você está linda. Agora eu acertei? — brincou J.P. enquanto a conduzia a seu quarto e fechava a porta. Sempre que o via, o cabelo castanho e solto dividido com perfeição, olhos castanhos inteligentes, queixo cinzelado e um corpo feito para o rugby ou o squash, Jack sentia que tudo ia bem em seu mundo. Ele era o príncipe dessa princesa. E naquele fim de semana eles iam dar uma festa, mostrando ao mundo todo que estavam *juntos*.

— Está tudo bem? — perguntou J.P., tirando uma mecha de cabelo castanho do rosto de Jack.

— Tudo — mentiu Jack. — Só estou estressada com o balé. — Ela ignorou o lampejo momentâneo de culpa que subiu por seu estômago. J.P. se apaixonara por ela antes que ela ficasse toda rabugenta, deprimida e pobre. Ela precisava ser a garota que era dias atrás. Essa era a garota que ele amava. E certamente ela voltaria a ser essa garota em breve.

Ela o abraçou, sentindo o cheiro habitual de Ralph Lauren Romance, e lhe deu um beijo demorado e ardente. Deu um passo para a cama e devagar desabotoou o cardigã, com os olhos verdes fixos nos olhos castanhos de J.P. e lançando-lhe o que ela esperava ser um olhar sensual e insinuante.

Neste momento, a porta se abriu e Dick Cashman entrou intempestivamente. Um assistente magro e de óculos o seguia, com botas de caubói iguais às de Dick.

— Santa mãe do céu! — Dick falou numa voz fanhosa quando viu Jack apressadamente colocar o cardigã nos ombros. — Vou deixar que vocês se recomponham, crianças! — Ele bateu a porta enquanto Jack alisava apressada a blusa. Até parece que eles estavam *fazendo* alguma coisa.

Quer dizer, ainda não.

— Acho que eu devia ver o que meu pai quer. — J.P. deu de ombros e abriu a porta.

— Eu vou — gemeu Jack. Seria sumamente vulgar ficar no quarto do namorado depois de ser descoberta numa posição comprometedora. Ela fingiu que era Grace Kelly. Sem dúvida o pai da princesa de Mônaco entrou no quarto dela e do príncipe quando eles namoravam, né?

Não teria sido na tarde em que o carro da princesa Grace despencou de um penhasco?

— Então, sobre a privada — Jack ouviu a voz de Dick trovejar do corredor enquanto ele guiava o assistente numa excursão. — A Nasa projetou. Normalmente, eles só colocam em espaçonaves. Eu vi um documentário sobre isso e pensei, "mas que porra, vou comprar uma!" Feito sob medida na semana passada! — O pai de J.P. adorava comprar brinquedos e engenhocas inúteis incrivelmente caros. Mas ao contrário do pai dela, pelo menos *ele* sustentava a mulher e a família.

— E aí, pai — J.P. interrompeu enquanto descia a escada de sua suíte para o saguão. Jack se demorou lá em cima. Mesmo a 3 metros de altura, ela podia ver a piscadela do sr. Cashman para o filho. Jack abotoou o cardigã até o pescoço, tentando não se sentir constrangida.

— Desculpe pela interrupção — Dick riu, aproximando-se de J.P. As botas de caubói do assistente estalavam alto no piso recém-encerado. — Mas eu queria te mostrar o que os cães arrastaram pra cá. — Baby Carlyle, com as maçãs do rosto altas sujas de terra, olhava de trás do corpanzil de Dick.

Surpresaaaa!

— Oi! — Baby cumprimentou J.P. com entusiasmo. Ela colocou o cabelo embaraçado num rabo de cavalo no alto da cabeça e sorriu com malícia. — Desculpe pelo atraso para pegar os cães, mas descobri o melhor lugar para eles correrem. É no Fort Tryon Park no Bronx, e é incrível. Nemo adoraria! Eu estava falando com seu pai sobre isso.

— Parece ótimo para as vagabas! — Dick Cashman se curvou para afagar Nemo. — Quer pegar o helicóptero para ir até lá? — ofereceu Dick.

— Não! — disse J.P., atrapalhado. Jack semicerrou os olhos verdes para Baby, que nem tinha percebido que ela estava parada ali no alto da escada. Mas que *diabos* aquelazinha magricela estava fazendo no apartamento do namorado dela?

— Tudo bem, como vocês quiserem — Dick Cashman parecia decepcionado enquanto pisava duro para o corredor labiríntico que levava a seu escritório. O assistente praticamente correu atrás dele.

— Obrigada! — Baby sorriu afetuosamente para as costas do sr. Cashman. No início ela não sabia o que fazer com o pai de J.P., mas quanto mais falava com ele, mais adorava o jeito casual e deselegante de Dick. Embora ele fosse um dos homens mais ricos de Nova York, pelo menos se divertia com o dinheiro, em vez de só usá-lo para humilhar os outros.

— E aí, veio pegar os cachorros? — perguntou J.P., feito um idiota. Ele estava estranho, e os pelos macios da nuca de Baby se eriçaram de alarme. Ela olhou e viu Jack Laurent no alto de uma escada em espiral, fuzilando-a com os olhos. Vestia um cardigã de cashmere abotoado até o pescoço gracioso e longo de bailarina. Ela irradiava maldade.

Jack desceu devagar, o queixo bem empinado, e se posicionou possessiva ao lado de J.P.

— Ah... Jack, esta é a Baby. Ela está ajudando com os cães.

— Já nos conhecemos — disse Jack, gélida, semicerrando os olhos. Quando J.P. tinha dito que estava passeando com os cachorros ontem, será que estava passeando com eles e *Baby Carlyle*? Era *isso* que ele andava fazendo a semana toda depois da aula? — E já cuidamos dos cães por hoje — acrescentou ela com frieza.

Cuidado, bichinhos, estão prestes a ver uma briga daquelas!

J.P. tossiu e pegou as coleiras com Baby.

— É, desculpe por não contar a você antes — disse J.P., sem olhar nos olhos de Baby. Shackleton ganiu. — Tudo bem se eu pagar a você amanhã?

Baby olhou de J.P., que encarava o pelo emaranhado de Nemo, para Jack, cujos braços estavam cruzados.

— Claro, tudo bem. — A voz de Baby pingava sarcasmo. Ela viu exatamente o que estava rolando e se ele queria fazer esse jogo porque tinha medo da ira da namorada alfa, ela não ia impedi-lo. — Vou passar amanhã para pegar o cheque. — Ela saiu intempestiva, surpresa por se sentir tão magoada.

Assim que saiu da torre Cashman, Baby pegou o celular para ligar para Tom e desejou pela milionésima vez estar lá com ele ou que ele estivesse ali naquele momento. A ligação caiu na caixa postal de imediato e ela correu na escuridão crescente, perguntando-se por que de repente se sentia mais solitária do que na semana toda.

Coitadinha da Baby.

— Então seu pai *contratou* Baby Carlyle? — perguntou Jack com doçura, depois que J.P. colocou o labradoodle babão e os pugs no quarto de brincar dos cachorros, do outro lado do apartamento. Ela foi até a varanda e abriu as portas de correr. Havia uma brisa fria e ela podia sentir as pessoas andando pelo Central Park. Ela pertencia a este lugar, e não a um sótão bolorento cheio de refugo. Seu coração desacelerou. Tudo estava *bem*.

Ela não queria dizer *perfeito*?

— É. Para passear com os cães. Está tudo bem? — J.P. perguntou enquanto se sentava em uma ponta do sofá ultramoderno de couro de bezerro e encosto baixo. O estúdio dos Cashman era um cômodo imenso em vários níveis, com estantes altas cheias de primeiras edições de livros encadernados em ouro que ninguém leu. As paredes eram flanqueadas por estátuas e telas de variados tamanhos, misturados de tal forma que um Chagall estava pendurado ao lado de um Seurat, que ficava ao lado de um retrato de um sujeito medieval com um cetro e pombas voando em volta de sua coroa pequena demais.

Jack se afastou da varanda e se aproximou do bar de aço batido. Sabia que sempre podia apelar a Roger, o mordomo, para lhe servir os drinques, mas era muito mais romântico preparar ela mesma. Jack se sentia como qualquer outra esposa do Upper East Side, recebendo o marido depois de um longo dia.

— Tem certeza que Baby Carlyle é confiável? — perguntou Jack, servindo Bambay Saphire e tônica em dois copos altos.

— Por que não seria? — J.P. se mexeu no sofá, olhando Jack preparar a bebida.

Ela sorriu docemente enquanto lhe entregava o drinque.

— Ela é da minha turma na Constance. Ao que parece, é mentalmente instável. A irmã dela disse que ela tem uma espécie de problema. — Jack deu de ombros despreocupadamente, sentando-se no colo de J.P.

— Ela parece normal para mim — respondeu J.P., deslizando Jack para o sofá.

— As aparências enganam. — Jack tentou parecer despreocupada, mas na verdade, por dentro, estava meio em pânico. Por que é que J.P. não a agarrava agora? Será que J.P. queria passear com os cachorros com uma sem noção de moda magricela como Baby? E por que os Carlyle se esforçavam tanto para estragar sua vida?

Ela tomou um gole da bebida e examinou o copo de cristal que segurava. De repente o ambiente parecia opulento demais. Aquilo tudo em ouro que ela nunca percebera antes de repente parecia muito fora de alcance. Não era justo. Uma lágrima de frustração começou a descer por seu rosto. Ela queria esmurrar alguma coisa.

Ela não quis dizer alguém?

— Você está bem? — perguntou J.P. — Olha, a Baby só estava passeando com os cachorros. Não é lá grande coisa.

— Eu não estou chorando por causa *dela* — Jack gemeu. — É só que... — ela estava mesmo perdendo o controle.

— O que foi? — Os olhos de J.P. perscrutaram seu rosto.

— Foi só um vestido — ela inventou, percebendo como parecia estúpida assim que as palavras saíram de sua boca. Mas ela não podia admitir que se sentia ameaçada por uma passeadora de cachorro. Nem contar a ele que as amigas não conseguiam parar de falar no irmão de Avery Carlyle. Ou que seu pai não estava pagando o balé. Nem sua mãe melodramática e o apartamento bolorento do sótão. Afinal, quem queria ser vista com uma *fracassada* pobre?

Mas chorar por um vestido imaginário não é problema?

— Um vestido? — J.P. pôs a mão nas costas dela. — Você esta chorando por causa de um *vestido*? — perguntou ele, incrédulo.

— Não estou chorando! — Uma pequena lágrima desceu por seu rosto.

E o Oscar vai para...

Jack olhou a cara larga e bonita de J.P., querendo que ele entendesse, mas ainda não se sentia preparada para contar a verdade a ele. Ela enxugou a lágrima com um dedo de unha cor-de-rosa perolada. — Eu queria usar na festa — acrescentou ela.

— Como ele é?

Ela franziu a testa, pensativa.

— É... rosa — disse ela, pensando no vestido de babados da menina de 5 anos que se mudou para sua casa. — Com manga bufante. E uma faixa branca.

— Tudo bem — disse J.P. devagar. — Da Barneys?

— É. — Ela se aninhou nele. Só ficar perto dele já a fazia se sentir muito melhor.

— Vou comprar para você. Mas não deve se preocupar tanto com coisas pequenas. — J.P. a puxou com firmeza para o peito forte e Jack esfregou o rosto no algodão macio de sua camisa polo. — Se continuar se estressando com coisas pequenas, as grandes vão te matar.

Acha mesmo?

b sai à francesa

Pela quinta e última vez, assim esperava, Baby vestiu a horrenda saia pregueada da Constance Billard e esperou por Avery e Owen na enorme e desprovida cozinha para irem a pé para a escola. Ela não sabia bem por que tinha se dado ao trabalho de ficar esse tempo todo em Nova York. J.P. era a única pessoa que tinha conhecido que fazia parecer que talvez, só talvez, a cidade fosse diferente, e agora ela descobriu que ele era igual a todo mundo.

— Recebi um telefonema da sra. McLean, da Constance Billard. Você deixou de fazer alguma hora de serviço? — Edie entrava na cozinha vestindo uma saia branca florida, com canetas Bic azuis prendendo o cabelo em um coque.

— É, foi um mal-entendido idiota — disse Baby rapidamente. Ela não queria entrar em detalhes. Seria muito mais fácil lidar com tudo isso depois que tivesse voltado a Nantucket.

— Humm-humm — concordou Edie. — Posso imaginar que a sra. McLean seja mais rigorosa do que você está acostumada, mas francamente, querida, xingar em francês? Não consegue pensar em maneiras mais criativas de se meter em problemas? — Ela se sentou numa banqueta ao lado de Baby, afagando seu cabelo castanho, longo e embaraçado. — Se precisar agitar as coisas, faça isso direito. — Edie assentiu com sabedoria, levantou-se e flutuou para fora da cozinha, como uma espécie de fada-madrinha psicodélica, partindo para dar conselhos ao rebelde necessitado seguinte. Baby parou. Ter se mudado para Nantucket todos aqueles anos atrás foi a maneira de Edie de agitar as coisas?

Ela suspirou, olhando a cozinha nova e imensa. Em Nantucket, a cozinha sempre era um ponto de encontro, mas até agora ninguém havia cozinhado ali. Ela estava sentada em uma das banquetas de metal polido que ladeavam a bancada de granito preto. Puxou o cabelo num rabo de cavalo frouxo de lado e discou 1 no celular.

— Oi, Babe — disse Tom numa voz de chapado sonolento. Era o que ela mais gostava de fazer ao acordar durante o verão.

— Oi! — Ela tentou parecer animada enquanto pegava uma laranja na tigela de teca entalhada na bancada e descascava com o polegar.

— Bom-dia. — A voz dele era rouca. Ela podia ouvir a buzina do carro dele e quis que ele estivesse virando a esquina da rua em que ela morou em seu Cougar empoeirado, pronto para levá-la à escola.

Baby suspirou. Na última manhã que passaram juntos, eles ficaram acordados a noite toda. Na sexta-feira anterior, eles aguentaram cinco segundos inteiros num club apinhado no Meatpacking District. Depois de sair rapidamente, eles riram ao correr pelas ruas, parando na Gray's Papaya na Sexta

Avenida para dividir um cachorro-quente e depois se agarrar sob um toldo perto da Coffee Shop, na Union Square. Quando começaram a ir para casa, o sol nascia e eles ganharam três muffins de um vendedor simpático do hortifrúti. Agora tudo parecia muito distante.

— Então, que aventuras malucas você tem feito, hippie? — perguntou Tom. Baby mordeu uma parte da laranja. Era constrangedor admitir que até agora o ponto alto de morar na cidade mais excitante do mundo tinha sido passear com uns cachorros de um mimado do Upper East Side; e de graça.

Não era exatamente uma vida fascinante.

Nesse momento Avery e Owen entraram num rompante na cozinha, conversando animados.

— Tá legal, prepare sua lista de convidados. Os nadadores em caneta verde. Aliás, qualquer atleta em caneta verde. Todos os outros em azul — emendou Avery, olhando séria para uma prancheta, como se estivesse trabalhando na porta do Bungalow 8. Nos últimos dois dias ela só conseguia pensar na sua segunda festa e como seria melhor do que a primeira. Antes de mais nada, haveria álcool de verdade, e depois, meninos. Os dois principais ingredientes para conquistar as meninas da Constance.

Amém.

Baby se virou para o canto para não ser interrompida.

— Não está acontecendo nada demais aqui. O de sempre, eu acho. E aí, e com você? — perguntou ela, tentando manter a conversa leve.

— Ei, peraí... — houve estática na outra ponta da linha. Baby segurou o telefone mais perto da orelha. Tudo em

Nantucket parecia tão... distante. — Desculpe, estou buscando a Kendra agora e meio que tenho que correr. Vou sentir sua falta hoje à noite.

— Por que não pode fazer a festa no sábado à noite? Eu poderia ir — pediu Baby.

Avery parou no meio de uma frase qualquer que dizia a Owen, algo sobre conseguir que os colegas de equipe fossem supersimpáticos. Ela arrancou o telefone de Baby e pôs o Nokia pequeno na orelha.

— Tom? É, a Baby não vai poder ir no fim de semana. Ela tem uma festa aqui no sábado. Parece que vai ser só você e seu baseado. — Avery sorriu com maldade.

— Devolve isso! — Baby sibilou para Avery enquanto recuperava o telefone. — Desculpe. E aí, pode mudar a festa para o sábado? — perguntou ela, baixando o tom. Ela odiava dar a impressão de implorar, mas preferia passar oito horas viajando num ônibus horroroso para ficar ao lado dele na fogueira a ir à festa de Avery e tentar se adaptar à Central de Cretinas.

— Ah, cara, eu queria total, mas já está tudo armado. Compramos os barris, a comida, e está tudo preparado, entendeu? — disse Tom. Ao fundo, Baby podia ouvir uma porta de carro se abrir e fechar.

— Acho que sim — respondeu Baby friamente, sem entender por que Tom não podia adiar a festa. O que mais a galera de Nantucket podia fazer numa noite de sábado? Baby baixou devagar a laranja, surpresa consigo mesma por pensar assim. Era como se tivesse absorvido a atitude cretina das meninas que a cercavam.

Não falamos que era contagioso?

— Aí, Babe, tenho que ir — disse Tom de repente. — Divirta-se e fique longe de problemas. — Ele desligou. Baby ouviu o silêncio do outro lado do telefone por alguns segundos, depois o colocou lentamente na bolsa carteiro.

— Vai dar uma festa? — Ao ouvir vozes conversando, Edie voltou à cozinha. — Onde vai ser? — perguntou ela, encostando-se na bancada e rearrumando distraída as frutas numa pirâmide irregular. Ela sem dúvida estava pensando na festa de solstício de verão que dera no ano anterior, onde todo mundo acabou em um círculo de tambor na praia.

Se você substituir "black-tie" por "círculo de tambor" e "praia" por "mansão", é *mais ou menos* a mesma coisa.

— Bom, eu queria que fosse na casa da vovó — começou Avery, sabendo que a mãe não negaria. Ela brincou com a ideia de alugar uma boate e até visitou algumas nos lugares mais quentes do Meatpacking District. Mas depois percebeu que as boates serviam para as pessoas que tinham apartamentos pequenos demais para dar festas *de verdade*, e a casa da vovó Avery já havia abrigado muitas *soirées* históricas. Além disso, quem não adora uma festa numa casa?

— Que ideia maravilhosa! — Edie bateu palmas, tilintando as pulseiras de turquesa sempre presentes. — Eu adoraria convidar algumas pessoas... Quando está pensando em fazer?

— No sábado — admitiu Avery, ajeitando a bandana cinza Marc Jacobs incrustada de gemas no cabelo louro e espesso. Embora Jack Laurent tenha anunciado que *ela* daria uma festa na mesma noite, Avery não pretendia mudar seus planos. Fazia com que parecesse mais decidida a dar a melhor festa que o Upper East Side já vira e mostrar a Jack de uma vez por todas que ela falava sério.

Edie desanimou.

— Mas é a noite de abertura da exposição de chinchila. É uma parceria com um velho amigo meu, o Piers Anderssen, sabe? Ele agora é artista experimental no Brooklyn, mas topou se juntar a mim. Transformou todo seu apartamento em uma floresta tropical indígena que será aberto ao público no sábado à noite. Eu preciso estar lá.

— Tudo bem! — disse Avery rapidamente. Ela adorava a mãe, mas suas excentricidades já eram bem estranhas na trepidante Nantucket. Além de tudo, não ia ser uma festa do tipo misture-se-com-os-pais-enquanto-toma-chá. Ela já tentou essa abordagem e não ia cometer o mesmo erro novamente.

— Tudo bem. — Edie franziu o cenho. — É bom saber que vocês já estão se adaptando.

— Obrigada, mãe. — Avery beijou a bochecha com cheiro de menta da mãe e sinalizou ao irmão e à irmã para que seguissem para a escola.

Era esquisito ir para a escola juntos, pensou Baby enquanto eles entravam no elevador. Recordava a ela a escola primária.

— Então, voltando à festa — disse Avery enquanto a porta do elevador se abria no saguão. — Eu preciso saber quem está ocupado e quem está disponível e...

— Sabe de uma coisa? Preciso parar e tomar um suco. Alcanço você depois — disse Baby quando eles chegaram à calçada. Ela não queria ouvir Owen e Avery tagarelando sobre a festa idiota.

— Tem certeza? — Baby viu um lampejo de preocupação fraterna na cara de Avery, mas ele rapidamente desapareceu. — Tudo bem, a gente se vê depois. — Ela deu de ombros.

Baby comprou um chá morno em um carrinho de rua na Quinta e se demorou por ali até perdê-los de vista. Ela deliberadamente andou lentamente e entrou pelas portas da Constance exatamente quando a sineta tocou. Entrou na aula de francês alguns minutos atrasada, sem parar no armário para pegar o livro. Madame Rogers já a odiava, então a chance de lhe fazer alguma pergunta era praticamente nenhuma.

— *Vous êtes très en retard* — disse Madame Rogers severamente. *Você está muito atrasada*. Ela nem tirou os olhos do quadro, onde explicava o subjuntivo.

— Ela não quis dizer retardada? Olha essa blusa! — Baby ouviu Genevieve cochichar a Jiffy.

Nem Avery levantou os olhos.

— *Je m'excuse* — murmurou Baby, andando para se sentar perto das janelas.

— *Vous devez vous rendre dans le bureau de la directrice*. — Madame Rogers parou diante da carteira de Baby. *Você deve ir à sala da diretora*. — Quando você não está atrapalhando nem se incomoda de aparecer. Não é mais bem-vinda a esta turma — disse ela com firmeza. Baby levantou a cabeça. Não esperava ser expulsa da sala, em especial quando não tinha feito nada. Com a cara ardendo, ela se levantou, pronta para ir decidida à sala da sra. M.

— *Comment dit-on* mané? — Baby ouviu Jack cochichar enquanto a porta se fechava. Baby sacudiu a cabeça. Nada de esperar por três strikes, ela estava fora agora. Ela andou pelo corredor até o saguão deserto, praticamente esbarrando na sra. M.

— Baby, parece que temos um problema de comunicação e você não entendeu que nossas horas de serviços estudantis são obrigatórias. Quero lembrar que elas são. Espero vê-la esta tarde. — A sra. M sorriu para ela com os olhos castanhos calorosos, ainda lhe dando o benefício da dúvida. Se não odiasse tanto este lugar, Baby quase ia gostar da sra. M. Mas ela sabia o que tinha de fazer.

— Não vou poder aparecer. *Nunca*. — Ela não se virou para ver a cara de choque da sra. M enquanto ia para a porta. — Desculpe. — Depois que a porta se fechou a suas costas, ela pulou os degraus e soltou um assovio penetrante. Um táxi guinchou e parou enquanto todas as meninas nas salas do primeiro andar se viraram para olhar pela janela.

— Para a rodoviária — disse ela suavemente ao taxista, abrindo a janela. A sra. M tinha chegado ao alto da imponente escada da Constance e olhava para ela. Baby lhe deu um pequeno aceno, depois recostou a cabeça no banco de couro.

Taí uma saída dramática!

gossipgirl.net

temas ◂anterior próxima▸ faça uma pergunta respostas

Advertência: Todos os nomes verdadeiros de lugares, pessoas e eventos foram alterados ou abreviados para proteger os inocentes. Quer dizer, eu.

oi, gente!

A primeira semana de aulas acabou e está na hora de reorganizar. Talvez você tenha cometido um lapso de moda, talvez já tenha pagado mico em sala de aula. Não se preocupe. Quem não comete um erro de vez em quando? (Eu não.) Use o fim de semana para se matricular num cursinho rápido de reabilitação de reputação.

Sabe como nas revistas femininas que fingimos não ler sempre há artigos intitulados "Arrume um Homem até o 4 de Julho" ou "Dez Passos para uma Pele Perfeita"? Não estou prometendo nada. Não podemos apagar o passado e, portanto, se você *cometeu mesmo* uma gafe, terá de conviver com isso pelos anos que virão. Mas se fizer o que eu disser, talvez não tenha de almoçar escondida na cabine do banheiro pelo resto de sua carreira no ensino médio.

1. Encontre um membro do sexo oposto e comece uma relação quente — e muito pública. Não há melhor maneira de as pessoas se esquecerem de uma fofoca picante do que lhes dar outra para comentar.

2. Controle os danos a seu estilo. Continue vestindo o que veste **sempre** — a originalidade é a chave —, mas **sempre** mantenha alguns padrões. Certifique-se de que seu cheiro seja sempre bom (há muito espaço para desodorantes em seu armário!) e tenha lindos sapatos, mesmo que esteja usando as sobras dos anos 1970 da sua mãe.
3. Divirta-se como uma estrela do rock. Torne-se a pessoa que todo mundo quer como companhia. Isso não deve ser tão difícil, né?

E por falar em diversão, temos duas festas em nossas mãos. As mentes curiosas querem saber a qual delas eu irei. Bom, exatamente como comprar um chalé de frente para o mar em St. Barths, tudo é uma questão de localização. Dar uma festa numa boate chama atenção, mas você sinceramente liga se a galera em Duluth, no Minnesota, tem inveja de você porque viram as fotos na Gawker? Lembre-se, a internet não perdoa e às vezes a discrição é mesmo fundamental. Mas você pode ter certeza de que alguém terminará na sua cama. É claro que o melhor dos dois mundos seria dar sua festa em um hotel exclusivo que ainda não tenha aberto as portas. Camas em que ninguém dormiu com lençóis de algodão egípcio de 5 mil fios, um bar abarrotado e sem regras? Existe algo melhor?

Numa palavra? Não. E é por isso que a sempre-habilidosa **J** marcou a opção anterior — *no* mais comentado condomínio de Nova York. É um prédio todo ecológico, com cascatas de água de chuva reciclada em todos os quartos. A ecologia nunca foi tão quente. Contem comigo lá!

E contem que uma menina simples da Nova Inglaterra *não irá*. Chá gelado e arquitetura espetacular não podem competir com o ecochic. **A** devia se esquecer de sua festa e ter esperanças de um convite de **J**. Ou podia se consolar com uma boa xícara de chá...

flagras

R na seção de autoajuda da **Barnes & Noble** da 86, lendo *Você simplesmente não me entende: O difícil diálogo entre homens e mulheres*. Eu podia me oferecer, se ele precisa de intérprete... **A** e **S** no laboratório de computação. Procurando pornô lésbico, as duas...? **B** no ônibus para Boston. Indo embora tão cedo? Quem vai passear com os cachorros...? A **S** de piercing e tatuagem de novo na **Toys in Babeland** em uma palestra sobre "O obsceno na literatura: Como interpretar o erotismo". Parece instrutivo!

seu e-mail

P: Cara G,

Por que você odeia tanto a **A**? Você é a **J**? Ou é a ***B***? Na verdade, soube que **N** passou algum tempo em Nantucket no verão. Aposto que você é uma amante rejeitada e foi por isso que cismou com **A**. Mesmo que não seja, é estranho que você não fale de todas aquelas pessoas por quem ficou tão obcecada por tanto tempo.

— Curiosa

R: Cara C,

Desculpe decepcioná-la, mas não sou nem **J**, nem **B**, nem **N**. E embora eu sempre vá ter um lugar especial no coração para **N** e seus olhos azuis cintilantes, tenho duas novas obsessões: **R** e **O**. Atualize-se, menina. A fila anda.

— GG

P: Prezada Gossip Girl,

Moro no West Side e estava pegando o ônibus para casa tarde, depois de um grupo de estudos, e vi uns meninos mauricinhos com pelos faciais estranhos correndo pela transversal na direção do lago dos patos. Que diabos foi aquilo?

— Estudiosa

R: Cara E,

Você ficou num grupo de estudo até tarde? É a primeira semana de aulas! A não ser que esteja estudando a anatomia de um determinado homem, precisa pegar mais leve ou será um ano letivo muiiiito longo. Quanto ao que você viu... Bom, é quase lua cheia, então ou eram lobisomens ou alguma iniciação idiota de equipe esportiva. Da próxima vez, largue o grupo de estudo e investigue!

— GG

P: Cara Gossip Girl,

Acabei de me mudar para a cidade com meus três filhos e quase não os vejo desde que chegamos aqui. No meu tempo, íamos ao Studio 54 e ficávamos com Andy Warhol e o restante da Factory — fazendo arte! Agora todo mundo parece correr o tempo todo, tentando ficar uns com os outros. Onde parou a criação?

— ArteNoCoração

R: Cara ANC

Não seja tão descrente com a nossa geração. Colocamos nossas ficadas na internet para que os outros possam ver. A arte imita a vida — e isso é demais.

— GG

P: Cara GG,

Vou dar uma festa neste fim de semana. Quer ir? Todo mundo vai e eu vou fazer um concurso de Dance Dance Revolution.

— DanceComoumRockstar

R: Cara ROCKSTAR

É tentador, mas acho que a minha agenda social está meio cheia neste fim de semana. Pelo que minhas fontes me disseram, não teremos só uma, mas *duas* festas que eu simplesmente não posso perder. Boa sorte com o concurso.

— GG

Epa, estou atrasada para minha massagem com gengibre na Bliss. Manter vocês atualizados é exaustivo, gente! Vejo alguns de vocês (quem foi importante, pelo menos) na festa superexclusiva na mais luxuosa nova propriedade em Tribeca. Dica: não estarei de calças superapertadas, nem de chapéu de caubói nem carregando nenhum amigo peludo.

Pra você que me ama

gossip girl

se não agora, quando?

De: kelsey.talmadge@seatonarms.edu
Para: owen.carlyle@stjudes.edu
Data: Sexta-feira, 12 de setembro, 15h
Assunto: Agora?

o se depila por amor... e outras coisas

— Está pronto? — Rhys se aproximou da fila de armários depois do treino de natação na sexta-feira. Estava totalmente vestido, a bolsa carteiro Tumi de couro marrom pendurada no ombro. Owen devolveu furtivamente o iPhone ao bolso. Tinha acabado de receber um e-mail de Kat e as pontas de seus dedos formigavam só de pensar nela. — Marquei uma hora pra gente — disse Rhys misteriosamente.

— Tudo bem. — Owen ergueu desconfiado as sobrancelhas louras, lembrando-se do assédio embaraçoso no outro dia. Ele por instinto olhou a bolsa de Rhys, como se esperasse ver um terno engomado dos anos 1970 ou um bigode falso e basto espiando pelo zíper.

— Então, os meus tempos foram muito ruins essa semana — começou Rhys, parando quando viu Chadwick e Hugh saindo do vestiário juntos. O bigode de Chadwick parecia ter irritado a espinha que estourava perto do nariz, e a barba densa de Hugh o deixava parecido com uma versão de pelos castanhos do pescador da caixa de palitos de peixe congelados.

Ah, tenha dó, quem não adora um cara com traje completo de inverno?

— Aí, tenho que quebrar esse jejum. — Hugh coçou a barba de um jeito lascivo e olhou duro para Rhys. — Cara, se não ficar com uma garota, eu vou fazer isso por você. Estou falando sério. — Ele arregalou os olhos como louco.

— Vai rolar. — Rhys assentiu, confiante.

Owen sorriu por dentro. *Aí, garoto*. O poder do pensamento positivo.

— Mas então — continuou Rhys depois que Hugh e Chadwick ficaram fora de alcance —, acho que para o treinador me levar a sério como capitão eu preciso otimizar um pouquinho — cochichou ele, como se estivesse passando uma informação confidencial.

Owen se perguntou se ele estava falando de uma das dietas esquisitas que Avery sempre fazia, como aquela em que ela precisava beber apenas água com pimenta-de-caiena e suco de limão por uma semana, mas depois ficava com tanta fome que ia ao Nantucket Bake Shop, comprava uma torta de creme Boston e devorava a coisa toda.

— Você iria na depilação comigo? — perguntou Rhys enquanto eles saíam da YMCA na 92 e entravam no calor insuportável de fim de tarde. — Eu estou me arrastando pra valer agora e ando pensando que os pelos me deixam mais lento — acrescentou ele.

Owen ficou paralisado. Ele sabia que alguns caras gostavam de se depilar antes dos grandes torneios no final da temporada, mas durante a primeira semana de treinos? E *depilação com cera*? Parecia doer muito.

— Esse lugar parece ser muito bom. — Rhys pegou um folheto amassado na bolsa carteiro e o entregou a Owen. — Os resultados duram mais de quatro semanas, sem nenhuma ponta — explicou ele, parecendo estar citando o papel roxo e rosa na mão de Owen. — É muito melhor do que usar o barbeador.

— Quer dizer que é muito mais gay do que o barbeador, né? — retorquiu Owen. Usar cosméticos de fruta no banho era uma coisa, mas pagar por um serviço que meio que parecia tortura deixava Owen muito pouco à vontade.

— Eu pago a sua — Rhys pediu. Owen parou. Ele não tinha nada para fazer esta tarde e sair com Rhys evitaria que cedesse e procurasse Kat. Meu Deus, ser legal era difícil.

E ser mau era muito mais divertido.

Owen revirou os olhos, mas se viu abrandando.

— Tá legal, tudo bem. Mas se começar a depilar as sobrancelhas ou fazer limpeza de pele, vou ter que fazer uma intervenção — disse ele com um sorriso forçado. Ele olhou a pele de Rhys e percebeu que o amigo provavelmente fazia a tal limpeza.

— Cara, não é por vaidade, é só a natação — protestou Rhys, pegando o folheto das mãos de Owen e colocando de novo na bolsa enquanto eles seguiam para a Lexington, ao sul.

— Se você diz — concordou Owen de bom humor. Ele percebeu duas meninas andando pela rua usando uniformes polo brancos da Seaton Arms e deu uma cotovelada em Rhys.

— Ótimo — assentiu Rhys, sorrindo. Ele nem percebeu as meninas, que tinham parado do outro lado da rua, esperando para atravessar.

Owen sacudiu a cabeça. Ele era *irremediável.*

— Marquei para as 15h30, então a gente tem que pegar um táxi. — Rhys saiu do meio-fio e parou um carro. Deu ao taxista um endereço em Midtown. Owen deslizou ao lado dele e olhou seus braços pensativamente. Nunca percebera que tinha pelos nos braços. Era louro-claro e muito inofensivo.

— Chegamos — disse Rhys, saindo do táxi e entregando uma nota de vinte ao motorista. — Fique com o troco — murmurou ele enquanto os dois passavam pelas portas do J. Sisters Salon.

— Você marcou hora? — Uma mulher de aparência severa em seus 60 anos os examinou. O cabelo era puxado para trás com tanta força que parecia que seus olhos iam saltar.

— Sim, o nome é Sterling — anunciou Rhys com confiança. Sem dizer nada, a mulher gesticulou para uma salinha de espera lilás e rosa.

Eles se sentaram no sofá de couro rosa-pétala e Owen folheou revistas, olhando a *W* enquanto esperavam que Rhys fosse chamado. O sofá era incrivelmente confortável e Owen se sentiu surpreendentemente relaxado. Não admirava que as meninas adorassem um spa. Tocavam a mesma música relaxante do tipo Enya que a mãe ouvia enquanto fazia ioga, e o cheiro do ambiente era ótimo: uma combinação de lavanda e canela.

— Ricey? — uma brasileira baixinha, mas de aparência forte com um uniforme azul perguntou numa voz arrastada, enfiando a cabeça pela sala. Os braços eram imensos, como se ela pudesse levantar 100 quilos com facilidade.

— Arrase, meu bem — disse Owen enquanto Rhys a seguia para uma das salas de depilação. Ele olhou para os chinelos Adidas e percebeu pelos castanhos e crespos no dedão. Puxou um dos mais longos e se surpreendeu ao ver como doía. Graças a Deus ele só estava ali para dar apoio moral.

— Já terminou? — Uma morena alta com o cabelo num corte assimétrico e descolado que roçava no queixo gesticulou para a revista na mão de Owen. Owen levantou a cabeça e percebeu que os dois eram as únicas pessoas na sala de espera. Ela assomava sobre ele, e os olhos de Owen de imediato foram atraídos para seus peitos. Ela era bonita, com braços sarados de jogadora de vôlei e uma clavícula graciosa. Para não falar de peitos realmente incríveis.

— Claro — disse ele, entregando-lhe a edição da *W*.

— Obrigada. — A menina pegou a revista e se sentou ao lado dele, a panturrilha bronzeada roçando de leve na perna cabeluda de Owen. Owen puxou a perna, constrangido.

— Você vem sempre aqui? — Ela ergueu sugestivamente uma sobrancelha benfeita para Owen. Um de seus olhos era azul e o outro era castanho, mas de algum modo isso a deixava excêntrica e bonita, e não parecendo uma aberração.

— Não, só estou acompanhando meu amigo, o Rhys. Somos de uma equipe de natação — explicou Owen. Ela podia ser mais bonita se seu cabelo não caísse nos olhos, concluiu ele.

— É mesmo? — perguntou ela, um sorriso brincando nos lábios cor de coral. Ela tirou o cabelo da cara como se lesse a mente dele. — E o que isso quer dizer?

— Bom, os pelos a mais podem reduzir sua velocidade numa competição — começou Owen. — Então, se quiser ficar mais rápido, pode poupar um monte de tempo com a aerodinâmica — ele reproduziu a explicação de Rhys.

— Isso é fascinante!

Owen não sabia se ela estava brincando. Ele tentou se imaginar beijando a garota, a boca nos lábios coral dela, mas não conseguiu. Ouviu um som vindo da outra sala, e foi quando lhe ocorreu: ele devia tentar juntar a garota com Rhys. Era perfeito — eles podiam se depilar juntos.

Um casal que se depila unido, permanece unido.

Owen sorriu e acionou seu charme.

— É — disse ele. — Foi ideia de Rhys. Ele é um nadador incrível. É capitão de nossa equipe — anunciou Owen com orgulho.

— Capitão, é? De que escola? Eu sou da Darrow — ela disse o nome da pequena escola hippie de tijolinhos vermelhos no Village onde as veteranas tinham aulas na mesma sala das crianças do jardim de infância. Edie ficou delirando sobre isso até Avery encontrar na internet a lista de faculdades horrorosas em que os alunos entravam. Só um aluno tinha ido para uma universidade da Ivy League nos últimos cinco anos.

A menina estendeu a mão e enfiou as pernas para trás no sofá violeta.

— Meu nome é Astra. Astra Hill.

— Owen Carlyle. É um prazer — disse ele. — E ele não é nada burro. Ele é brilhante. Tipo assim, provavelmente o cara mais inteligente que já conheci — continuou Owen despreocupadamente. Ficou emocionado ao ver uma centelha de interesse nos olhos desiguais de Astra.

— Há quanto tempo você o conhece? — perguntou ela. Com a música suave tocando ao fundo e seus quadris praticamente em contato no sofá de veludo aconchegante, parecia que eles estavam num encontro num daqueles restaurantes que colocavam os casais lado a lado.

Owen pensou.

— Há mais ou menos uma semana. — Ele tocou constrangido o tufo de barba que crescia em solidariedade a Rhys. — Parece muito mais tempo.

— Meu Deus, você gosta mesmo dele — observou Astra, parecendo meio decepcionada. — As pessoas sabem?

— Sabem do quê? — Owen ficou confuso.

— De vocês dois?

— Acho que sim — disse Owen, aparvalhado, sem saber o que ela queria dizer. Atrás da mesa, a recepcionista folheava uma revista e ouvia disfarçadamente a conversa.

— Que ótimo! — disse Astra. — Sabe como é, eu sempre pensei que essas escolas do Upper East Side fossem esnobes e limitadas, mas isso mostra que há esperança para elas. Talvez vocês possam falar em nosso grupo de Gays e Debates na Darrow. Sempre procuramos quem queira partilhar suas experiências — ela assentiu, estimulando-o.

— Como? — perguntou Owen. Ele ficou distraído com o decote de Astra explodindo para fora de seu vestido leve e amarelo.

Só para fins de pesquisa.

— Quer dizer, só pensei que a St. Jude's podia não querer ter um casal tão orgulhoso e assumido liderando a equipe de natação. Mas acho isso ótimo! — Ela parecia estar elogiando uma criança de 3 anos por ter feito um trabalho excepcionalmente bom ao colocar os sapatos no pés certos. Ela pegou a mão dele e apertou. — Eu chamo a mim mesma de flexual, porque não quero rotular minha sexualidade e limitar minha experiência. Sabe de uma coisa, eu admiro de verdade sua coragem... — Astra se interrompeu, olhando inquisitivamente a cara de Owen.

— Ah, sim... nós não somos... gays! — gaguejou Owen, sentindo a ponta das orelhas ficarem vermelhas no cabelo louro-claro.

— Ah — disse Astra. Ela se recostou no assento de veludo e soltou a mão de Owen.

— Mas... quer dizer... Rhys tem muitas qualidades femininas. — Owen se atrapalhava com as palavras. Pretendia dizer que se Astra queria um namorado homem, Rhys era ainda melhor do que um gay, porque ele, bom, *não* era gay. Não fez sentido nenhum quando ele disse isso em voz alta.

— Como assim? — perguntou Astra, as palavras secas.

— Quer dizer, ele é meu amigo — disse Owen, decidindo voltar à verdade. — Rhys saiu de uma relação longa e está meio frágil.

— Oooh, isso é péssimo — arrulhou Astra com sinceridade. — Por que eles terminaram?

— Ah, o de sempre. Eles, bem, queriam coisas diferentes. — Owen puxou a gola da camisa branca. A sala de repente parecia estar vinte graus mais quente. Um grito abafado veio de uma das salas dos fundos. Ele esperava que Rhys estivesse bem ali.

— Você é solteiro? — Astra ergueu as sobrancelhas sugestivamente.

— Não. Quer dizer, não de verdade. Uma dessas situações complicadas. — Ele podia sentir os olhos de Astra se cravando nele. *Foco, Carlyle*, pensou Owen enquanto se obrigava a não pensar no corpo curvilíneo de Kat em seus braços. Ele tinha de falar de Rhys para que essa Astra se esquecesse de sua flexualidade e percebesse que Rhys tinha tudo o que ela queria, num único pacote conveniente!

Alguém aqui tem talento para perfis de namoro on-line.

— Rhys podia ter a garota que quisesse, mas é homem de uma mulher só — continuou Owen. Era tão estranho enaltecer as virtudes de outro cara. Ele parecia mesmo meio gay.

— Gosto disso. Um homem de um só amor — Astra assentiu, aprovando.

Rhys saiu da sala de depilação, completamente pálido, a pele inchada sob os pelos desiguais de barba no estilo Super Mario que se destacavam na maciez do resto de sua pele.

— Preciso me sentar. — Ele desabou ao lado de Owen. — E tomar uma garrafa de vodca pura. — Ele abriu um sorriso fraco e se deu conta da presença de Astra.

— Seu amigo é um bebezão — disse a depiladora, revoltada, apontando para Rhys e entregando-lhe um copinho de água da geladeira no canto. — Mas veja como melhorou! — Ela puxou para cima a camisa polo Lacoste branca e revelou a pele vermelha e perfeitamente sem pelos de seu peito, depois bateu nele, criando uma marca branca e dolorosa com a mão. Owen estremeceu.

— Ah, coitadinho — arrulhou Astra. — Quer ir comigo ao Pinkberry? É importante ter uma sensação positiva depois de uma negativa, sabia? — Rhys sorriu para Owen e Owen lhe ergueu discretamente o polegar.

— Parece ótimo — Rhys assentiu. — Rhys Sterling — disse ele, estendendo a mão. Astra a pegou ansiosamente.

Eles começaram a conversar e Owen pegou o iPhone. *Logo*, ele digitou no e-mail para Kat. Uma resposta piscou de imediato. *Mal posso esperar.*

Owen sorriu. A depilação era demais. Totalmente indolor!

— Você. — A brasileira apontou para Owen e o conduziu a uma sala dos fundos, pintada de lilás.

Até agora. *Rrrrip!*

segredos e mentiras

Jack subiu a escada de saída do metrô da Union Square na tarde de sexta-feira. Estava a caminho da Peridance, onde havia uma aula de balé de nível profissional que só custava 17 dólares a hora, ou 16 dólares se você reservasse dez horas. Ela estava decidida a permanecer em forma, mesmo que significasse ter aulas baratas em porões de estúdios sujos no Centro. Seu telefone tocou no bolso enquanto ela atravessava a rua 16.

— Alô? — ela atendeu, curiosa. Não tinha reconhecido o número.

— Aqui é Dick Cashman! — trovejou a voz. Jack não falou com J.P. o dia todo. Ele ficou de mau humor e calado pela maior parte do jantar na noite anterior e Jack compensou isso deixando que Dick enchesse sua taça de vinho por vezes demais. — Mas então, está tudo preparado para vocês amanhã à noite. O bar está funcionando e uma seção especial dos quartos foi reservada só para vocês. Está tudo certo, Jackie, meu bem!

— Ah, você é bom demais comigo — arrulhou Jack, agradecida.

Demais nunca é o bastante.

— Tudo bem, adoro ajudar as meninas da minha vida. Agora, não toque fogo no lugar. Sabe como são as seguradoras. — Ele desligou e Jack se virou na direção contrária, de volta ao metrô. Quem ligava para o balé? Até parece que faltar a algumas aulas ia fazer diferença. Além disso, era fim de semana e ela teve uma semana muito difícil. Havia um lindo par de botas Manolo de camurça cinza na Barneys e Jack ainda tinha um vale-presente de seu último aniversário. Ela merecia.

Sentindo-se aliviada, ela mal notou a volta de metrô para Uptown. Ia ser muito divertido dar uma festa com J.P., como o verdadeiro casal superior que eles eram, e seria assim para sempre.

EI GATAS, KD VCS?, ela mandou um torpedo para Jiffy enquanto saía do metrô, exultante. Chegar ao Upper East Side vindo de qualquer lugar da cidade sempre lembrava Jack do momento em *O mágico de Oz* em que tudo fica em Tecnicolor. No Upper East Side, as calçadas eram mais brilhantes, os prédios mais reluzentes e tudo parecia melhor.

É porque realmente é.

JACKSON HOLE, respondeu Jiffy, que por acaso era o restaurante mais tosco de toda a Carnegie Hill. O ar de repente esfriou e Jack puxou o cardigã Ralph Lauren nos ombros. O outono era sua estação preferida. Era uma estação de renovação e sua vida, aos poucos, voltava aos trilhos.

Ela chegou ao Jackson Hole na Segunda Avenida com a rua 83, onde Jiffy, Genevieve e Sarah Jane se espremiam num reservado do canto.

— Festa amanhã à noite, meninas — Jack disse sorrindo, enxotando o garçom de meia-idade sem fazer pedido nenhum. Este não era um fim de semana para engordar.

— Onde vai ser mesmo? — perguntou Genevieve. Ela afastou o cabelo louro do ombro. A blusa Calvin Klein branca estava abotoada quase até o pescoço.

— Cashman Lofts, em Tribeca. — Jack sorriu maliciosamente para elas. De certo modo, estava agradecida à ridícula da Avery Carlyle e suas tentativas de ser popular. Ela era a vítima perfeita de que Jack precisava para parar de se lamentar por seus infortúnios, organizar sua vida e reafirmar seu domínio da cena social.

— Não vou dar na minha casa porque não quero que vocês vomitem vodca com uva-do-monte na cama da minha mãe. — Jack semicerrou os olhos verdes de gata para Genevieve. — De novo — acrescentou ela, lembrando-se de que no ano anterior Genevieve tinha ficado com outro dos jovens atores idiotas do pai que estava na cidade para uma leitura de uma peça experimental. Ela tomou um porre completo e vomitou por todo o banheiro de Jack. Foi um nojo.

— Até parece que você não fica bêbada — respondeu Genevieve ao morder um grande anel de cebola. A gordura no prato cintilava no sol de final de tarde que entrava pelas janelas. De repente, Jack sentiu uma fome voraz. Pegou dois anéis de cebola e os enfiou na boca, curtindo o gosto salgado.

— Será que a gente não pode dar uma passada na festa da Avery primeiro? — Jiffy rolou um tomate-cereja meio murcho na salada verde sem molho e o colocou na boca. Jiffy estava eternamente em dieta para se livrar dos 2 quilos que ficavam entre seus quadris e seus jeans Phillip Lim 3.1.

— Claro que não. — Jack fez um gesto de irritação. Por que elas ainda falavam nessa garota? — Quem quer ir realmente?

— Bom, ela tem um irmão que é um gato — disse Jiffy dando de ombros.

— Tá legal, então você vai e fica com o irmão gato. Depois conta pra gente. — Genevieve pegou um Malrboro Red na bolsa hobo Longchamps e acendeu. Olhou em volta, desafiando alguém a reprimi-la.

Neste momento, a própria Avery Carlyle passou na frente delas, com enormes sacolas Dean & DeLuca balançado nos quadris magros. Parecia despreocupada, como sempre. Jack semicerrou os olhos. Como podia ficar tão calma quando sua morte social era tão iminente?

— Avery! — chamou Jack num tom autoritário. Avery se virou, os olhos azuis se arregalando de confusão. Seu rosto ficou vermelho por um segundo, mas depois ela empinou o queixo e andou decidida até a mesa.

— Jack. — Avery se empertigou e ficou parada junto à mesa. Qualquer um pensaria que todas eram amigas, um retrato perfeito do mundo das escolas particulares de Nova York. Ela olhou as quatro meninas, satisfeita quando Jiffy pelo menos lhe abriu um meio sorriso. Quem sabe elas *poderiam* ser amigas? Ela retribuiu com um sorriso caloroso. Toda esta situação exigia alguma elegância e compostura, embora ela sentisse a hostilidade de Jack. Qual era o problema de Jack, afinal? Até parece que Avery aparecera para roubar o namorado dela ou coisa assim.

Porque, fala sério, quem faria isso?

— Avery — Genevieve gotejava doçura. — Que bom ver você.

Avery de repente se lembrou de um documentário que vira sobre ataque de tubarões; eles cercavam a presa antes de dilacerá-la.

— E aí, para onde está indo? — perguntou Jack. — Tem alguma coisa para roubar ou um serviço comunitário da Constance para cumprir? Ah, sim — ela fingiu se lembrar. — Isso é com a sua irmã.

Avery sorriu de maneira doce, mantendo a frieza.

— Só estava comprando umas coisas para minha festa de amanhã à noite. Eu adoraria se todas vocês fossem. — Ela olhou diretamente para Jack. Podia sentir o coração martelando no peito, mas sua voz era equilibrada. A vovó Avery teria tanto orgulho de sua elegância sob pressão. Ela viu Jiffy assentir e sentiu uma faísca de promessa. Se conquistasse Jiffy, talvez as outras meninas a seguissem.

— Sei que em Nantucket você era a Rainha do Caranguejo ou coisa parecida, e não se preocupe, você provavelmente ainda manterá este título aqui — começou Jack. Genevieve e Sarah Jane riram. Avery corou. No sexto ano, ela foi coroada Rainha da Lagosta de Nantucket. Como Jack descobriu isso? — E soube que sua avó foi uma figura importante nos anos 1950. Todo mundo viu a retrospectiva de roupas no Met três anos atrás. Mas quem se importa? Escreva um livro de arte Rozzoli sobre ela ou coisa assim, mas pare de tentar ser a sua avó. — Jack se levantou para que as duas meninas ficassem frente a frente, olho no olho.

Avery fervilhava por dentro. Tudo bem, Jack podia ser uma cretina com ela, mas se divertir à custa da avó morta? Ela sentiu os olhos começarem a formigar, um sinal de alerta de que as lágrimas estavam prestes a correr.

— A festa será às 20 horas. Aqui está o endereço. — Ela entregou friamente os folhetos impressos que Sydney ajudara a fazer no laboratório de computação da Constance durante o almoço. Avery tinha de admitir que eram divertidos, modernos e totalmente profissionais; muito melhor do que seu anúncio do chá.

— Sábado? — Jack fingiu examinar o folheto roxo e branco. — Você sem dúvida soube que também vou dar uma festa nesta noite, caso contrário eu adoraria que você fosse. Mas você e Sydney se divertirão juntas, tenho certeza disso. — Para comemorar, Jack pegou um anel de cebola no prato de Genevieve e o mastigou, piscando para Avery com um sorriso largo.

— Divirta-se na sua festa, Jack — disse Avery calmamente, surpresa com sua compostura. — Se alguma de vocês mudar de ideia, aí está o endereço. A gente se vê. — Ela se afastou, ignorando os risos atrás. Andou meia quadra até a Park Avenue antes de as lágrimas começarem a cair.

Avery se encostou em um prédio de arenito para se recompor. Quando olhou a rua, pôde ver o arco elegante do prédio da Chrysler atingindo o céu. Fechou com força os olhos, as lágrimas toldando sua visão de modo que todos os prédios irradiavam luz. A vovó Avery não desistiria. Apareceria na festa de Jack Laurent fabulosa e elegante, e roubaria todos os homens desejáveis de Jack e suas amigas. Ou se certificaria de que a festa jamais acontecesse, antes de tudo.

Avery andou decidida até a casa vazia e ligou o computador, percebendo como era idiota de não ter uma porra de um BlackBerry. Os compromissos sociais de Nantucket podiam ser planejados em uma agenda de papel, mas em NY ela precisava de alguma coisa imediata. Ela fez login no site da Constance Billard e procurou o endereço de Jack Laurent no diretório, com certa esperança de que fosse num fim de mundo como o Queens ou o Upper West Side. Em vez disso, o endereço era a 63 entre a Quinta e a Madison — perto da casa da avó.

Ela disparou pela porta e praticamente correu até a casa de Jack. Tocou a campainha, apertando o dedo com unha de esmalte rosa-claro sem parar. Por fim veio à porta uma garotinha usando uma tiara prata e um tutu roxo por cima de um vestido Oilily estampado. O cabelo louro-claro estava numa trança benfeita nas costas.

— Jack está? — perguntou Avery docemente, na esperança de ter batido na casa certa.

— Quem é Jack? — perguntou a menina, confusa. Avery olhou o cabelo louro-claro da menina e percebeu que ela não era nada parecida com Jack. Ela sentiu o rosto ficando vermelha de novo.

— Jacqueline Laurent? — perguntou Avery, confusa. — Esta é a casa de sua mãe?

— Jack é o nome da moça que mora no sótão? — ciciou a menina, mascando a ponta de sua trança com o dente da frente.

— Acho que não... — Avery se interrompeu. No *sótão*? Uma mulher alta e impressionante, de calça Theory cinza de cós alto e uma blusa Ralph Lauren branca, apareceu à porta. Sua pele impecável a fazia parecer ter saído de um anúncio da Estée Lauder. Ela semicerrou os olhos para Avery no sol de final de tarde.

— Com licença — disse Avery na voz mais sofisticada que pôde. — Estou procurando por Jacqueline Laurent. Ela me deu este endereço.

— Acabamos de nos mudar para cá. Ela agora mora lá em cima — disse a mulher secamente. Ela franziu os lábios com colágeno e olhou Avery de cima a baixo antes de soltar um suspiro dramático e fundo. — É uma situação singular que eu certamente posso lhe afirmar que não procurei. Satchel pode mostrar onde é, mas no futuro vou lembrar a Jacqueline e Vivienne para informar o endereço correto a seus convidados — disse ela com severidade.

— Tudo bem — concordou Avery, confusa. Que outro endereço poderia ser?

— Satchel, querida, pode mostrar o andar de cima a esta moça boazinha? — perguntou a mulher, abaixando-se para ficar no mesmo nível da menina e enunciando com cuidado demais as palavras. Satchel assentiu solenemente, como se estivesse acostumada com a mãe fazendo com que tudo parecesse uma declaração à imprensa.

Satchel estendeu uma mãozinha pegajosa para Avery e a levou pelo apartamento, passando por uma imensa cozinha com duas geladeiras Sub-Zero, uma sala de jantar decorada, uma sala de estar com móveis Luís XIV e duas escadas de mogno em espiral que subiam nos fundos da casa. A casa certamente parecia mais arrumada do que o novo apartamento dos Carlyle quando eles se mudaram. Eles rasgaram todas as caixas de qualquer maneira no primeiro dia, quando ninguém conseguia encontrar Rothko e Edie estava convencida de que alguém o empacotara por acidente.

— Estou começando o jardim de infância — disse Satchel cheia de pose enquanto passavam de um cômodo cavernoso para outro. — É bom, mas é difícil. Só temos uma hora para dormir e um lanche, mas eu tenho 17 amigos! — disse ela com orgulho.

— Caramba, é muita coisa — disse Avery, usando seu tom *Eu não falo muito com criancinhas, mas vou tentar parecer entusiasmada*. — Eu não tenho tantos amigos assim. — Admitir isso fez Avery se sentir imbecil de imediato.

— Quantos você tem? — pressionou Satchel.

Avery se lembrou do jardim de infância, quando tudo era tão fácil. Só havia 12 crianças na turma, então ela, Owen e Baby tinham dominado a cena social, apesar dos lanches orgânicos e esquisitos que a mãe sempre preparava para eles. Quando foi que tudo ficou tão complicado?

— Tenho 25 — disse Avery, inventando um número. Nem acreditava que tinha acabado de mentir para uma menina de 5 anos. Por sorte, Satchel nem estava ouvindo e disparava na frente dela, escorregando em suas meias de renda cor-de-rosa.

— É aqui — disse ela solenemente, abrindo uma porta e apontando para uma frágil escada de madeira. — Eu ia ter medo de morar lá no sótão — acrescentou ela com um sussurro.

— Eu também — concordou Avery. Ela olhou a porta branca e comum que claramente era alguma entrada de serviço. Era aqui que morava a famosa Jack Laurent? As amigas dela sabiam disso? Se não fosse tudo tão bizarro, Avery teria rido.

— Agora eu posso ir? — perguntou Satchel. Avery assentiu, a mão postada na maçaneta da porta. — Você vai ser minha amiga? — perguntou Satchel, séria, antes de ir embora.

— Claro — Avery sorriu.

— Oba! Vou contar à mamãe que tenho 18 amigos! — gritou Satchel, segurando-se com cuidado no corrimão enquanto descia cada degrau.

Avery começou a bater na porta, primeiro devagar, depois mais insistentemente. A porta ressoava, oca. Por fim se abriu e lá estava Jack de moletom Juicy rosa e uma camiseta Michael Stars branca. Sua boca se escancarou ao ver Avery.

Jack começou a fechar a porta na cara de Avery, mas ela a manteve aberta. O coração de Jack martelava no peito, mas ela tentou manter a compostura. *Perfeita, perfeita, perfeita*, entoou para si mesma e tentou fitar Avery de cima com um olhar de princesa gélida.

— O que está fazendo aqui? — perguntou ela friamente.

— Passei aqui para lhe dizer que cancelei minha festa — disse Avery bem devagar, gotejando falsa amizade. — Já que é uma bobeira nós duas darmos uma festa na mesma noite. — Ela tentou olhar para além de Jack e saber como era o apartamento. Um corredor com piso de madeira arranhado flanqueado por estantes feias levava a uma cozinha pintada de amarelo. Para além dali, Avery podia ver uma sala de estar com sofás azuis encardidos que pareciam saídos de uma explosão na fábrica da L. L. Bean. Um porta-guarda-chuvas Pottery Barn rachado sustentava um guarda-chuva quebrado e preto junto à entrada.

— Tudo bem — cuspiu Jack. — Sei que quer ser minha amiga, mas sinceramente, isso é meio ridículo. — Sua voz se elevou de nervoso, contra sua vontade.

— Então é aqui que você mora? É legal. Você deve ficar aqui o tempo todo com Jiffy e Genevieve. — Avery usou um tom atrevido, porque era bom demais poder fazer isso agora. Com a luz fraca e o teto inclinado, seria o pesadelo de um corretor de imóveis vender o espaço como qualquer outra coisa além do que era.

Humm, um sótão?

— Nada disso é da sua conta — disse Jack com arrogância —, mas minha mãe e eu atualmente estamos fazendo uma reforma. Queremos ter certeza de que tudo está saindo corretamente, então ficamos aqui, e não num hotel. É *temporário*. — Jack destacou a última palavra, desejando que fosse verdade. Ela viu que Avery não pareceu se convencer. — Um dos operários deve ter aberto a porta para você.

— Foi uma garotinha. Ela disse que morava aqui — disse Avery devagar, querendo encurralar Jack e obrigá-la a admitir a verdade.

— Bom, acho que ela estava fingindo ser alguém que não é. Como algumas pessoas que eu conheço. — Jack se recusava a abrir mais a porta. As duas estavam precariamente no alto da escada. Avery podia sentir uma lasca do corrimão inacabado tentar se enfiar em seu dedinho.

— Que gozado, porque eu falei com a mãe dela também... — Avery deixou a voz falhar de propósito.

Jack abriu um pouco a porta e se encostou no batente de madeira, incapaz de acreditar que isto estava acontecendo com ela. Avery sabia de tudo, e a não ser que Jack quisesse que ela abrisse o bocão para todo mundo da Constance e além, teria de ceder. Um pouco.

Como o piso está cedendo?

Jack suspirou.

— Eu estava conversando com meu namorado e concordamos que seria muito mais conveniente darmos nossa festa em outubro. — Jack fungou. — Assim, se ainda quiser fazer seu troço amanhã, por mim, tudo bem.

Avery assentiu com indiferença, embora seu coração já parecesse fazer uma dança da vitória no peito.

— Vou dizer ao pessoal para ir — continuou Jack. — Está bem assim?

— Tudo bem — concordou Avery, esforçando-se ao máximo para não sorrir. Ela se perguntou se elas se abraçariam e fariam as pazes.

Beijo, beijo, *beijo*!

— A gente se vê amanhã? — Jack semicerrou os olhos, na esperança de que parecesse mais uma ameaça do que uma afirmativa. A última coisa que precisava era Avery Carlyle de repente pensando que elas eram amigas. Uma ideia já começava a se formar em sua mente. Avery ia ter sua festa de amadora. Talvez todo mundo fosse e a coisa saísse totalmente de controle. Eles acabariam com a velha casa *espetacular* da Dama Avery!

— Claro. — Avery sorriu alegremente. Agora podia *realmente* começar com seus planos. — A gente se vê amanhã! — ela cantarolou e trotou escada abaixo, saindo pela entrada lateral.

Avery respirou fundo ao chegar à Madison Avenue, deixando que a brisa fria de outono soprasse por seu cabelo louro. Não conseguia reprimir o sorriso. A vovó ficaria tão orgulhosa. Na próxima semana, ela será a nova celebridade de Nova York. Justo o que sempre quis!

É como dizem: cuidado com o que deseja...

não há lugar como nosso lar

Baby saiu da balsa na noite de sexta-feira e sentiu o cheiro do ar marinho, o vento agitando seu cabelo castanho ondulado enquanto ela ia para as docas. Ela tirou o blazer desconfortável da Constance Billard e o atirou no mar, onde ele subiu e desceu na água por alguns momentos, depois afundou e se perdeu de vista.

Baby ficou de pé ao lado da cabine de cobrança que levava à fila para a balsa e esperou que alguém perguntasse para onde ela ia. Na ilha, todo mundo era unido e ela se sentia muito mais em casa acenando para um carro qualquer do que para um táxi em Nova York. Dois minutos depois, uma pickup Dodge vermelha, enferrujada e sem um farol parou e um cara bonitinho de vinte e poucos anos abriu a porta do carona sem falar nada, gesticulando para ela entrar. Era o que ela adorava em Nantucket: era uma verdadeira comunidade e as pessoas eram simpáticas quando você precisava de alguma coisa.

— Veio de Boston? — perguntou o cara enquanto fechava a pesada porta da pickup. Ele vestia uma camiseta da Universidade de Massachusetts cinza desbotada e a pele era vermelha do sol. Ele parecia uma lagosta.

Cuidado com as patas.

— Na verdade, não — respondeu Baby, olhando para baixo e percebendo como devia estar ridícula na saia do uniforme.

— Tá legal, então, de onde está vindo?

O telefone de Baby bipou e ela olhou com irritação. J.P. Ele ligara três vezes desde que ela entrou no ônibus. Será que ele não podia achar mais ninguém para passear com os cachorros? Ou quem sabe a namorada dele não levaria os cães? Não, isso significaria tirar sua roupa de vadia por 5 minutos, o que era impossível. Ela pegou o telefone e atendeu, exasperada.

— Oi, acabei com o experimento de Nova York — começou ela, sem esperar que ele falasse. — Voltei para Nantucket, então você tem que achar outra para passear com os cães, alguém que se adapte melhor a você e tenha um preço mais baixo. — Ela desligou antes que pudesse ouvi-lo dizer alguma coisa. Que sentido teria?

— Ex-namorado? — perguntou o motorista.

— De jeito nenhum — disse Baby, enfiando o telefone na bolsa Jansport desbotada para que nem tivesse de pensar nele. Ela olhou pela janela as fazendas esparramadas e as asseadas casas coloniais da Nova Inglaterra em tons de branco e cinza. O lar. Ela finalmente voltara para casa.

— Bom, vou ficar por aqui, então obrigada pela carona! — Baby gorjeou enquanto eles viraram uma esquina conhecida.

O motorista parou e ela saltou do carro em uma das transversais perto da casa de Tom. Levava diretamente à praia e

Baby meio que disparou pela escada de madeira desigual até a areia, a bolsa carteiro batendo nas costas. Já podia ver a fogueira perto da água e parou por um segundo ao ver todos os colegas da NHS zanzando por ali, seminus, em vários estágios de bebedeira.

Baby foi para a praia e reconheceu Lucas Anderson, um dos amigos de Tom, antes de ouvir o misto de risada e bufo familiar de Tom, que parecia um porquinho-da-índia sendo espremido. Ele só fazia esse ruído quando estava muito chapado. Tom e Lucas estavam sentados num tronco molhado, aparentemente sem notar que a maré tinha subido até seus tornozelos. Lucas calçava Birkenstocks por cima de meias grossas cor de aveia e cantava sem parar os mesmos acordes de "Free Falling". Um bong de haxixe de 1 metro de altura, construído com garrafas plásticas de refrigerante, estava entre eles como um velho amigo.

Hora de correr, e não andar, de volta à civilização!

Baby andou em silêncio na direção deles, parando perto do tronco e tremendo em suas roupas íntimas enquanto se sentava ao lado de Tom.

— Baby? — Tom piscou algumas vezes enquanto tentava descobrir se ela era real ou só uma ilusão de doidão.

— Estou aqui — disse ela simplesmente. Ela se encostou nos braços dele e deixou que os dedos de Tom a afagassem gentilmente. Ele pegou o rosto dela e guiou sua boca à dele. Ele tinha cheiro de Tide, do mar e um pouco de maconha. As pupilas estavam imensas, mas Baby não se incomodou. Só de estar ao lado dele também se sentia meio alta. Era tão bom finalmente estar de volta ao único lugar em que queria ficar.

— Nem acredito que está aqui — disse Tom, incrédulo, com a voz arrastada. Lucas os encarava de boca escancarada.

— Vamos dar uma caminhada — sugeriu ela, meio arrastando Tom para longe do tronco. O céu estava um breu, mas a lua criava uma trilha de luz pela água escura. Baby pegou a mão de Tom, todo o corpo formigando de excitação.

— E aí, veio passar o fim de semana? — perguntou Tom, tirando um baseado do bolso e acendendo.

— Por este fim de semana e pelo futuro previsível! — Baby sorriu para ele, balançando o braço dele no dela.

— Tá legal — disse Tom lentamente. Ele parou e passou os dedos no cabelo embaraçado de Baby. — E onde vai ficar? — perguntou ele, entre beijos.

— No chalé de hóspedes — disse Baby, como se fosse óbvio. Ela e Tom morariam juntos, felizes para sempre.

Os contos de fadas não são maravilhosos?

— E a escola?

— Só tem uma semana. Sei que posso alcançar — disse Baby, brincalhona, embora estivesse meio irritada. Por que ele simplesmente não curtia a presença dela ali?

— Tá legal — disse Tom de novo. — O que quer fazer?

Ela precisava falar? Ela apertou a mão dele enquanto os dois meio que corriam para o pequeno chalé de madeira batida pelo vento onde Tom morava com o irmão e subiam a frágil escada para o quarto de Tom. Ele ligou o iPod com Al Green e Baby passou os braços finos em volta dele, sentindo que nada no mundo poderia ser mais perfeito.

Let's get it on... oooh, baby, let's get it on...

— Oi — disse Baby enquanto puxava Tom para ela.

— Oi. — Tom afagou seu cabelo com o nariz. O coração de Baby saltava enquanto ele a empurrava para a cama.

Os braços de Tom eram quentes e fortes, e Baby achava que ia explodir de felicidade. Ela estava em casa, de novo com Tom, depois do que pareceu uma eternidade tão longe de tudo o que conhecia e amava.

— Eu te amo — disse ela simplesmente, porque não havia mais nada a dizer.

— Eu também — Tom afagou sonolento seu pescoço. Ele riu, depois o riso se transformou naqueles ruídos irritantes de porquinho-da-índia.

Baby suspirou. Talvez ele tenha ficado alto demais com Lucas porque sentia muita falta dela e tinha de fazer alguma coisa para afogar a tristeza, né?

Ou talvez ele seja um típico chapado que tem uma relação muito especial com seu cachimbo.

Eles ficaram deitados de costas na cama e ela puxou a coberta sobre os dois. Tom de imediato desmaiou no travesseiro, fechando os olhos.

— Quer tirar um cochilo ou coisa assim? — perguntou Baby, embora a respiração de Tom já estivesse suave, saindo em roncos graves. Ela suspirou de novo e se aninhou em suas costas, ouvindo o leve bater das ondas ao longe.

Na manhã seguinte, Baby acordou ao som do telefone tocando.

— Ai — murmurou ela sonolenta, vendo o nome da irmã no visor. Ela silenciou o telefone e se sentou, olhando o quarto de Tom. Por que ele não estava na cama com ela? Baby vestiu o moletom dele e desceu. O moletom estava quente e macio, e tinha o cheiro de Tom.

Ela olhou pela janela e o viu. De pé ao lado do XTerra branco e batido de Kendra. Kendra estava nos braços dele e a mão direita de Tom, com o anel grosso de prata que Baby dera a ele, agarrava o quadril de Kendra. Baby sentiu um jato frio de medo tomar seu corpo. Tom falava seriamente com Kendra e um lampejo de raiva passou pela cara da menina. Baby abriu a porta um pouco. As dobradiças rangeram.

— Ela voltou — ouviu Tom dizer, na defensiva. Baby se sentou na escada de concreto e abraçou os joelhos. Teve arrepios, embora estivesse quente do lado de fora.

— Como é? Para passar o fim de semana? — Kendra parecia ter saído do estado doidona em que estivera nos últimos dois anos. A voz era áspera, clara e incrivelmente colérica. Baby achou que não conseguiria respirar.

— Não sei por quanto tempo. Mas eu a amo. — A voz de Tom ressoou no ar da manhã. De certo modo, nem aquelas três palavras foram suficientes para animar Baby.

— E a gente? — disse Kendra num tom de acusação.

A gente? Da última vez que Baby teve notícias, Kendra estava dormindo com um sujeito que largou a Universidade de Massachusetts e cozinhava caranguejo num restaurante.

— Você é minha amiga, mas a Baby é minha garota — insistiu Tom. Baby podia ver o braço de Tom envolvendo o quadril estreito de Kendra, como se estivesse tentando puxá-la para um beijo. — Me dê um tempo para resolver isto — pediu ele.

Com essa, Baby se levantou. Tropeçando nos próprios pés, ela disparou para dentro, batendo a porta ao entrar.

— Merda! — ela ouviu Tom exclamar.

— Baby! — O irmão mais velho de Tom, James, estava de pé com os olhos turvos perto da pia quando Baby entrou intempestivamente. — Você voltou!

Baby fez uma careta. O quarto era sujo, com roupas intocadas numa pilha e uma fatia meio devorada de pizza cristalizando em sua própria gordura na bancada.

Tom apareceu na porta, arfando de correr atrás dela.

— Ah, cara, vocês vão ter que sair. — James abriu a geladeira, pegou um frasco de 3 litros de suco de laranja Tropicana e bebeu direto do recipiente. Depois se sentou à mesa, olhando para eles, em expectativa.

— Que merda foi aquilo? — disse Baby com calma, os olhos cravados em Tom.

— Não foi nada — disse Tom, lançando um olhar suplicante para James. — Era só... Kendra. Baby... Baby, me ouve. — Ele pegou seu pulso e Baby o afastou num safanão, sentindo o anel idiota dele na pele. Ela não queria que ele a tocasse. — Não aconteceu nada — sussurrou Tom com urgência.

— Ah, tá legal — cuspiu Baby. — Como pôde fazer isso comigo? — perguntou ela. Esse tipo de coisa acontecia em Nova York com pessoas como Jack Laurent e J.P. Não com ela, e não em Nantucket.

Tom mordeu o lábio inferior com o dente da frente, mas não disse nada.

— Fui — disse Baby por fim, libertando-se dele.

— Está vendo, você sempre está me deixando — disse Tom, acusador. — Eu me senti sozinho, tá legal? Senti sua falta e Kendra estava aqui. Se você não tivesse ido embora, isso não teria acontecido — concluiu ele.

Ela o fuzilou com os olhos mais uma vez e disparou pela porta, que bateu a suas costas.

Baby correu pela praia e se atirou no mar, onde suas lágrimas se misturaram com a água salgada. Pelo menos não estava em Manhattan. Pelo menos estava em casa, era seu lar.

E o lar é onde seu coração... não está.

gossipgirl.net

temas ◂anterior próxima▸ faça uma pergunta respostas

Advertência: Todos os nomes verdadeiros de lugares, pessoas e eventos foram alterados ou abreviados para proteger os inocentes. Quer dizer, eu.

oi, gente!

NOTÍCIA FRESQUINHA: Minhas fontes me dizem que a tão esperada festa de **J** súbita e inexplicavelmente foi *cancelada*. **J** está estimulando todo mundo a ir à festa de **A**. Seria uma nova aliança? Ou está rolando algo mais diabólico?

flagras

J e **A** pedindo uma grande encomenda para a casa da avó de **A** da loja de bebidas da Segunda Avenida. Com o imóvel de **A** e as conexões de **J**, esta pode ser uma parceria de arrasar... **R** andando pela Quinta Avenida, de mãos dadas com uma menina misteriosa. Que pena que **K** estivesse no torneio de tênis da Seaton Arms e não o visse... **O** passando por um mercadinho na Madison, parando para cheirar as... maçãs? Alguém aqui tem fetiche por frutas...? **A** contratando decoradores para instalar centenas de luzes no solário da avó. Não acho que a decoração importe quando metade dos convidados vai desmaiar, mas valeu a tentativa... E **B**... em parte alguma. Alguém sabe? Porque os cães de **J.P.** — e o próprio **J.P.** — têm estado com o rabo entre as pernas.

seu e-mail

P: Cara GG,

Eu moro em Nantucket, e quando estava correndo na praia hoje de manhã, achei um blazer da Constance Billard na areia. Não é uma escola particular de meninas em Nova York? O que houve?

— Nantucket Néctar

P.S.: Se vier a Nantucket, meu Dodge tem bancos totalmente reclináveis, se entende o que quero dizer.

R: Caro NN,

Hummm, certamente eu não ouvi falar de nenhuma tragédia no Upper East Side, mas só cubro *esta* ilha. Será que uma das nossas decidiu dar um fim a tudo? Posso pensar numa certa beleza boêmia que tem estado num humor pavoroso desde que veio para cá... Quanto à visita, obrigada, mas é preciso muito mais do que a promessa de bancos totalmente reclináveis para me fazer sair de Manhattan.

— GG

P: Cara GG,

Eu sei total quem você é. Você deve ser, tipo assim, uma professora da Constance que está trabalhando num romance revelador para constranger todo mundo. Tô certa?

— Garota Literária

R: Cara GL,

Antes de tudo, sou interessante e descolada demais para ser professora e, segundo, se eu quisesse escrever um romance, não acha que a essa altura já teria escrito?

— GG

Depois de um verão de festas chatas vamos-para-a-faculdade em que todo mundo fingia ser amigo embora na verdade se odiassem, estou me coçando para voltar às festas de início das aulas, onde os meninos da Riverside Prep podem se misturar com as meninas da Seaton Arms, as meninas da Constance podem ficar com os meninos do St. Jude's, as garotas da L'École podem ficar umas com as outras e é garantido que vai ter muito drama. É a primeira festa do ano e eu, pelo menos, estou louca para testemunhar alguns escândalos. *Et vous?*

Pra você que em ama

gossip girl

quem espera sempre alcança

De: owen.carlyle@stjudes.edu
Para: kelsey.talmadge@seatonarms.edu
Data: Sexta-feira, 12 de setembro, 15h
Assunto: Re: Agora?

Kat
Vá à festa da minha irmã. Estou doido para te ver...
Com amor
O

divertindo-se como uma estrela do rock

— Conseguimos! — gritou Avery, lançando os braços em Owen num abraço bebum de irmã.

Owen afagou seu cabelo louro-trigo e sorriu bêbado para ela.

— É, conseguimos — concordou ele com um sorriso duro. Ele olhou a festa, procurando alguém. — Aí, vou pegar outra cerveja. Quer alguma coisa?

— Eu tô legal. — Avery acenou. Tinha bebido quatro drinques e tudo estava banhado numa névoa dourada e feliz. Ela nem acreditava em como a festa estava dando certo. O solário da vovó Avery era um clarão de piscar de luzes que se refletiam no piso de mármore. A piscina pequena e coberta estava cheia de meninas da L'École de biquíni, a cozinha com meninos da St. Jude's e da Riverside Prep preparando bebidas e a sala de jantar tinha meninas da Constance olhando os meninos da St. Jude's. Avery nem sabia o nome de todo mundo, mas não poderia estar mais feliz.

Owen afagou seu cabelo louro pela última vez e desapareceu na massa frenética de corpos.

— Oi. — Jack Laurent se sentou ao lado de Avery, parecendo sair do nada. Usava um vestido apertado Proenza Schouler azul-royal e saltos plataforma Miu Miu altíssimos que a deixavam 5 centímetros mais alta do que Avery. Estava de mãos dadas com um cara muito lindo de aparência aristocrática. — Ótima festa, Avery! — Jack se curvou para dar um beijo no rosto de Avery.

Muá, muá!

— J.P. Cashman — disse o cara, estendendo a mão. Avery a pegou, batendo as pestanas. — Conheço a sua irmã. Ela passeava com os cachorros da minha família. Ela vem hoje? — perguntou ele, todo simpático. Jack cravou um olhar fulminante nele.

Avery assentiu, percebendo como J.P. era bonito. Por que Baby nunca falou nisso? Mas Baby sempre gostou de chapados como Tom, e não aprendizes-de-bilionário mauricinhos do Upper East Side. Ela nem deve ter percebido.

— Peguei outra bebida para você. — Jack passou a Avery um gim Tanqueray e ela aceitou, agradecida. — Achei que podia precisar de uma... É tão difícil ser a anfitriã *e* cuidar das próprias necessidades, em especial quando a festa está tão boa.

Avery sorriu, tonta demais para detectar o toque de sarcasmo na voz de Jack. Jack tinha cumprido o trato e dezenas de meninos e meninas que Avery nunca tinha visto na vida se apinhavam no solário. Os garçons do Masa que Avery insistiu em contratar há muito tinham ido embora e o sofá branco da vovó Avery estava cheio de rolinhos Califórnia meio devorados e casais seminus. Ela alisou uma ruga no vestido de cetim preto Marc by Marc Jacobs, sentindo-se a própria anfitriã.

— Muito obrigada por virem! — Avery espontaneamente puxou Jack num abraço. Talvez fosse devido às várias luzinhas instaladas em toda a sala, mas Jack de algum modo estava diferente. Nem as sardas eram tão irritantes como sempre pareciam. Ela apertou o braço de Jack enquanto secava com cuidado o vinho e tomava um gole do coquetel que Jack tinha preparado para ela.

A vovó Avery não a alertou sobre misturar bebidas?

— Claro! Espero que tenha muitas outras festas no futuro. Eu ficaria feliz em ajudar sempre. Eu falei sério quando disse antes, mas boa sorte na eleição amanhã. — Jack sorriu calorosamente para Avery enquanto puxava a mão de J.P. para afastá-lo dali.

— Mas por que não está usando o vestido novo? — perguntou J.P. enquanto eles olhavam a sala abarrotada. J.P. cumpriu a palavra e lhe dera um vestido rosa de princesa, exatamente como Jack o descrevera. Mas era absurdamente cheio de babados, com camadas de tafetá rosa chiclete, e ela ia ficar parecendo uma tortinha gigante.

— Que foi, não gosta do que estou vestindo? — Jack se desviou da pergunta, gesticulando para o vestido de gola em V que envolvia o corpo. J.P. sabia muito bem que não devia dizer que ela não estava linda, então a questão era muito confusa.

— Não, você está ótima — admitiu J.P. — Mas me responde de novo, por que você cancelou a festa no loft? — pressionou ele. Seus olhos castanhos percorreram a multidão como se procurassem alguém. — Quer dizer, foi você que disse que não queria uma festa numa casa. Meu pai preparou tudo. Ele ficou decepcionado.

Jack deu de ombros. Ele não podia deixar isso pra lá? E ele tinha de parecer tão reprovador?

— Eu mudei de ideia — disse ela levemente, levantando a cabeça para um beijo. Ela queria poder dizer a ele que na verdade não teve alternativa. Avery Carlyle tinha seu universo social na palma da mão e, se não a impedisse, a vida de Jack estaria acabada.

Jack aumentou o volume do som e Kanye trovejou pela casa.

— Assim está melhor. — Ela apagou as luzes, mergulhando a sala em sombras sensuais que brincavam nas janelas do chão ao teto.

Ela partiu para a cozinha para preparar um drinque para Avery, mas J.P. pegou seu braço.

— Está muito barulhento aqui... Quer dar um tempo lá fora? — gritou ele por sobre a música alta.

— Quero mais um drinque primeiro! — gritou ela, livrando-se do braço dele e continuando na direção da cozinha.

— Tudo bem, estou indo embora — respondeu J.P. — Aproveite a festa. — Ele passou rapidamente pela turba de gente que se espremia no primeiro andar e saiu pela porta da frente.

É de se perguntar aonde ele vai com tanta pressa...

Jack revirou os olhos. Tudo bem. J.P. podia ser um idiota. Ela estava imbuída da missão de dar a Avery Carlyle exatamente o que ela merecia. A começar por outro drinque de alguma coisa que não se misturava bem com vinho ou gim.

Do outro lado da sala, Owen olhava Avery engolir seu gim, com um copo na outra mão. Ele estava prestes a dizer a ela para pegar leve quando percebeu Rhys num canto, sentado numa cadeira antiga, com a menina da clínica de depilação empoleirada em seu colo. Eles pareciam estar prestes a transar a qualquer momento. Owen nem acreditava que seu plano estava dando certo. Ele assentiu discretamente para Rhys, aprovando.

— O que é isso? — Avery seguiu o olhar dele. — Tem um casal fazendo sexo na cadeira da vovó? — Avery avançou com a bebida se derramando no chão. Owen ria para a irmã afetada-mas-bêbada quando sentiu alguém bater em seu ombro.

O cheiro de maçãs encheu o ar

— Oi — sussurrou Kat, os olhos azuis dançando de malícia. Ela estava com o mesmo vestido de alcinha preto e apertado que usou na noite em que eles se conheceram. Será que escolheu de propósito?

Usar a mesma roupa em duas festas? Espero que não!

Owen olhou nervoso para Rhys. Ele tremeu, um misto de adrenalina e medo tomando seu corpo.

— Parece que ele se deu bem. — Kat gesticulou discretamente para Rhys e Astra, e Owen assentiu.

Kat assentiu, pensativa, depois deu um sorriso tão sexy que Owen parou de se preocupar com Rhys. Então ela mordeu o lábio.

— Acha que devo cumprimentá-lo? — perguntou ela, olhando para Owen, procurando aprovação.

— Acho que sim. — Owen sentiu o coração martelar no peito.

— E quem sabe não te encontro depois? — ela sussurrou perto de seu ouvido. Ele sentiu o hálito quente no pescoço.

Owen assentiu sem dizer nada e esperou, sem conseguir respirar, enquanto Kat se afastava dele e andava na direção de Rhys.

— Pensei que aquele cara da natação e a menina da Seaton Arms tivessem terminado — cochichou Jiffy no bar improvisado a uma Genevieve muito inalterada enquanto as duas viam Kat entrar no campo de visão de Rhys. Jiffy estava de jeans pretos Citizens of Humanity e um vestido balonê Diane von Furstenberg preto que parecia mais uma tenda da Lands' End. Genevieve deu de ombros e se serviu de uma boa dose de vodca no copo de cristal.

— Oi, Rhys. — Ele levantou a cabeça e seus olhos se arregalaram de surpresa. Ela estava incrível no vestido preto apertado que mostrava os ombros atléticos e as pernas magras. Ele praticamente atirou Astra para fora do colo. Ela era bonita e alta, mas ele só estava interessado em provocar ciúme em Kelsey. O que, ao que parecia, funcionou.

— Oi. — Rhys sorriu, levantando-se.

— Meu nome é Kelsey — disse ela, estendendo a mão para Astra.

— Astra. — Ela se levantou e sorriu educadamente, alisando as rugas da camiseta Tory Burch prata.

— Só queria dizer a sorte que você tem de ter conhecido o Rhys. Ele é demais — disse Kelsey a Astra, como se Rhys nem estivesse presente ou, hum, não tivesse sido seu namorado só até dias atrás.

O sorriso de Rhys esmoreceu. Tinha alguma coisa errada. Ela devia estar dando um ataque, chorando e correndo, e a essa altura ele pediria desculpas a Astra, iria correndo atrás de Kelsey e eles passariam o resto da noite aninhados na cama, sussurrando *eu te amo* e *desculpe* um para o outro. De manhã, eles comeriam torta de limão e ririam da bobeira que foi o "rompimento" dramático, felizes por terem uma história engraçada para um dia contar aos filhos.

E em que mundo essas coisas aconteciam, além do dos filmes de Hilary Duff?

Astra sorriu ao tentar pegar o braço de Rhys e puxá-lo para ela. Ele se afastou um passo, de olhos cravados no rosto de Kelsey.

— E aí, como vocês se conheceram? — perguntou Kelsey com sua voz lenta e melodramática. Parecia que ela estava realmente interessada. E depois ele entendeu: Kelsey o esquecera totalmente e não dava a mínima se ele ficava com Astrid ou Astro ou sei lá que nome tinha essa menina.

Rhys sentiu que se movia debaixo d'água enquanto se afastava das duas meninas sem dizer nada. Tinha de ir para o ar fresco. Enquanto andava, pegou uma garrafa de vodca Citron e praticamente esbarrou em Owen, que estava impassível perto da porta.

— Ei, você está bem? — perguntou Owen, preocupado. Tinha se colocado longe o bastante de propósito, para não ouvir a conversa entre Rhys e Kat, mas, a julgar pelo olhar ensandecido de Rhys, não correu tudo bem.

— Não — disse Rhys num tom sufocado. A sala estava quente e abarrotada demais. Ele sentia que estava prestes a explodir ali mesmo. Sem saber o que fazer, ele saltou na piscina, espirrando água em todo mundo. Ficou de pé na água, ainda segurando a garrafa de Citron, a camisa e o jeans totalmente encharcados.

— Ei! — gritou Avery, balançando em seus saltos Louboutin.

Jack pegou seu braço e a acompanhou até Genevieve, Jiffy e o Tanqueray.

— Olha quem precisa de outro drinque!

— Ei, você está bem? — Owen se inclinou para a piscina. Um grupo de meninas seminuas da L'École olhou, fingindo estar mais interessadas nos padrões da cinza que seus cigarros Gauloises faziam quando elas os batiam na água.

— Não — disse Rhys, cuspindo. Ele ficou na água de 1 metro de profundidade e tirou o cabelo escuro dos olhos. Lágrimas se misturavam com o cloro em seu rosto. — Kelsey... ela... ela está *bem* — disse Rhys, içando-se para fora da água. — Está tudo acabado.

— Bom, e quem liga? Você tem a Astra! Ela é demais! — Owen tentou animar o amigo enquanto lhe passava seu copo de Ketel One puro.

Rhys sacudiu a cabeça e saiu da piscina.

— Cara, não posso fazer isso. Tô molhado pra cacete! — Ele olhou para baixo como se tivesse acabado de perceber. — Preciso ir embora.

Owen olhou para Rhys, pingando água e claramente à beira de um choro daqueles, e se sentiu indizivelmente culpado. Pensou que Rhys realmente estivesse começando a superar Kat, mas talvez só tenha pensado assim porque queria que fosse verdade.

— Você precisa ficar aqui com a sua irmã, né? — perguntou Rhys num tom monótono, respondendo à própria pergunta.

Owen baixou a bebida, pensando. Rhys era amigo dele. Mas Kat era... Kat.

— É. Desculpa, cara. — disse Owen, sentindo-se um merda. — Tem certeza de que não quer ficar? — perguntou ele com indiferença, olhando os tênis All Star John Varvatos edição limitada pretos de Rhys.

— Tenho — disse Rhys sufocado, mal conseguindo falar. Seus pés faziam um som de borrifo a cada passo enquanto ele deixava a piscina, a festa e o amor de sua vida para trás.

Talvez ele devesse experimentar um novo visual. Soube que os bigodes fartos estão com tudo...

a lei de a — se alguma coisa pode dar errado, assim será

— Mas então, eu gostei de verdade do Owen Carlyle — observou Jiffy Bennett, meio desmaiada no colo de Hugh Moore em uma cadeira reclinável perto da piscina. — Mas sabe como é, estou aberta a qualquer coisa esta noite. — Os olhos castanhos de Hugh se arregalaram de expectativa enquanto Jiffy atirava os braços finos em seu pescoço volumoso.

A festa rolava solta há quatro horas e agora, passada a uma da manhã, começava a esquentar de verdade. A piscina estava cheia de meninas de sutiã e calcinha La Perla que não deixavam nada para a imaginação, em especial na água. O armário de bebidas tinha sido totalmente saqueado e Avery passara a última hora abraçando entusiasmada todo mundo que encontrava e tentando se lembrar de seus nomes.

O que é complicado quando se está tão bêbada que não se consegue lembrar nem do próprio nome.

— Ei, você sabe que agora, se fizer alguma coisa, não será consensual — gritou Sydney para Hugh enquanto saía da piscina, usando uma camiseta de alça branca e um short masculino que ficaram praticamente transparentes. Hugh parecia estupefato por ter uma menina subindo nele e outra de pé quase nua na frente. Estava momentaneamente hipnotizado pelos vários piercings de Sydney.

— Só estou dizendo para pensar em consentimento. — Sydney fuzilou Hugh com os olhos e se afastou.

No solário, Avery estava sentada no sofá, cercada de dezenas de novos amigos. *Engole essa, Satchel*, pensou ela embriagada, lembrando da menina de 5 anos que morava na casa de Jack Laurent. A vovó Avery teria muito orgulho dela. Ela estava prestes a vencer aquela eleição — que estaria totalmente no papo depois que todo mundo pegasse a sacola de brindes na saída. Tinha colares feitos em uma ótima loja da Prince Street. A = AVCA estava escrito em caracteres delicados em ouro branco, e tinha um jeito de gueto fabuloso, meio uma mistura de trash com sofisticado.

Ela nunca ouviu falar de buttons de campanha?

— É tão bom a gente ser amiga agora — disse Avery a Jack, enunciando cada palavra com cuidado. A noite toda Jack esteve a seu lado, pegando mais bebidas para ela, sugerindo brincadeiras a todos, começando um jogo de Eu Nunca na piscina e mantendo uma playlist constante de ótima música berrando dos alto-falantes. Avery abraçou a nova amiga. Jack era incrível. Ela nem acreditava que tinha pensado mal da menina.

— Eu também acho, Ave — disse Jack, arrancando-se do abraço apertado de Avery. — Volto já.

Ela saiu pela porta da frente da casa e foi para a escada. Estava silencioso lá fora, a não ser pela batida de "What Goes Around Comes Around" de Justin Timberlake atrás dela. Ao contrário de Avery, ela só tomara alguns drinques e o ar frio de setembro afastou completamente qualquer tonteira residual.

Jack pegou o Treo e discou 311, o número de informações e queixas da prefeitura de Nova York. Ouviu a música de espera arranhada de Frank Sinatra enquanto olhava o céu azul-escuro.

— Alô, aqui é Marion, em que posso ajudar? — uma mulher de voz entediada no outro lado da linha finalmente falou.

— Oi, quero dar queixa de barulho — disse Jack com doçura.

— Endereço? — perguntou a mulher numa voz irritante.

Jack olhou a placa de ferro aparafusada na porta de carvalho da casa.

— Rua 61 Leste, número 64. — Ela sorriu ao ouvir o baixo trovejando pela porta. Amanhã, Avery Carlyle seria uma completa ninguém.

Espera-se que esteja curtindo seu último drinque...

— Muito bem, senhora, vamos mandar alguém para investigar. — Marion desligou e Jack rapidamente correu para a festa, aumentando o volume de Nas no sistema de som Bose enquanto esbarrava em uma Sydney quase nua, usando apenas um short e um top mínimo. Jack partiu para o canto da piscina e arrancou uma Jiffy semiconsciente do colo de Hugh Moore.

— Temos que ir agora — disse ela.

— Mas o Hugh e eu estávamos começando a nos conhecer! — protestou Jiffy enquanto Hugh sorria libidinosamente, afagando a barba rala.

— Não quer conhecê-lo agora, confie em mim — disse Jack, ainda tentando colocar Jiffy numa posição semiereta aos puxões. Neste momento sirenes berraram do lado de fora e houve uma batida autoritária na porta.

Avery foi até a porta, sorrindo e segurando duas garrafas de rum. Ela adoraaava festas, em especial quando as pessoas ainda chegavam tão tarde. Mas ao abrir a porta, em vez de meninos lindos do St. Jude's, viu uma mulher baixinha e atarracada e um homem magro e superalto, os dois com uniforme do Departamento de Polícia de Nova York. *Aimeudeus.* Avery ficou sem fala.

E bêbada.

— Queixa de barulho. — A policial morena e baixa mostrou um distintivo. Os convidados começaram a sair pela porta da frente, ansiosos para escapar antes que os pais descobrissem. O policial mais alto fechou a porta e se postou na frente, fazendo com que uma maré de gente voltasse para a sala de estar, onde alguém prestativamente desligou a música e acendeu as luzes. Avery podia ver copos em todo o chão e poças misteriosas em diferentes áreas. Por um segundo, imaginou como o segundo andar devia estar um lixo e depois recuperou a atenção. Obviamente os policiais não estavam ali para ver se a casa estava uma bagunça.

— Que festa é essa? — perguntou a policial cuja identificação no uniforme dizia AGENTE BEECHER, olhando em volta. Sem a música, as pessoas se reuniram em grupos de dois ou três. Hugh tinha pegado a edição rara da vovó Avery de *The Collected Works of Shakespeare* na estante e lia um monólogo de *Otelo* numa voz de barítono. A policial Beecher ergueu uma sobrancelha para ele, depois olhou novamente para Avery.

— Estamos fazendo um ensaio. — Hugh deu de ombros, tentando salvar a pele de Avery.

Mas que amor.

— É a minha festa — disse Avery, tentando deixar a voz o mais impositiva possível. Ela baixou as duas garrafas de rum no sofá, na esperança de que os policiais não percebessem. Owen apareceu atrás dela.

— Merda — cochichou ele e pôs o braço em volta dela, protetor.

— Você tem identidade? — perguntou a policial Beecher. Avery sacudiu a cabeça, infeliz. Podia sentir o coração martelando nos ouvidos. Eles não podiam prendê-la, podiam?

— Muito bem. — O policial franziu o cenho. — Tem permissão para dar a festa?

— Esta é a casa da minha avó! — disse Avery estridente.

— Muito bem, recebemos uma queixa de barulho. Onde está sua avó? Ela está aqui? — perguntou a policial Beecher.

— Ela *morreu*! — gemeu Avery. Os dois policiais reviraram os olhos.

— Bem, segundo o que temos aqui, a casa é de propriedade de uma empresa de advocacia, a Meyers and Mooreland. Infelizmente, até que falemos com o proprietário da casa, precisamos prender você por invasão. Coloque as mãos nas costas.

O coração de Avery voou para a garganta. Ela não era criminosa.

— Olha, policial. Eu sou o irmão dela... — começou Owen, mas nenhum dos policiais pareceu dar ouvidos a ele.

— Não vai doer — disse o policial enquanto o metal frio envolvia os pulsos de Avery e se fechava com um estalo nauseante.

— Muito bem, a festa acabou — anunciou a policial à multidão. Não era necessário: todo mundo já estava correndo para todo lado.

— Pós-festa na minha casa! — gritou Hugh para a balbúrdia. Os dois policiais levaram Avery porta afora, para a traseira de uma viatura. As luzes vermelhas e azuis lançavam um brilho sinistro na rua deserta. Avery ouviu-se fungar desesperada ao descer a escada majestosa de arenito e ir para a viatura.

— Não precisa realmente usar isso. — O policial olhou com simpatia para Avery enquanto abria as algemas e ajudava Avery a entrar no banco traseiro. Avery assentiu, agradecida, flexionando as mãos. Sentou-se no carro da polícia, a cabeça martelando entorpecida. Passou o dedo pelo colar feito sob medida que usava por baixo do vestido para dar sorte. Enquanto o carro parava num sinal, ela o pegou para examinar.

As letras diziam A = VACA numa escrita cursiva elegante.

Avery o encarou, depois caiu num pranto ruidoso e arrasador. Podia muito bem ficar na cadeia para sempre, porque sua vida na Constance e no Upper East Side estava absoluta e completamente *acabada*.

— Pegamos uma viva — o policial suspirou.

Espere só até ela vomitar em cima deles.

a prefere punhos duplos a algemas...

Tonto, Owen viu a irmã ser levada no carro da polícia. Sacou o celular e ligou para a mãe, sentindo-se mal por incomodá-la na noite de abertura de sua grande exposição de roedores no Brooklyn.

— Owen? — atendeu Edie, parecendo meio irritada. O barulho de risos e copos batendo ecoava ao fundo. Edie evidentemente estava se divertido mais do que eles.

— Oi, mãe. — Owen se encolheu. Parte do motivo para Edie deixar os gêmeos fazerem o que quisessem era que coisas assim não aconteciam com eles.

— Recebi um telefonema da polícia sobre a festa de Avery. A delegacia fica aí perto, então eu disse a eles que você e Baby iriam buscá-la.

— Desculpe, mãe — murmurou Owen. Mas *onde* estava a Baby, afinal? Ele não a vira a noite toda. Nem na noite passada, aliás.

— Me ligue assim que todos vocês estiverem em casa.

Incapaz de localizar a irmã rebelde e mínima, Owen se certificou de que os convidados tinham ido embora e trancou a casa da vovó Avery. Depois correu até a delegacia, que só ficava a algumas quadras dali.

Ele estava nervoso quando entrou, mas rapidamente descobriu que a delegacia era menos *Law & Order* e mais parecida com a delegacia de Nantucket que uma vez visitou numa excursão da escola. Um policial estava sentado atrás de uma pesada mesa de madeira e tinha uma televisão em preto e branco ao fundo, o som interrompido sempre que um ruído de estática saía de um dos rádios da polícia. A policial que prendeu Avery estava sentada numa cadeira perto da cela, limpando as unhas.

Avery estava sentada num canto da cela de tornozelos cruzados, chorando histericamente. Tinha os pulsos unidos no colo como se ainda estivessem presos em algemas invisíveis. Na parede oposta da cela, havia uma privada e uma pequena pia que parecia suja.

— Assoe o nariz, meu bem — disse a policial a Avery numa voz entediada. Avery soluçava de forma incoerente, toda a cara vermelha e molhada de lágrimas e muco. Owen ficou hipnotizado. Nunca vira Avery assim, nem quando ela ficou em segundo lugar no concurso de Rainha da Lagosta Mirim no quinto ano. Nem quando eles eram pequenos.

— Minha família tem os advogados mais poderosos da cidade — falou Avery de forma agressiva, sem dar pela presença de Owen. — Eu também tenho que fazer xixi, mas *não* vou usar essa privada, e se eu tiver infecção no trato urinário posso processar você, sabia? — Ela sacudiu a grade para dar efeito dramático.

— É sua irmã? — perguntou a policial a Owen. — Pode levá-la para casa. Falamos com sua mãe. Ela sabia da festa, então não há problemas de invasão.

Owen sorriu, aliviado por eles não estarem encrencados. Ele sabia que devia se sentir mal, mas era meio engraçado ver a afetada e certinha Avery presa por embriaguez.

— Oi, Ave! — gritou ele, a voz ecoando no concreto e no linóleo. Ela olhou. Owen sacou o iPhone e tirou uma foto dela atrás das grades, para a posteridade.

— Não se preocupe, a srta. Lourinha tirou uma foto ótima que vai ficar emocionada em colocar no anuário — a policial atrás da mesa riu.

— Tá legal, vamos pra casa. Diga adeus à policial gentil — Owen não pôde deixar de brincar.

A policial atrás da mesa parecia quase triste por vê-la ir embora. Deve ter sido a diversão da noite.

Owen levou Avery até um táxi.

— Rua 72 com a Quinta — disse ele. Ele percebeu que o taxista olhava alarmado para Avery. A cara dela estava com a maquiagem manchada, os olhos injetados, o nariz escorria e a boca estava escancarada de um jeito de bêbada, como se fosse um enorme esforço respirar. — Ela está bem — ele garantiu ao motorista.

— Vou imitar uma sirene se isso a fizer se sentir em casa — Owen riu. Avery caiu em seu ombro e começou a roncar.

Tsc. Tsc. O que a vovó diria?

O táxi parou em frente ao prédio de vinte andares e Owen ajudou Avery a entrar pela frente de toldo verde. Pelo canto do olho, ele viu Kat sentada no banco de madeira à direita da entrada, nas sombras dos arbustos bem-cuidados.

— Oi — sussurrou Owen. — Vou descer num segundo.

Owen arrastou Avery para o elevador, carregou-a para dentro da cobertura e a colocou na cama feita com perfeição. Tirou seus sapatos e praticamente disparou para o elevador, saiu pela porta e foi até o banco no térreo.

— Oi — sussurrou ele, sentindo-se exausto de repente.

— Ela está bem? — perguntou Kat, girando uma mecha de cabelo cor de caramelo nos dedos.

— Vai ficar — Owen deu de ombros. — O orgulho dela ficará mais ferido do que qualquer outra coisa. — Ele percebeu arrepios se formando nos braços magros de Kat e quis muito envolvê-la nos braços. — Está com frio?

— Um pouco — admitiu Kat. Ela levou os joelhos ao peito, de repente parecendo uma garotinha desprotegida. — Achei que nunca mais ia ver você depois de Nantucket — disse ela com um sorriso leve. O porteiro olhou para eles, depois se virou.

— Vamos andar um pouco. Vou levar você para casa — disse Owen de forma brusca. Kat se levantou e Owen a viu estender a mão para ele. Ele cruzou os braços por cima da camiseta cinza para que ela não pudesse pegar sua mão. Se pegasse, ele não conseguiria fazer o que devia.

— A festa foi divertida — continuou Kat enquanto eles seguiam pela Quinta Avenida. A rua estava vazia, a não ser pelos porteiros que flanqueavam cada prédio. — Foi bom ver Rhys com alguém.

Owen sentiu um bolo se formar na garganta, mas começou a andar mais rápido, tentando levar Kat para casa antes que começasse a beijá-la de novo. Ele podia sentir o calor do corpo dela. Ele se obrigou a pensar em Rhys, magoado e ensopado na festa. Rhys precisava de Kat e de jeito nenhum Kat ia voltar com Rhys se Owen ainda estivesse no meio. Ele enrijeceu e olhou para a frente. Estavam quase no prédio de Kat. Ele parou e pegou as mãos dela enquanto paravam na esquina. O sinal estava fechado para eles, mas isso não importava, porque não havia carro nenhum.

Owen olhou nos olhos azuis prateados de Kat e respirou fundo.

— Que foi? — perguntou ela.

— A noite em Nantucket não significou nada. Eu sei que você quer que eu sinta alguma coisa por você, mas eu não sinto. Foi só... uma ficada — ele mentiu. Ele nem acreditava em como as palavras pareciam imbecis quando as dizia.

— Não está falando sério — disse ela com segurança, os olhos azuis fixos nos dele. Owen puxou as mãos e cruzou os braços.

— Estou. Foi só uma ficada. Não sinto nada por você — repetiu ele, depois rapidamente se virou e começou a andar pela rua na direção de seu apartamento.

— Espera.

Owen parou e se virou. Os olhos de Kat brilhavam. Ela levou as mãos aos quadris como uma guerreira amazona. Não estava chorando. Na verdade, parecia mais irritada do que magoada. — Então tudo o que você disse...

— Esquece — cuspiu Owen, tentando encarnar Avery quando ficava irritantemente hipócrita. Ele meteu as mãos nos bolsos do jeans Diesel e pegou a pulseira da Tiffany, sentindo suas ranhuras familiares enquanto entregava a Kat. Não conseguiu deixar de fechar os dedos nela antes de se virar e andar as cinco quadras de volta a seu prédio, a imagem dos olhos confusos e suplicantes de Kat abrindo um buraco em seu cérebro.

Ele assentiu severamente para o porteiro e foi para o elevador. Sua cara magoada o encarava dos espelhos que revestiam o saguão.

Se tudo saísse de acordo com os planos, logo Rhys e Kat estariam juntos de novo e os dois seriam felizes. Quanto a Owen, ele estava pronto a descobrir o que Manhattan tinha a oferecer.

Senhoras, foi dada a largada.

você não gostaria que sua namorada fosse divertida como b?

Baby se revirava desconfortavelmente na areia na manhã de sábado, tentando continuar dormindo. Tinha passado todo o sábado na praia e por fim caíra no sono, perto da água. Sua rede de verão tinha sido retirada pelos amigos que Edie convidara para cuidar da casa, então ela terminou encontrando um velho saco de dormir no telheiro e o arrastou para a beira da água. Por fim, conseguiu dormir de tanto chorar. A última coisa que queria fazer era acordar e começar a chorar de novo.

Ela acomodou a bunda numa pequena depressão na areia e fechou bem os olhos, bloqueando qualquer raio de luz. Sonolenta, ela sentiu uma língua quente lambendo seu rosto. *Tom?*, pensou ela enquanto seus grandes olhos castanhos se abriam. Em vez do ex-namorado arrependido, ela viu a cara peluda, entusiasmada e loura de Nemo.

— O que está fazendo aqui? — perguntou ela, pasma, afagando o pelo de Nemo. Ela se perguntou se isso era algum sonho esquisito de subconsciente de pós-rompimento, mas Nemo lhe parecia muito real.

— Bom, sabe como é, os cachorros grandes precisam correr.

Baby protegeu os olhos do sol com a mão e viu a cara de J.P. se abrir num sorriso largo. Ele usava uma calça verde com sapinhos e peixes.

Ela saiu do saco de dormir vermelho e se levantou, espanando a areia da saia de uniforme da Constance Billard. Não sabia se ria ou chorava ou se dava um abraço em J.P. Em vez disso, semicerrou os olhos para ele e pôs as mãozinhas nos quadris mínimos.

— Os cachorros grandes precisam correr na minha praia? — ela o desafiou. Um rubor subiu à cara de J.P.

— Ele sentiu sua falta — disse J.P. simplesmente, olhando Nemo lamber o tornozelo dela, distraído. — Os cachorros não querem que você vá embora.

Baby se ajoelhou e enterrou a cara no pelo macio de Nemo. Ele arfou em seu ouvido, gostando.

— Bom, a sua *namorada* certamente queria que eu fosse embora — respondeu Baby, a cabeça ainda oculta. Não ia facilitar as coisas para ele. Uma onda se quebrou com ruído na beira da água.

— Foi mais ou menos por isso que eu vim — disse J.P., de repente parecendo sério. Ele enfiou as mãos nos bolsos da bermuda de sapinho. — Desculpe por ter sido um babaca com você outro dia. Por causa da Jack — esclareceu ele. — Você não merecia aquilo.

— Pode se desculpar por sua calça também? — A cara de Baby de repente se abriu num sorriso. Ela colocou o cabelo duro de sal atrás das orelhas. Quem compraria, e que dirá usaria, uma calça estampada de *bichinhos*? De certo modo, era quase como seu próprio estilo não-tô-nem-aí. O sol da manhã batia na cara de Baby e pela primeira vez em 24 horas ela se sentia aquecida.

— Mas o motivo para eu estar aqui... Você vai voltar a Nova York? — perguntou J.P., inseguro. — Quer dizer, os cães precisam de você — concluiu ele bruscamente, corando um pouco.

Baby parou, olhando o mar lambendo a areia. Será que podia deixar sua ilha paradisíaca? Ela pensou na festa que perdeu na noite anterior e sentiu uma onda de tristeza por ter deixado Avery, Owen e a mãe de maneira tão impensada. Sentia falta deles. Ela se virou para J.P., que a olhava cheio de esperança, e era tão *bom*. Talvez Nova York não fosse tão ruim assim.

— Você veio de helicóptero? — perguntou ela.

— Vim — admitiu ele. Depois ele pegou duas passagens amassadas no bolso. — Mas também comprei passagens para a balsa. Meu pai precisava do helicóptero esta tarde — explicou ele. — Achei que a gente podia fazer uma longa viagem para casa.

Baby não sabia o que dizer. Cashman Junior parando no terminal mínimo da balsa da ilha para comprar passagens?

— Tem um carro esperando em Boston — disse J.P. — A não ser que queira pegar o ônibus.

Baby sorriu.

— Não é necessário — disse ela, com vontade de rir e chorar ao mesmo tempo. Ela ia para casa. Seu novo lar. E desta vez ela estava um pouquinho animada de verdade com isso.

Humm... Por que será?

a consegue tudo o que sempre quis

Quando acordou, Avery estava deitada completamente vestida com as roupas da noite anterior, por cima da colcha cor-de-rosa. Era quase meio-dia, estava com uma dor de cabeça de matar e o cabelo louro se grudava na lateral da cabeça. Ela sentia como se tivesse sido atropelada por um caminhão.

Bom-dia, srta. Bebum.

Ela jogou as pernas para fora da cama e se arrastou para o banheiro, desesperada por água para se livrar do gosto de meia velha. Abriu a porta do banheiro anexo e quase gritou quando se viu no espelho. O vestido preto estava irremediavelmente enrugado e tinha uma mancha infecta e estranha no corpete. Havia uma pequena cadeia de hematomas nos dois pulsos. Imagens terríveis da noite anterior inundaram sua memória. Ela se lembrou de ficar bêbada. As luzes da polícia faiscando. O cheiro de vômito na hera que cercava a casa enquanto ela era acompanhada pelos policiais. Ela se inclinou para mais perto da penteadeira Carrera e olhou seu reflexo. Parecia a morte. A morte com um colar de ouro. Um colar que dizia VACA.

— Bom-dia, meu raio de sol — disse Edie, entrando no quarto com um macacão branco que doeu nos olhos de Avery. Edie puxou as cortinas verdes e finas e abriu a janela, inclinando-se por ela para respirar fundo. Avery fechou a porta do banheiro e voltou para debaixo das cobertas antes que a mãe pudesse ver seu estado terrível. Sim, a mãe sempre ficava preocupada, mas não tanto que não percebesse que Avery estava em pior forma do que as esculturas que Edie pegava na rua.

— Como se sente? — perguntou Edie levemente, mas havia preocupação em sua voz.

— Não muito bem — respondeu Avery com a voz rouca, agarrando as cobertas.

— Quer falar sobre isso? — Edie se sentou no edredom de seda rosa, afagando Rothko, que tinha vindo dar bom-dia. Ele roçou o pé coberto de Avery com o focinho cheio de bigodes. Edie olhou para Avery, esperando. — Mas sabe de uma coisa? — Ela se levantou e saiu do quarto, voltando um minuto depois com nove velas vermelhas. Colocou-as na cômoda antiga que Avery trouxe da casa da vovó Avery e acendeu uma por uma.

— Isso é para lhe desejar sorte este ano na escola e eliminar toda a energia ruim da noite passada. Eu soube do que aconteceu.

Avery enfiou a cabeça loura para fora do edredom Frette, perguntando-se o quanto a mãe sabia.

— Tenho que dizer que estou decepcionada. Não tanto por vocês três, mais pelo sistema policial. Parece que agora as coisas aqui são diferentes de quando eu era adolescente. — A testa de Edie se franziu enquanto ela acendia as velas. Avery se sentou e olhou surpresa a mãe. Era só isso?

As chamas das velas balançavam na brisa da manhã.

— Eu devia ter feito isso mais cedo, mas andei tão ocupada. — Edie suspirou, com um ar de quem se desculpa.

Avery escondeu a cara na fronha com monograma. Não queria lidar com os encantamentos místicos da mãe. Hoje não. Será que a mãe não podia ser mais útil e lhe trazer uma aspirina?

Ou um Bloody Mary?

— Mas onde está a Baby? Sei que isso ajudará a ela também — disse Edie pensativamente. Avery se sentou. Onde *estava mesmo* a Baby? Ela não apareceu na festa e ignorou todos os torpedos de Avery.

— Humm — começou ela. Ela pegou o celular debaixo do travesseiro. Será que dormiu em cima dele? Não havia mensagens de Baby, só uma de Sydney.

ARRASOU NA FESTA — EU SABIA QUE VOCÊ ERA DEMAIS! Avery voltou a enterrar o celular embaixo das cobertas. Se a aberração da Constance Billard achou que a festa foi ótima, sua vida social *deve mesmo* ter acabado.

— Onde ela está? — Edie pressionou. — Eu não a vi esta manhã.

— Ela está... numa manifestação — tagarelou Avery, sem ter certeza de onde vinha a mentira. Ela pensou em Sydney. — Sobre... cangurus em cativeiro. Tipo no zoológico. — Cangurus? Mas ela ainda estava de porre?

É bem possível.

— Oh! — disse Edie. — Ela deve ter levado minha conversa a sério!

Avery olhou a mãe, surpresa.

— Ela encontrou uma causa — explicou Edie vagamente, acenando a mão carregada de turquesas.

— Acho que sim — murmurou Avery.

— Mas ela não vai ao brunch — observou Edie, parecendo decepcionada. *E eu perdi o meu único voto na eleição*, percebeu Avery. Como se isso importasse, depois do desastre de ontem à noite. — Eu estava tão ansiosa para reencontrar meus velhos amigos da escola. Mas, pensando bem, nós nunca andamos muito juntos no colégio — Edie suspirou. — Consegue ficar pronta em dez minutos?

Quando Avery se arrastou sem banho e vestida de Lilly Pulitzer para um táxi e entrou na Tavern on the Green atrás da mãe, seu estômago só havia se acomodado um pouco e a cabeça ainda latejava. As luzes na Tavern on the Green eram fortes e as meninas estavam todas reunidas na sala Crystal, que tinha imensas janelas do chão ao teto e parecia uma estufa. A sala estava cheia de mesas redondas cobertas de linho com arranjos de lírios e orquídeas brancas e o sol se derramava pelas janelas. Normalmente, teria sido lindo, mas, visto de uma ressaca, todo o ambiente parecia uma espécie de instrumento de tortura. Ao redor, meninas usando enormes óculos de sol Gucci se aproximavam da mesa coberta de linho onde os votos para AVCA eram depositados. Ali, uma caixa azul da Tiffany com um buraco no alto transbordava de cédulas — todas sem dúvida pedindo para Jack Laurent ser a AVCA. Avery se perguntou se devia se incomodar em colocar seu próprio voto e decidiu pelo contrário. Isso seria patético demais.

— Será que devo falar com a sra. McLean sobre um tipo de doação artística do fundo de sua avó? — refletiu Edie, olhando a sala. Ela estava com um vestido azul floral que ela mesma tingira. — Seria ótimo estimular a expressão criativa. Todo mundo aqui parece igual. — Ela franziu o cenho, decepcionada, para a multidão de meninas de ressaca, óculos de sol e vestidos de verão simples.

Edie guiou Avery para as mesas redondas, procurando por seus cartões.

— Edie Carlyle! — Uma mulher magérrima, de cabelos castanhos, as interpelou. — Gwendolyn Bennett. — Ela estendeu a mão cheia de pulseiras Cartier de ouro. — Tenho que dizer que você está... artística, como sempre — disse ela, olhando Edie de cima a baixo. — E esta deve ser uma de suas filhas, não? — Avery sorriu duro enquanto Gwendolyn a examinava com os olhos pequenos de roedor.

— Ah, olá, Gwendolyn. Eu me lembro muito bem de você — Edie puxou a mulher e lhe deu dois beijos no rosto. — Esta é Avery. Minha outra filha, Baby, está em uma manifestação pelos cangurus. Ao que parece, eles são pavorosamente tratados no zoológico. Dá para imaginar?

— Sempre defendendo uma boa causa. — Gwendolyn era falsamente doce e Edie apertou os lábios numa linha fina. — Minha filha, Jiffy, é colega de suas duas filhas e ouvi muito falar delas, tanto que é como se as conhecesse. — Ela sorriu para Avery, que fez uma careta. Ela sabia que vir a este evento seria um desastre. Será que não podia morrer em paz? Ela pediu licença e foi para a sala contígua, onde as meninas bebericavam mimosas e cochichavam entre si.

— E aí, soube que ela ficou totalmente bêbada na festa e acabou se mijando toda — murmurou Jiffy, sentada a uma mesa a lado de Sarah Jane e a mãe magricela de Sarah Jane, que Avery reconheceu de incontáveis websites de moda.

— Eu sei. — Sarah Jane assentiu. — E eu ouvi dizer que ela provavelmente vai para a cadeia, mas, tipo assim, a mãe dela ainda não sabe quão grave é. Estão tentando encontrar um advogado, mas ninguém quer pegar o caso. — Os olhinhos cinza de Sarah Jane dispararam para Avery, que passou por elas de cabeça erguida. Ela queria não ter doado todos os moletons da NHS para a Legião da Boa Vontade assim que descobriu que estava se mudando, porque de certo modo queria voltar àquela ilha tranquila em que nada acontecia, trancar-se no sótão e criar emas.

Grupos de meninas andavam até a mesa de votação, presidida por uma segundanista de cabelo frisado. Avery passou despreocupadamente pela mesa, mas até a segundanista a encarou como se Avery contaminasse as eleições se chegasse perto demais.

— Ah. Aí está você. — Edie colocou o braço nos ombros de Avery e misericordiosamente a afastou da urna. — Encontrei nossa mesa e algumas das outras senhoras ficaram fascinadas com o trabalho de Baby com os cangurus. Importa-se de vir falar com elas? — Avery revirou os olhos, infeliz, tentando não se encolher enquanto um exército de garçons de preto colocava pratos com ovos mexidos cor de narciso em cada mesa.

Ela se sentou, tentando não vomitar nos talheres de prata e nos guardanapos cor de marfim. Ao lado, Edie conversava animadamente com a mãe de uma menina gorducha sobre animais nativos. Uma mulher baixinha e velha de terninho St. John preto de tricô avançou para Avery, examinando o crachá idiota colado em seu peito.

— Você deve ser neta de Avery Carlyle — disse ela numa voz rouca. Avery podia sentir gotas de saliva caindo perto de sua orelha enquanto ela girava e assentia. Ela duvidava de que a essa altura a avó quisesse ter algum parentesco com ela. A mulher abriu um sorriso simpático.

— Muffy St. Clair. — Ela estendeu a mão para Avery. — Sua avó e eu nos metemos em muita confusão na nossa época. Era tarefa dela manter a cidade interessante. Certamente espero que você siga os passos dela — disse Muffy, batendo a taça de Veuve na Pelegrino de Avery. Só de pensar em álcool Avery quase vomitava.

— Obrigada. — Avery sorriu, sem jeito.

— Está vendo? — De algumas mesas, Sarah Jane cutucava Jiffy nas costelas. — Ela está tentando ser amigona do conselho de ex-alunas, para que deixem que ela continue na Constance.

A mãe de Genevieve, Blanche, se aproximou delas.

— Coitadinha — murmurou ela. — E olha a mãe. — Ela apontou para Edie, que seguia diretamente para a sra. McLean. — Está tentando implorar para que sua filha fique na escola. É tão triste. — Blanche acompanhou Genevieve até o bar, onde as duas pediram Ketel One puro.

Avery procurou por um rosto que lhe fosse simpático e viu Sydney, sentada ao lado de uma mulher de preto, incrivelmente conservadora, com clavículas se projetando sob o suéter de cashmere azul-marinho. Jack Laurent estava sentada ao lado de um homem mais velho e vermelho num terno de linho cor de aveia e camisa azul-bebê, olhando o Rolex e batendo os pés. Ele parecia terrivelmente deslocado, uma vez que era *mesmo* um brunch de mães e filhas.

Muffy St. Clair subiu ao palco, com a sra. McLean auxiliando em cada um de seus passos calçados de Ferragamo branco. Ela deu um tapinha no microfone, que soltou um guincho alto.

— Bem-vindas, alunas, ex-alunas e mães da Constance, ao brunch anual de mães e filhas. Para começar com as festividades, é uma honra e um privilégio anunciar a vencedora das eleições para aluna vinculada ao conselho administrativo. — Muffy olhou a plateia. — Quando foi fundada, a Constance Billard orgulhava-se de uma tradição de excelência. As alunas da Constance são vistas como pilares da elegância, graça e intelecto — começou ela lentamente. As pessoas na multidão voltaram a sua conversa abafada. Avery pegou disfarçadamente a mimosa da mãe, querendo começar a entorpecer a dor antes que fosse chamado o nome de Jack Laurent. Ela tomou um gole e quase cuspiu.

— A representante da alunas garantirá que esta excelência continue no futuro — prosseguiu Muffy. A sala ficou em silêncio mais uma vez. Até os garçons afastaram-se das mesas, em expectativa. A sra. M sorria duro, ansiosa para acabar com o brunch. Muffy pegou lentamente os óculos de leitura na bolsa Chanel xadrez e passou o dedo enrugado pela aba do envelope. — E a vencedora tem um nome que conheço muito bem. — Avery olhou atentamente e viu Jack tirar o guardanapo de linho do colo e colocar na mesa, pronta para se levantar, aceitando o cargo.

— Avery Carlyle. — A cara de Muffy se abriu num largo sorriso. Avery olhou a sala silenciosa, completamente aparvalhada. Passou-se um segundo, e Edie pôs os dedos na boca e soltou um assovio penetrante.

Avery se levantou e foi ao palco como se estivesse num sonho. *Ela* olhou o mar de rostos enquanto a multidão murmurava e começava a bater palmas.

— Se você tiver metade do ânimo de sua avó, prevejo um ano maravilhoso — disse Muffy numa voz áspera e aguda, piscando para Avery. Se não tivesse medo de quebrar um dos ossos frágeis de Muffy, Avery a teria abraçado. Em vez disso, ela sacudiu a mão vigorosamente e pegou o microfone.

— Obrigada! — guinchou ela, olhando a multidão. — Estou emocionada por liderar a comunidade da Constance Billard! — Depois ela desceu, sentindo-se flutuar.

— Ai, meu Deus, meus parabéns. — Sydney se espremeu pela multidão para cumprimentar Avery ao lado do palco improvisado e a abraçou com força. — Os colares? Genial, porra! — gritou Sydney, erguendo seu colar A = VACA. Ele pegou a luz de fora e Avery olhou em volta, percebendo brilhos semelhantes em cada mesa. — Você teve uma saída e tanto ontem à noite. Você é uma estrela do rock!

Avery fechou os olhos, a ressaca de repente curada. Não era um sonho. A festa foi um sucesso, embora de um jeito meio quebra-quebra, e as meninas usavam o colar. Elas realmente *gostaram* dela! Talvez seu estômago suportasse *uma* tacinha de champanhe.

Ou uma garrafa. Para sustentar a imagem de estrela do rock.

— Parabéns, Avery — a sra. M trovejou no microfone.

Jack de repente arrastou a cadeira para trás, pensando que podia vomitar.

— Como é? — murmurou ela, quase involuntariamente.

— Achei que iam anunciar *você* para este cargo, Jacqueline — o pai cochichava com raiva.

— Eu... — A voz de Jack saiu num guincho.

— Me ligue quando estiver pronta para parar de fazer joguinhos, Jacqueline. Você mentiu e estou decepcionado com você. — O pai se afastou, quase esbarrando em um garçom que segurava uma bandeja cheia de champanhe. Jack olhou para Avery, que acenava para todo mundo como se tivesse acabado de ser coroada Miss América.

Jack olhou em volta, mas não parecia ter ninguém ao lado dela. Até a merdinha da Jiffy estava com o colar A = VACA, meio oculto pelo ridículo cachecol Hermès que ela amarrara no pescoço. Parecia uma coleira esquisita.

Era absurdo. Jack se levantou e saiu intempestivamente do Tavern on the Green, praticamente derrubando um músico de gaita de fole do lado de fora. Ela saiu do parque e chegou à rua, chamando um táxi na Central Park West, indo direto para a casa de J.P.

ME ENCONTRE NO SEU PRÉDIO, ela digitou no celular enquanto o táxi costurava pelo Central Park para o East Side. Ela estava tão puta da vida que as mãos tremiam. Nem acreditava que tinha perdido esse cargo idiota e estava louca para que J.P. a consolasse. Pelo menos *ele* não a decepcionaria.

Jack se acalmou e seus dedos pararam de tremer depois que ela viu J.P. na frente do prédio imenso e moderno. Um de seus cães idiotas estava ali, e ele usava uma daquelas calças de bichinho feias que ela sempre o obrigava a tirar.

— Oi! — Jack chamou de dentro do táxi. — Tem algum dinheiro? Esqueci minha bolsa. — Ela olhou para ele fazendo um beicinho e o viu vasculhar a carteira.

— Aqui está — murmurou ele ao taxista enquanto Jack saía do carro.

— E aí, o que é que tá pegando? — perguntou J.P., reprimindo um bocejo. Jack semicerrou os olhos verdes. Qual era o problema *dele*? *Ela* é que devia estar cansada. Cansada da merda de vida que tinha.

— Tive uma manhã ruim — começou Jack. — E não entendo por que você me deixou sozinha naquela festa horrorosa ontem à noite — ela gemeu. — O que vai fazer para me compensar? — Ela pretendia que a pergunta soasse sensual, mas saiu mais parecendo uma queixa no atendimento a clientes.

— Na verdade, estou meio ocupado — J.P. recuou, puxando a coleira do cachorro com firmeza para ele não pular em Jack.

— Fazendo o quê? — perguntou ela, olhando em volta. Era uma da tarde de domingo, o que ele teria para fazer?

Além de ficar com ela?

— E por que não atendeu a meu telefonema ontem à noite? Eu devia ser sua namorada. — A voz dela subiu várias oitavas. Será que *ninguém* se importava com ela?

— Desculpe, Jack. Não é uma boa hora...

— Você devia se importar comigo! — Jack o interrompeu, querendo lhe dar um empurrão com força. — Devia estar a meu lado quando preciso de você.

— Olha, Jack, a gente precisa conversar — disse J.P., de cenho franzido. Atrás dele, o sol de setembro brilhava no prédio moderno.

— Ah, então agora quer conversar? Que coisa conveniente. Porque sabe de uma coisa, eu tentei conversar com você a noite passada toda, depois que você saiu da porra da festa... — J.P. segurou os pulsos dela. Ela o fuzilou com os olhos, certa de que ele ia puxá-la e colocar os lábios nos dela para ela se calar. Ela não estava com humor para isso. Ou talvez estivesse. Não importava. Mas no final das contas ele não tentou beijá-la.

— Não posso mais fazer isso — disse ele por fim, soltando-a.

— O quê? — Jack sentiu um temor gelado de medo percorrer o estômago e se perguntou se ia vomitar.

— Você é exigente demais e não posso mais fazer isso. — J.P. parecia exausto enquanto pegava o cachorro. Ele soltou um latidinho. — Olha, eu tive um longo dia. Você tem que ir embora... Vamos conversar melhor mais tarde. — Ele parou um táxi e abriu a porta para ela. — Aqui está o dinheiro da corrida — disse ele, pegando uma nota de vinte e entregando a Jack. Ela queria rasgar a nota em pedacinhos e atirar na cara dele, mas ficou com ela. Precisava ficar.

— Mas...

— Mas nada — disse J.P., fechando a porta do carro.

Jack não disse mais nada. Sentia-se triste, pequena e totalmente ridícula. Enquanto o táxi começava a andar pela Quinta Avenida, ela viu Baby Carlyle na esquina, com uma das camisetas da Riverside Prep de J.P., andando com seus dois pugs por uma das entradas de pedra que flanqueavam o Central Park.

Jack reprimiu as lágrimas de raiva enquanto o táxi andava pelo centro até seu minúsculo sótão. Ela ia transformar a vida das meninas Carlyle num inferno.

Porque, como todos nós que falamos francês sabemos, o inferno são os outros.

uma trupe de três

No final da tarde de domingo, Baby estava sentada na rede improvisada da varanda da cobertura usando um short mínimo e felpudo e uma camiseta da turnê de 1990 do Grateful Dead. Ela olhava as estrelas fracas. O céu não era nada parecido com o de Nantucket e, quando ela olhava para o sul, os estúpidos Cashman Complexes bloqueavam a visão da lua. Mas no escuro, de um jeito totalmente capitalista, os *C* entrecruzados eram quase bonitos.

Ela se recostou de novo, sentindo-se mais exausta do que nunca na vida. Quanto mais pensava no assunto, mais tinha dificuldades para acreditar que ficou com Tom por mais de um ano. Ela pensou que ele era autêntico, mas era só um galinha disfarçado de maconheiro. Baby passou o dedo na trama grossa da rede. Era estranho que sua vida estivesse muito mais desordenada agora do que uma semana antes, mas ela se sentia muito mais calma.

A porta se abriu e Owen saiu com uma embalagem de seis garrafas de Corona.

— Quer uma? — Ele abriu uma garrafa com os dentes e passou para ela.

— Obrigada. — Baby se sentou ereta e abraçou os joelhos.

— Você está bem? Parece meio triste. — Ele se sentou na rede ao lado dela e a rede afundou com seu corpo de 90 quilos, quase tocando o chão.

— Fui a Nantucket ontem. Tom estava com Kendra — disse ela sem rodeios. Não doeu falar.

— Deixa pra lá. Ela é uma piranha — disse Owen, lembrando da vez em que ele e Kendra ficaram em New Hampshire em uma excursão de esqui dos calouros. — E eu nunca gostei muito do Tom — refletiu ele, coçando a barba quase cheia agora.

— Não tem problema — disse Baby, recostando-se. Com as meias cor de aveia e o chalé cheio de crosta de pizza e coleção de cachimbos artesanais, ele *era* meio babaca mesmo. Por que ela não percebeu isso antes? — E aí, perdi alguma coisa por aqui? — perguntou Baby. Ela nem acreditava que tinha decidido ficar com Tom em vez de ir à primeira festa grande de Avery e segurar sua mão durante a eleição. Ela era mais obcecada consigo mesma do que Avery.

— Avery foi parar na cadeia. — Owen deu de ombros, balançando a cerveja.

— Tá brincando! — Baby sussurrou, incrédula. Não tinha certeza se acreditava ou não nele. Mas a imagem de Avery na cadeia era meio engraçada. — Ela está bem?

— Melhor do que nunca — continuou Owen, pegando o iPhone. — Mas ao que parece não dão festas no estilo Nantucket por aqui. — Ele abriu o álbum de fotos até chegar à imagem de Avery de cara vermelha e ensopada de lágrimas atrás das grades; era hilária de tão patética. Baby deu uma gargalhada. Nem acreditava que tinha perdido essa.

— Owen, você prometeu que ia destruir isso! — gritou Avery, aparecendo atrás deles. Ela pegou o celular do irmão e rapidamente apertou deletar. Vestia short de vôlei azul da Nantucket e o moletom vermelho de Tom. — Eu estava com frio — disse ela, explicando-se, percebendo o olhar de Baby. — Mas ainda está fedendo.

— A gente terminou. Pode ficar com o casaco. — Baby deu de ombros.

Os olhos de Avery se arregalaram. Era *isso* que Baby estava fazendo no fim de semana?

— E aí, pensei que você tinha um encontro quente com aquela policial da noite passada — Owen interrompeu. — Sabe como é, uma penteando o cabelo da outra, fazendo tatuagens...

— Cala a boca — disse Avery, de bom humor, enquanto pegava uma Corona e batia a garrafa habilidosamente na grade de metal para abri-la. — Ah, tenho uma coisa para você. — Avery pescou no bolso do moletom e pegou um colar A = VACA que tinha guardado para Baby. — Ganhei o negócio de liderança da escola — anunciou ela, um sorriso largo se espalhando pelo rosto bronzeado. Ela *ainda* não acreditava nisso.

Baby abraçou a irmã com orgulho. O cabelo louro, sedoso e recém-lavado de Avery caía em cascata em seus ombros. Ela merecia ser VACA ou AVCA ou o que fosse. Que bom para ela. Depois Baby se lembrou dos três *strikes*. Será que teria permissão de voltar à Constance?

— Não consigo acompanhar vocês duas. — Owen se recostou na rede, sorrindo. Era bom ficar com as irmãs. Nunca havia tanto drama com os meninos.

Ah, sem essa. Já tô achando que ele protesta demais.

— Ei, e você, modelo de virtude? Já ficou com uma garota desde que chegou aqui? — perguntou Avery, espremendo o traseiro entre os irmãos na rede. Agora que tinha o cargo de AVCA, ela podia voltar a meter o nariz levemente sardento na vida dos irmãos.

— Ainda não. Estou dando tempo ao tempo. Sabe como é, fazendo as coisas do jeito dos Carlyle — respondeu Owen, sem olhar para ela. Ele olhava a Quinta Avenida quase nostálgico.

— Bom, seu amigo é bonito — disse Avery, lembrando-se do cara de cabelos pretos com quem Owen estava na festa. Ela tomou um gole da Corona, depois se lembrou de sua decisão de desintoxicar esta semana e baixou a garrafa na varanda de ladrilhos terracota.

— Tá vendo, estou passando meu tempo fazendo amigos bonitos. — Owen tentou escapar da investigação de Avery.

— Bom, eu proponho um brinde. — Baby se levantou e ergueu a Corona no ar. Avery e Owen se levantaram ao lado dela. — A Nova York!

— A Nova York! — gritaram os Carlyle, as vozes ecoando no ar noturno enquanto batiam as garrafas de Corona.

Apoiado!

gossipgirl.net

temas ◂anterior próxima▸ faça uma pergunta respostas

Advertência: Todos os nomes verdadeiros de lugares, pessoas e eventos foram alterados ou abreviados para proteger os inocentes. Quer dizer, eu.

oi, gente!

Tin-tim! Então temos uma nova representante das alunas e vamos esperar que ela consiga fazer algumas mudanças — tipo tempos livres a mais, horário de almoço dobrado e três tempos de fotografia. Como é que se vai encontrar tempo para ir em casa, namorar, tomar um banho e voltar para discutir *L'Étranger* na aula de francês avançado? Talvez ela também consiga que a irmã se rematricule na escola... Ou talvez não.

Infelizmente, **A** não tem todas as respostas — e vocês não vão descobri-las atrás de seu livro de cálculo avançado. Aqui está o que ainda quero saber:

O que está rolando com **J** e **J.P.**? Estão dando um tempo, estão no estilo Will-e-Kate ou o príncipe e a princesa deste lado do lago romperam para sempre? E onde fica **B** no meio disso?

Será que **R** e **K** vão voltar? **O** está destinado a ser solitário, ou o namorador de Nantucket vai viver de expectativas? E ele realmente é um galinha, ou procura por amor?

Que pena que nem todo mundo sinta o amor: **J** declarou guerra. Alguma coisa me diz que **A** e **B** devem proteger suas costas vestidas de Marni. E talvez o resto de nós também...

E a última pergunta: não estão felizes por eu ter ficado? Não estão felizes por pegarem essa carona comigo? Será outro ano doido e pervertido, e vou contar todas as sujeiras sobre tudo o que vale a pena saber. Dou a minha palavra. E vocês sabem que ela é *no mínimo* tão boa quanto um AmEx platinum sem limites.

Pra você que me ama

gossip girl

Este livro foi composto na tipologia Aldine 401 BT,
em corpo 11,5/16, e impresso em papel
off-white 80g/m² no Sistema Cameron
da Divisão Gráfica da Distribuidora Record.